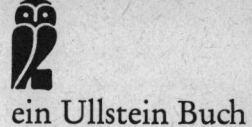

ein Ullstein Buch

W0236122

Penelope Ashe

Nackt
kam
die
Fremde

Roman

ein Ullstein Buch

Ullstein Buch Nr. 2868
im Verlag Ullstein GmbH,
Frankfurt/M – Berlin – Wien
Amerikanischer Originaltitel
NAKED CAME THE STRANGER
Übersetzt von Boris Hart

Ungekürzte Ausgabe

Umschlagentwurf: Dorland, Berlin
Alle Rechte vorbehalten
Mit Genehmigung des Scherz
Verlag, Bern und München
Deutschsprachige Rechte beim
Scherz Verlag, Bern und München
© 1969 by Penelope Ashe
Printed in Germany 1975
Gesamtherstellung:
Augsburger Druck- und
Verlagshaus GmbH
ISBN 3 548 02868 3

Inhalt

Treiben. Gillian machte sich klar, daß das ein gemeines Wort war. Aber daran dachte sie nun mal. Treiben. Schließlich war es ja auch eine ziemlich gemeine Angelegenheit gewesen. Sie versuchte, nicht weiter daran zu denken. Sie war unterwegs zu ihrem neuen Haus; eigentlich aber trieb sie mehr mit dem Verkehr mit. Sie trieb an den frisch gemähten Rasen vorbei, den schicken Bungalows, den Swimmingpools, den dichten Hecken, vorbei an all den aufgeputzten Statussymbolen entlang der Straße nach King's Neck, der modernsten Gartenstadt am Rande von New York.

Treiben. Gillian Blake mußte schon wieder an dieses Wort denken. Kein Wunder. Denn an diesem herrlichen Oktobermorgen hatte Gillian mit relativ konservativen Methoden festgestellt – genauer gesagt mit Hilfe eines Privatdetektivs –, daß ihr Mann seit Wochen jeden Nachmittag, den Gott werden ließ, im Apartment einer gewissen Phyllis Sammis verbracht hatte. Diese junge Dame mit strähnigem Haar, Pferdezähnen, Hornbrille und auffallend hochstehenden Brüsten war Absolventin des vornehmsten Mädchen-Colleges. Gillian Blake hatte der Auskunftei sechshundertfünfundsiebzig Dollar (inklusive Spesen) in den Rachen geworfen, nur um mit der Tatsache konfrontiert zu werden, daß William – oder besser, Billy, wie ihn der Rest der Welt nannte, zumindest der Teil der Welt, der von den Radiowellen der Metropolitan Listening Area erreicht wurde – sein Büro jeden Nachmittag um vierzehn Uhr fünfundvierzig verlassen und ein Taxi bis zur Nordostecke der Siebenten Avenue und 23. Straße genommen hatte. Von dort war er einen halben Block weiter in südlicher Richtung marschiert. Nur zwei Treppen hoch, und schon war er in Phyllis Sammis Apartment. Und diese Phyllis Sammis war erst kürzlich als Produktionsassistentin für die »Billy & Gilly«-Sendung eingestellt worden.

Gillian schwamm langsam ein Spalier von Straßenschildern entlang: *Stop* und *Unübersichtliche Kurve* und *Langsam: Kinder!*, dann *Vorfahrt* und schon wieder *Stop!* Fahren konnte man das nicht nennen; sie schwamm tatsächlich mehr, als daß sie fuhr. Und es war auch ein verschwommenes Gefühl gewesen, das sie hierher nach King's Neck getrieben hatte. King's Neck erstreckte sich kilometerweit den Long-Island-Sund hinauf. Und Gillian schwamm darauf zu. Sie schwamm zu ihrem neuen Haus mit den drei Schlafzimmern, den zwei Bädern und den zwei Garagen. Es lag einundvierzig Autominuten von Manhatten entfernt, und man konnte an klaren Tagen die Küstenlinie von Connecticut sehen.

Treiben. Es war eigentlich nicht so schlimm, daß Mr. William Blake Mrs. Gillian Blake betrogen hatte. Oder Billy Gilly. Aber er hatte auch jenen Teil der Welt betrogen, der, wie gesagt, von den Ätherwellen der Metropolitan Listening Area erreicht wurde. William Blake war nämlich eine Hälfte der »Billy & Gilly«-Sendung, fünfzig Prozent von »New Yorks beliebtestem Radioehepaar«; die Hälfte eines Teams, das fünfmal die Woche eine Mischung von Diskussion, Information und – Liebe ausstrahlte. »Die nun folgende Sendung«, sagte der Ansager an jedem Wochentag fünf Sekunden nach neun, »vermittelt einen offenen und ehrlichen Eindruck von den Realitäten der Ehe in den Fährnissen des modernen Lebens.«

Was die Sendung zusammenhielt (in der jeder bei seinem richtigen Namen genannt wurde), das war die unantastbare Institution der Ehe sowie die Annahme, daß es sich dabei um eine besonders glückliche Vereinigung von Körper und Geist handelte – und schließlich auch noch die Tatsache, daß jede Hörerin (sie hatten vierundachtzig Prozent weibliche Hörer) der felsenfesten Überzeugung war, daß Billy und Gilly eine Idealehe führten und eine Ehe so und nicht anders sein sollte als diese. Wenn Billy nun Gilly betrog, betrog er damit gleichzeitig über achthunderttausend Zuhörer – oder jedenfalls vierundachtzig Prozent davon. So betrachtet handelte es sich um einen geradezu gigantischen Akt von Untreue.

Gillian fuhr über den knirschenden Kies des Zufahrtsweges. Das

8

Anwesen war anderthalb Morgen groß; eine Tudorstil-Imitation mit Meeresblick: für 85 000 Dollar.

Es gab verschiedene Möglichkeiten. Sie konnte zum Beispiel Arsen in Billys Morgenkaffee tun; einen Augenblick lang fand sie diesen Gedanken faszinierend. Sie konnte natürlich auch die Scheidung einreichen und genauso natürlich auch bekommen – zusammen mit einem nicht unbeträchtlichen Anteil an Williams nicht unbeträchtlichem Vermögen ... sie verwarf diese Möglichkeiten schnell wieder, denn beide würden das Ende der »Billy & Gilly«-Sendung bedeuten. Und damit hätte sie sich selbst ihres Lebenselixiers beraubt. Vielleicht gab es noch eine andere, ja bessere Möglichkeit, ihm einen Denkzettel zu verpassen. Absurd? Aber warum denn nicht! King's Neck war dafür doch ein hervorragendes Manövergebiet, ein ideales Testgelände. Mit der kühlen Sachlichkeit eines Wissenschaftlers konnte sie hier all die notwendigen Erfahrungen sammeln, wie es in anderen Ehen so zugeht – in den Fährnissen des modernen Lebens. Und im Laufe dieses Lernprozesses würde Billy so ganz nebenbei die Rechnung präsentiert bekommen.

Nach diesem aufmunternden Einfall verließ sie den Wagen und ging durch den doppeltürigen Eingang. Der Teufel sollte Billy holen! Gillian war aufrichtig empört. Aber warum denn dieser emotionale Aufwand? Es war doch ziemlich nebensächlich, daß William Blake ihre Ehe gefährdet hatte. Schlimmer war, daß er damit auch ihre Radiosendung zum Gespött gemacht hatte. Jede Sendung war genau nach einem Plan angelegt, der in den dreißiger Jahren perfektioniert worden war, und daß es sie noch immer gab, verdankte sie Gillian Blake. Und umgekehrt natürlich auch. Diese Sendung war ihr ein und alles; sie war ihr Lebensinhalt. Die Sendung hatte bis jetzt ihre Ehe am Leben gehalten und vielleicht sogar sie selbst.

Dabei beanspruchte sie nicht einmal in Gedanken den Löwenanteil am Erfolg dieser Plauderstunde. Die Arbeitsteilung funktionierte ausgezeichnet. Aber immerhin steuerte sie die Heerscharen der Soziologen, Eheberater und neuen Autoren bei, kurz die ganze breite Farbenskala der Lebenshelfer und Gesellschaftskritiker, die sie in der Sendung interviewte. Billy lieferte lediglich ein paar junge Leute aus der Werbebranche. Billy erklärte, katalogisierte, faßte zusammen – wobei er nur selten vom Standpunkt des aufrechten Amerikaners abwich; Gilly regte an, interpretierte, spielte den Advocatus Diaboli.

Und es war mehr als nur ein Radioprogramm. Mit der Zeit war es das Idealbild einer Ehe geworden, das acht Jahre lang jeden Morgen aufs neue dem staunenden und gläubigen Publikum vorgeführt worden war. Daher hielt die Sendung Gillian auch davon ab, in diesem Zusammenhang an so natürliche und eminent logische Lösungen wie Mord oder Scheidung zu denken. Treiben tun sie es! Gillian ließ ihre Kleider auf den Teppich des Ankleidezimmers fallen und betrachtete sich in voller Größe im Spiegel. Sie kannte ihre Wirkung auf Männer; sie hatte oft genug deren Reaktionen gespürt. Bei Gästen der Sendung, Bauarbeitern und Taxifahrern – alle hatten auf sie reagiert. Und warum auch nicht?

Ihre Haut von der Farbe indischen Tees umspannte eine prachtvolle, schlanke Figur. Ihre Brüste waren klein, aber für ihre neunundzwanzig Jahre waren sie noch beachtlich straff. Ihre Beine waren wundervoll modelliert, ihre Hüften schmal, obwohl sie voll und wohlgerundet wirkten. Gillian ging auf den Spiegel zu und musterte sich mit kritischem Wohlwollen. Ihr langes Haar war hell und jetzt sonnengesprenkelt; es umgab ihre Schultern wie ein Schleier. Wenn ihre Lippen auch ein bißchen dünn waren, betonten sie dadurch doch nur den kühnen, aristokratischen Schwung ihrer Nase. Überhaupt war der Gesamteindruck eine Mischung aus Aristokratie und Sinnlichkeit.

Gillian wandte sich vom Spiegel ab. Letzlich konnte er die wesentlichste aller ihrer Eigenschaften ja doch nicht zeigen. Gillian ging zur Bar, machte sich einen Martini, setzte sich hin, trank, nackt im Sessel – spürte kaltes Leder an der Haut. Ihre Hauptqualität nämlich war die Fähigkeit, schnell umzudenken; eine Eigenschaft, die im Tierreich nur das Chamäleon so stark ausgeprägt besitzt. Bei ihr bestand diese Fähigkeit darin, daß sie sich unter den Augen eines Mannes verändern konnte. Da wurde sie auf einmal blaß, vollbrüstig, intellektuell, sexy, unnahbar. Sie konnte genau das werden, was der Mann sich im Augenblick am sehnlichsten wünschte. Sie konnte sich in Sekundenschnelle in die Traumfrau jedes Mannes verwandeln – und das, ohne ihre eigene Persönlichkeit dabei aufzugeben.

William wußte das; er hatte es bemerkt, aber begriffen hatte er es nie. Manchmal hatte er es schon mit Koketterie verwechselt. Immer wenn ein männlicher Gast Gillian herausforderte, wenn einer seine intellektuellen Fähigkeiten oder ganz einfach seine männliche Überlegenheit herauskehrte, machte Gillian ihn so fertig, daß er hinterher obendrein auch noch ganz begeistert war von ihr. William behauptete gern, er habe einen Gefühlsradar für seine Frau entwickelt. Ihrer Meinung nach wußte er mit diesem Instrument aber nicht viel anzufangen und hatte den ganzen Vorgang eigentlich gar nicht richtig erfaßt. Er beruhte nicht auf irgendwelchen Tricks, sondern auf extremer Sensibilität; ihre Verwandlung bestand nicht etwa in einer physischen Veränderung, sie fand vielmehr nur in der Vorstellung ihres Gegenübers statt.

Das war ein Talent, das sie in Zukunft intensiver einsetzen und ausnutzen wollte, dachte Gillian noch, bevor sie endgültig einschlief. Es war ein tiefer, aber unruhiger Schlaf, der mit der Ankunft ihres ungetreuen Gatten kurz nach acht Uhr ein abruptes Ende fand.

»Um Himmels willen, nun beeil dich aber«, sagte er. »Es ist schon nach acht, Himmel noch mal.«

»Na und?« sagte sie darauf. »Bestimmst du etwa auch schon das Wetter?«

»Ich hab doch nichts weiter gesagt, als daß es schon acht Uhr ist, verdammt!«

»Dann ist es eben acht«, sagte sie. »Na und?«

»Erzähl mir bloß nicht, daß du das vergessen hast. Die verdammte Party fängt um halb neun an! Komm, komm, verschon mich bloß mit diesen Blicken! Schließlich war das nicht meine Idee. Du hast mir doch diese Party eingeredet, oder? Zwei Häuser weiter, eins tiefer. Die Italiener. Na, fällt der Groschen?«

Und er fiel tatsächlich. Die Party, natürlich – und sie stand auf. Bis jetzt war ihr noch gar nicht zum Bewußtsein gekommen, daß sie nackt war. Sie ging zu William und drängte sich vielsagend an ihn. Dabei bemerkte sie die frischen Lippenstiftflecken an seinem Kragen. Diese kleinen roten Flecken – warum hatte er sie nicht weggemacht? Unachtsamkeit, Dummheit, ein freudianisches Eingeständnis seiner Schuld? Dieser gemeine Schuft!

»Wir brauchen ja nicht hinzugehen«, neckte sie. »Wir könnten ja auch zu Hause bleiben und ... oh ... und das neue Haus gebührend einweihen. Es ist schon so lange her, Billy –«

»Hör mal, wir müssen uns jetzt aber wirklich beeilen –«

»Ist das alles?« sagte sie. »Keine klitzekleine Kleinigkeit, die ich für dich tun könnte?«

»Doch, du kannst in der Tat etwas für mich tun«, sagte er. »Nämlich die Kleinigkeit, dich endlich wie der Teufel beeilen und dir etwas Vernünftiges anziehen. Schlimm genug, daß wir da überhaupt hingehen müssen. Laß es uns doch nicht komplizierter machen, als es ohnehin schon ist.«

Aber es war wirklich nicht so ganz einfach. Wirklich nicht. Denn in diesem Augenblick legte Gillian ihren Kampfplan fest. Als sie ihr Kleid für die Party aussuchte – sie wählte ein smaragdgrünes, vorn hochgeschlossen, hinten weit ausgeschnitten –, merkte sie plötzlich, daß sie erschauerte. Im Vorgefühl.

Der einzige wirklich unangenehme Augenblick des Abends war die Begrüßung durch die Gastgeber, Mario und Donna Maria Vella. Donna Maria war klein und dick; und außerdem hatte sie auch noch einen Schnurrbart. Sie tat, als wäre sie so beeindruckt von der Tatsache, die Stars Billy und Gilly in ihrem Haus zu haben, daß sie jeden Moment tot umfallen würde. Marios Begrüßungszeremonie bestand darin, daß er William feierlich seine Visitenkarte überreichte, auf der zu lesen war, daß man es mit einem honorigen Geschäftsmann zu tun hatte, nämlich mit dem Inhaber der Oliven-Ölgesellschaft »Bella Mia« und des Bauunternehmens »Fort Sorrento«.

William bemerkte in seiner unnachahmlichen Art dazu: »Es ist uns eine aufrichtige Freude.« Und Gillian, die sofort auf seine

Wellenlänge einstieg, versicherte: »Wir fühlen uns sehr geehrt, daß Sie uns Zugereisten die Gastfreundschaft Ihres geschätzten Hauses gewähren.«

Überflüssig zu sagen, daß das seine Wirkung tat. Gillian hatte es ja schon geahnt und fühlte sich nun bestätigt: Hier gab es ein reichgestaffeltes Sortiment von Männern, Dicke, Dünne, Kleine, Lange, Introvertierte, Extrovertierte, Draufgänger und Pantoffelhelden – sie brauchte sich nur einen auszusuchen. Aber sie wollte nichts überstürzen. Sie blieb erst mal bei William, ließ sich von ihm die Hand halten und die Wange tätscheln – er machte das wie immer, wenn er ihre Idealehe der staunenden Öffentlichkeit präsentierte. Wart's nur ab, du alter Heuchler, dachte sie. Und tatsächlich war William dann auch der erste Mann an diesem Abend, den sie genauer unter die Lupe nahm.

Er war zweifellos der bestaussehende Mann hier; das hatte sie schnell raus. Im konventionellen Sinne jedenfalls. Schon in jungen Jahren hatte man ihm prophezeit, daß er eines Tages als Double für Prinz Philip auftreten könnte. Jetzt, in seinen mittleren Jahren, schien er allerdings mehr den Schaufensterpuppen eines Herrenausstatters zu ähneln. Na ja. Aber er war trotzdem noch ganz ansehnlich. Durch regelmäßiges schweißtriefendes Training im New Yorker Tennis-Klub sorgte er für die Erhaltung seiner Figur; und die Princeton-Erziehung verlieh dem Sprößling des Bankhauses Blake jene Sicherheit, die für geschäftliche Verhandlungen unerläßlich ist. Dieses erfreuliche Gesamtbild wurde nur durch eine nicht sehr markante Kinnlinie getrübt. Na schön – er hatte eben ein etwas kraftloses Kinn.

Bevor er sich einen zweiten Drink nahm, hatte William schon die paar Leute um sich versammelt, die sich selbst als die Intellektuellen von King's Neck verstanden – Männer wie Rabbi Joshua Turnbull und Rechtsanwalt Melvin Corby. Auf der Gegenseite gab es natürlich auch den entsprechenden Damenzirkel, der sich sofort zusammenfand, um sich im Licht irgendeiner momentanen Prominenz zu sonnen.

»Und ich bin überzeugt«, sagte William, »daß wir ohne solche Partys, besonders in den Vororten, uns alle voneinander abkapseln würden. Man darf diese Einladungen nicht nur unter gesellschaftlichen Gesichtspunkten sehen. Ich betrachte sie wie eine Art Gruppentherapie. Und über eines bin ich mir vollkommen im klaren: Wenn jeder im Land einmal in der Woche zu so einer Party gehen würde, könnten wir in Kürze auf die Psychoanalytiker verzichten. Sie kämen einfach aus der Mode.«

Gillians Achselzucken verwandelte sich in ein wohliges Schaudern. William zog wieder seine übliche Show ab; eine Mischung aus Wichtigtuerei und Banalitäten. Seine Stimme wurde zum narzißtischen, honigsüßen Folterinstrument – sie war aalglatt, überwältigend, einschmeichelnd und immer bereit, leisere und ihm geistig überlegene Gesprächspartner sofort mundtot zu machen. Diese Masche war Gillian mehr als vertraut; im Grunde zog er hier nur noch einmal die Radiosendung vom vergangenen Dienstag ab. Gillian entfernte sich unauffällig; ihr Platz wurde von einer Matrone eingenommen, die William unverzüglich mit den Augen verschlang.

Während sie langsam nach nebenan zur Bar ging, sah sich Gillian erst mal in aller Ruhe die Ausstattung an. Imitierte Balken sollten den Räumen einen rustikalen Eindruck verleihen; an den Wänden Seidentapeten, an den Lampenschirmen Brokatfransen; geschmacklose Ölschinken mit Sonnenuntergängen am Meer und italienischen Städtchen auf Hügeln vervollkommneten die Einrichtung. Alles war übertrieben, teuer und gräßlich.

Gillian traf die Goodmans – Marvin und Helene. Sie platzte ganz überraschend in intime Streitigkeiten, die sich anscheinend noch eine Weile hinziehen würden. Marvin Goodmans Stimme balancierte schon auf gefährlichen Höhen, und kleine Schweißtröpfchen breiteten sich auf seiner Stirn aus: »Ernie Miklos' Frau sagt, daß sie mit fünfunddreißig Dollar die Woche auskommt – fünfunddreißig Dollar für Essen *und* den Wagen!« Helene Goodmans Antwort war erstaunlich; mit ruhigen und überlegten Bewegungen knöpfte sie die beiden obersten Knöpfe ihrer Bluse auf. Dabei stellte Gillian ein eigenartiges Phänomen fest: Je höher Marvin seine Stimme schraubte, desto höher wuchs auch Helenes Busen. Das führte dazu, daß er zuerst seine Augen senkte, schließlich auch seine Stimme und zuletzt die Diskussion ganz aufgab.

Dann begegnete sie ihren unmittelbaren Nachbarn, den Earbrows – Morton und Gloria. Unter Mortons Fingernägeln waren noch die Reste seiner täglichen Mühsal; eine Mischung aus bunter Farbe und Öl. Er sah aus, als schliefe er im Stehen. Gloria, seine junge Frau, hatte eine kleine Männerschar um sich versammelt, die von ihr präzise und ausführlich darüber aufgeklärt wurde, wie man fachmännisch hobelt und wie man einen Pinsel reinigt. Dann dozierte sie vor den aufmerksamen Herren über die Vorteile einer elektrischen Bohrmaschine und darüber, wie man den Boden am besten für die Saat vorbereitet. Und währenddessen meinte man ihren Mann förmlich schnarchen zu hören.

Gillian wandte sich ab, um Willoughby Martin und seinen Freund Hank zu begrüßen. Willoughby sagte: »Wir müssen wirklich bald mal eine Spritztour machen; die Blätter verfärben sich schon, und bald wird es eine wunderschöne Farbenpracht sein.« Und Hank bestätigte: »Ja, in ein paar Wochen wird es geradezu atemraubend schön sein.«

Dann wurde Gillian den Madigans vorgestellt – Agnes und Paddy. »Paddy Madigan, der Boxer?« fragte sie.

»Ganz recht, meine Liebe«, sagte Agnes. »Viele meinen sogar, der beste Linksausleger, der jemals Aussichten auf den Weltmeistertitel im Halbschwergewicht hatte.«

Daraufhin machte Gillian Paddy Madigan natürlich ein Kompliment über seine bemerkenswerte körperliche Konstitution. Paddy schwieg; dafür redete Agnes wieder: »Vielen Dank, meine Liebe, schließlich machen wir ja auch jeden Tag unser morgendliches Training. Sommer wie Winter, da kennen wir nichts.« Gillian fragte Paddy, welchen Geschäften er sich denn nach seinem Abschied vom aktiven Sport zugewandt habe. Wieder nahm ihm Agnes die Antwort ab: »Oh, wir kümmern uns gerade ein bißchen um das Haus und die Gartenarbeit.«

Gillian brauchte jetzt ganz dringend noch einen Drink. Aber bevor sie sich nun endgültig der Bar zuwenden konnte, war Mario

Vella, der Gastgeber, auf einen Stuhl geklettert und bat um Aufmerksamkeit.

»Ruhe, bitte«, sagte Mario. »Bitte, meine Damen und Herren, einen Moment Ruhe jetzt. Wir haben heute abend nämlich eine ganz besondere Überraschung, die sicher zur Unterhaltung unserer Nachbarn aus King's Neck beitragen wird. Ich habe meinen Freund Johnny Alonga dazu überreden können, hierher zu kommen und uns die Ehre zu geben, ein paar seiner Schlager zu Gehör zu bringen.«

Einen Moment lang war Gillian überrascht. Johnny Alonga war ein aufstrebender junger Schlagerstar, von dem man sich erzählte, daß er von der Mafia protegiert würde; sein Titel »A Dying Love« war über ein Jahr in der Hitparade gewesen. Einen zweiten Hit hatte er bis jetzt nicht geschafft. Vielleicht war seine Stimme doch ein bißchen zu süßlich.

Als alle Lichter bis auf ein einziges, sehr stimmungsvoll arrangiertes, ausgegangen waren, kamen aus dem Schlafzimmer zwei Männer im Smoking herein. Der Schwarze setzte sich ans Klavier und intonierte die Melodie zu Johnny Alongas einzigem Hit. Und der Sänger fing an zu singen.

In dem verdunkelten Raum wurde sich Gillian, die jetzt durstiger denn je war, ganz plötzlich der Nähe von Mario Vella bewußt. Er hatte sich zweifellos absichtlich so hingestellt, daß er sie mit dem linken Ellbogen berührte. In jeder anderen Umgebung und bei jeder anderen Gelegenheit wäre Gillian diesem Annäherungsversuch höchst anmutig ausgewichen. Jetzt aber nicht. Sie blieb stehen, und sein Ellenbogen wurde zudringlicher.

»Gefällt's Ihnen?« fragte er.

»Sehr«, antwortete sie. »Das ist schon was – Johnny Alonga unter seinem Dach zu haben.«

»Er gehört mir«, sagte er.

»Er gehört Ihnen?«

»Vierzig Prozent«, sagte Mario. »Vierzig Prozent von ihm gehören mir. Und jetzt würd' ich doch gern mal wissen, was Sie von diesem Lied da halten?«

»Naja...«

»Also mich macht das ganz krank«, sagte er. »Ich find's zum Kotzen.«

»Tatsächlich?« sagte sie, aber insgeheim war sie trotzdem ganz seiner Meinung. Das wär doch schon was, dachte sie. Mario Vella hatte durchaus seine Qualitäten; er war sozusagen eine Sonderanfertigung, eine ganz besondere Kreation oder so was. Unter der Oberfläche seiner gepflegten Erscheinung, seines modischen Messerschnitts, seines Maßanzugs und dem Duft seines teuren Rasierwassers lauerte zweifellos etwas Gefährliches, Bedrohliches. Etwas überspitzt formuliert wirkte er, wie wenn man einen Gorilla mit maßgeschneiderter Kleidung ausstaffiert hätte.

Das Lied war zu Ende, und Mario nahm seinen Ellenbogen von ihr weg und ging zum Klavier.

Bevor Johnny Alonga seine nächste Nummer anstimmen konnte – »Be My Love«, immerhin –, schlüpfte Gillian schnell in den Nebenraum, zur Bar, der Stätte der Erholung. Aber diese Stätte war alles andere als leergefegt zu Ehren von Johnny Alonga.

Hier traf sie die Franhops – Arthur und Raina. Arthur trug so eine wüste Frisur, wie sie Bob Dylan bekannt gemacht hatte. Er hatte kein Hemd unter seinem wattierten, goldknöpfigen Blazar. Raina hockte stumm in einer Zimmerecke und starrte mit weitaufgerissenen Augen die weiße Wand an.

»Die lassen Sie man«, sagte Arthur. »Die ist auf'm Trip.«

»LSD?« fragte Gillian fachkundig.

»Ja, so was ähnliches«, sagte Arthur. »Wir waren auf einem Mordstrip heute abend, wollten mal was ganz Neues ausprobieren, da frißt die doch glatt Zucker und macht alles kaputt.«

»Und was hatten Sie ursprünglich vorgehabt?« fragte Gillian.

»Zeitmaschine«, sagte Arthur. »Wir wollten einen Zeitsprung machen; rückwärts, ins siebzehnte Jahrhundert oder so. Wir wollten mal gucken, ob's da genauso war. Und da geht die doch hin und frißt Zucker, und alles ist im Eimer.«

»Wollen Sie damit sagen, daß die meisten Leute hier sich so verhalten, als lebten sie im siebzehnten Jahrhundert?«

»Was denn sonst?« sagte er. »Sie natürlich nicht; bei Ihnen ist das was anderes. Heh, wollen Sie nicht mal mit auf'n Trip gehen?

Sie sind doch eher mein Kaliber, was?«

»Da bin ich nicht so sicher«, sagte Gillian.

»Heh, später«, sagte er.

Das war gleichzeitig Arthur Franhops Abgang. Er griff sich seine bedröhnte Raina, die immer noch aus leeren Augen vor sich hinstarrte, und wenige Sekunden später wurde die friedliche Stille des idyllischen King's Neck vom Donner einer Harley-Davidson-Rennmaschine zerrissen.

»Scheiße!« Diese unmißverständliche Feststellung stammte vom Barkeeper. Und der Barkeeper war Ernie Miklos; früher hatte er tatsächlich mal in einer Bar ausgeholfen, und nun spielte er diese Rolle auf den meisten Partys in King's Neck. Das hatte für ihn jedenfalls den unübersehbaren Vorteil, daß er dadurch immer mal Gelgenheit hatte, sich seine Frau Laverne vom Halse zu halten.

»Wie bitte?« sagte Gillian.

»Scheiße«, wiederholte er. »Dieser Bengel ist doch völlig beschissen. Was trinken Sie?«

»Martini. Aber sehr trocken.«

»Das ist auch beschissen«, sagte Ernie Miklos. »Das brennt Ihnen ja die Eingeweide aus.«

»Na, jedenfalls hab ich damit angefangen«, sagte Gillian. »Und dann soll man ja auch dabei bleiben.«

Irgend etwas an Ernie Miklos kam ihr bekannt vor. Seine Augen vielleicht. Er hatte ihr direkt in die Augen gesehen und sie dann ganz ungeniert von oben bis unten gemustert. Vielleicht waren es auch die Haare auf seinem Handrücken. Sie waren so dicht und buschig, daß sie schon wie ein Pelz wirkten und seine Hand wie eine Tatze. Und die zwei offenen Hemdknöpfe unter dem gelockerten Schlips enthüllten auch an dieser Stelle einen dichten Haarwald.

»Wo ist Ihre Frau?« fragte Gillian.

»Als ich sie zuletzt gesehen habe«, sagte Ernie, »hat sie gerade Ihren Mann von oben bis unten befummelt. Mir persönlich ist das ja scheißegal. Na, wie schmeckt Ihnen das?«

»Hervorragend«, sagte Gillian. »Sie machen wirklich einen

guten Martini.«

Sie trank noch einen kleinen Schluck. Er war in der Tat sehr gut. Ein guter Martini und eine blöde Situation. Und nun standen sie da, und für ein paar Augenblicke sagte keiner von beiden ein Wort. Was hätten sie auch sagen sollen? Gillian wußte, daß sie Ernie Miklos nicht das geringste zu sagen hatte, und es konnte als ziemlich sicher gelten, daß auch er ihr nicht viel zu sagen hatte. Aber war sie da wirklich so sicher? Jedenfalls hatte sie immerhin schon neunundzwanzig Jahre auf diesem schönen Planeten verbracht, ohne nur ein einziges Mal das Bedürfnis verspürt zu haben, sich mit Ernie Miklos oder mit Leuten wie Ernie Miklos näher zu befassen. Schließlich brach Ernie Miklos das Schweigen mit einer durchaus logischen Frage.

»Was wollen Sie eigentlich hier?« fragte er. »Wieso verplempert ein scharfer Feger wie Sie hier seine Zeit mit einem Kerl wie mir?«

»Vielleicht, weil Sie gute Martinis machen.«

»Klar. Und weil ich aussehe wir Richard Burton«, sagte er. »Erzählen Sie mir doch keine Märchen.«

»Denken Sie doch mal 'n bißchen drüber nach.«

»Tu ich«, sagte Ernie. »Genau das werde ich auch tun. Aber je länger ich darüber nachdenke, desto klarer wird mir, daß Sie irgendwas von mir wollen.«

»Was könnte ich von Ihnen schon wollen?« sagte Gillian.

»Vielleicht sollten wir mal 'n Moment rausgehn und versuchen, es rauszukriegen«, sagte Ernie.

»Vielleicht«, sagte Gillian.

»Sie wollen also mal 'n Augenblick rausgehen und frische Luft schnappen oder so was?« sagte er.

»Ja«, sagte sie.

Ja. Merkwürdig fremd hatte das für sie geklungen.

Es kam ihr so unnatürlich und unpersönlich vor, als hätte sie es in ein Megafon gesprochen. Ernie Miklos sagte gar nichts mehr. Er trocknete sich die Hände, nahm seine Barkeeper-Schürze ab und ging zu der Panzerglastür rüber, die zum Patio führte. Wahrscheinlich hatte er zuviel getrunken, denn der Drücker machte ihm einen Moment lang Schwierigkeiten. Gillian schwankte auch schon etwas; wortlos bewegte sie sich auf die Tür zu. Ernie Miklos war bereits aus dem Bereich der Patio-Beleuchtung. Gillian hatte auf einmal das beunruhigende Gefühl, als ob sie sich in Wirklichkeit gar nicht hier befände, in diesem kleinen, stillen Patio. Sie war sich plötzlich selbst ganz fremd und beobachtete, was in ihr vorging. Sie kam sich als Zuschauer in einem unwirklichen Theater vor, in dem sie selbst eine absurde Rolle spielte.

Gillian wehrte sich nicht. Sie nahm sich die Freiheit heraus, sich mit einem Fremden namens Ernie Miklos auf den Rasen zu legen. Ihr war, als wäre sie eigentlich ganz woanders, weit weg jedenfalls; aufgeregt war sie dabei überhaupt nicht. Durch die Wohnzimmerfenster sah sie die Silhouette von Johnny Alonga, der den anderen Fremden da drinnen etwas vorsang. Sie spürte Ernie Miklo's Lippen an ihrem Hals; und dann seine Hand, die sich unter das Kleid geschoben hatte und ihre linke Brust massierte.

Gillian bewegte sich nicht; sie wagte kaum zu atmen. Seine Lippen hatten sich ihren genähert, und seine Finger fummelten an ihren Brustwarzen herum. Sie spürte sein Gesicht jetzt auf dem ganzen Körper – seine Zähne an ihren Lippen, seine Hände an ihren Brüsten, seinen ganzen Körper, der sich hart gegen sie preßte. Zuerst empfand sie Angst; Angst und Ablehnung, aber sie unterdrückte ihre Abwehr; sie kämpfte mannhaft ihren Impuls nieder, einfach wegzulaufen.

Und dann spürte sie, wie sie anfing zu reagieren. Dieses Gefühl war ihr vollkommen fremd; es entwickelte sich völlig gegen ihren Willen. Aber es war da und beruhigte sie. Gillian verlagerte ihr Gewicht etwas; sie machte es damit beiden bequemer, griff nach ihm und zog ihn näher zu sich heran. Und tief unten in ihrer Kehle spürte sie, wie ein sinnlicher, flehender Seufzer aufstieg und immer stärker wurde.

Das gab den Ausschlag. Es würde Ernie Miklos sein. Ja, ein Fremder würde es sein; ein fremder Nachbar mit Namen Ernie Miklos. Für den Anfang.

BILLY *War es nicht herrlich heute, hierher zu fahren, Gilly?*

GILLY *Ja, Billy. Weißt du, ich habe den Oktober schon immer
für den schönsten Monat gehalten. Ganz besonders in den Vororten. Er entspricht vollkommen dem Postkartenbild vom Spät-
sommer.*

BILLY *Der goldene Herbst.*

GILLY *Die Würze der Luft.*

BILLY *Das fallende Laub.*

GILLY *Die bunten Kürbislampions.*

BILLY *Der frische Apfelwein.*

GILLY *Die herbstlichen Chrysanthemen.*

BILLY *Die Samstagnachmittage vor dem Fernseher.*

GILLY *Wie bitte? Wahrscheinlich schalte ich heute ein bißchen
langsam.*

BILLY *Ich muß mich wundern über dich, Liebes. Ich meine natürlich Football. Die College-Football-Spiele am Samstagnachmittag.*

GILLY *Verzeih, ich bin ein bißchen langsam heute. Football ...
ist doch klar. Diese Ansager machen mich wahnsinnig!*

BILLY *Trotzdem: Ein paar Dosen Bier, ein Farbfernseher, und
die Army gegen Notre Dame, wie morgen zum Beispiel. Was
Schöneres gibt es nicht.*

GILLY *Es ist doch albern, damit den Samstagnachmittag zu verbringen.*

BILLY *Na, komm. Was hast du denn gegen Sport?*

GILLY *Ich finde Spiele nur reizvoll, naja, wenn man eben selber
spielt. Wenn aber ein Mann den ganzen Tag lang in einem ver-
schwitzten Unterhemd vorm Fernseher sitzt und auf ein Football-Spiel starrt, dann ist das für mich ein Bild von dröhnendem
Stumpfsinn.*

BILLY *Er muß schwer arbeiten, da hat er sich das bißchen Ent-*

spannung doch verdient.

GILLY *Sicher, aber keine Frau wird sich damit abfinden, daß sie den Mund halten soll, damit der Gatte sich auf den Rechts-Innen seiner Lieblingsmannschaft konzentrieren kann.*

BILLY *Rechts-Außen.*

GILLY *Meinetwegen. Ich finde, das wird immer alles viel zu wichtig genommen.*

BILLY *Das ist ja auch wichtig. Man darf nun mal einen Mann nicht stören, wenn er sich ein Football-Spiel ansieht.*

GILLY *Liebe Zeit!*

BILLY *Nein, im Ernst!*

GILLY *Ich glaube, was Besseres kann man gar nicht für ihn tun – als ihn zu stören.*

BILLY *Nun hört euch das an!*

GILLY *Okay, liebe Hörerinnen, wollen wir uns mal für morgen nachmittag was Schönes vornehmen? Wollen doch sehen, ob es uns nicht gelingt, die Aufmerksamkeit der Männer auf uns zu lenken.*

BILLY *Haltet euch am Sessel fest, Sportsfreunde – man will eure Lebensgewohnheiten ändern.*

Der Ex-Champion gab dem Grünschnabel von Fernsehkommentator den guten Rat, während des Spiels nicht so viel zu quatschen. Gleich mußte es losgehen. Ernie Miklos ließ sich im Sessel zurücksinken und preßte seine kurzen dicken Finger an die Stirn. Er hatte einen kleinen Kater. Es hämmerte in seinen Schläfen, aber es gab natürlich Schlimmeres. Normalerweise machte er diese idiotischen Saufereien ja nie so lange mit. Aus irgendeinem Grund war aber letzte Nacht die Bar für ihn nicht der Hauptanziehungspunkt gewesen. Er dachte darüber nach, wie sich diese Gillian in ihrem engen Kleid überhaupt hatte bewegen können.

Er starrte wieder auf den Bildschirm und hielt sich die kühle Bierdose an die Stirn. Der Ex-Champion wollte noch nicht abtreten. Er mußte unbedingt noch ein paar von seinen Tricks zeigen und wartete geduldig, bis der Ansager ihn als den Größten aller Zeiten titulierte.

Ernie sah sich flüchtig in seinem Zimmer um, das ganz mit Kirschbaumholz getäfelt war, von dem der Quadratzentimeter 45 Cent gekostet hatte. Er schaute zu den Bildern rüber – seine Football-Mannschaft von der High School und das Foto von siebzehn Männern in Marine-Corps-Uniform. »Der stahlharte Ernie Miklos«, so hatten sie ihn in jenen Tagen genannt, und für Ernie galt das noch immer. Er war immer noch derselbe, trotz seiner einundvierzig Jahre und obwohl sich sein Haar schon lichtete und sein Leibesumfang langsam zunahm. Neben ihm lagen die Hanteln und der Expander. Er trainierte jeden Morgen eine halbe Stunde damit. Heute allerdings ließ ihn der bloße Gedanke daran schlaff in die Kissen zurückfallen; er lehnte den Kopf an und legte die Füße hoch. Die Vorschau war zu Ende, und es sah ganz so aus, als würde diese Nervensäge jetzt endlich aufhören mit ihrem Gequatsche.

Ernie war schon in einem Stadium, wo die Football-Spiele am

Samstagnachmittag mehr als nur eine willkommene Entspannung waren; sie hatten einen wichtigen Platz in seinem Leben eingenommen. Dieser Samstagnachmittag war so etwas wie eine allwöchentliche kleine Prämie in seinem Lebenskampf. Laverne war mit den Kindern zu ihrer Mutter in die Stadt gefahren. Jetzt war er allein, mit seinen Hanteln, seinen Potato-Chips und seinen Erinnerungen. Der Küchenabfall, der Rasen, das Laub, das ewige Geschrei der Kinder – am Samstagnachmittag kehrte er der Welt den Rücken. Und für einen Augenblick dachte er nicht einmal mehr an die Frau in dem hautengen Kleid und konzentrierte sich ganz auf das Spiel.

Das Telefon klingelte. Es klingelte nur einmal; öfter hätte es Ernies Kopf auch gar nicht ausgehalten.

»Hallo.«

Ernie wartete auf sein Stichwort; die Stimme war sanft und einschmeichelnd und kein bißchen unsicher.

»Hier ist Gillian, erinnern Sie sich?«

»Das gibt's doch gar nicht.«

»Sie waren anscheinend doch etwas mehr weggetreten, als ich dachte«, sagte sie. »War wirklich enorm – ich meine, die Party letzte Nacht. Sie wollten Bier aus meinem BH trinken.«

Ach ja. Die mit dem Kleid. Hieß die denn überhaupt Gillian? Alles, woran er sich im Augenblick noch erinnern konnte, war, daß er sie schon mal an der Plaza West mit irgendeiner anderen Frau gesehen hatte, daß er von ihrem beachtlichen Hinterteil beeindruckt gewesen war und gehofft hatte, sie irgendwann mal wiederzusehen. Und dann war sie plötzlich auf dieser Scheißparty aufgetaucht.

»Yeah«, sagte Ernie und schluckte schnell die Chips runter, die er im Mund hatte. Er straffte sich und war plötzlich wieder der stahlharte Ernie. »Ja und –«

»Ich habe Ihre Manschettenknöpfe«, sagte die Stimme. »Jedenfalls einen. Den Sie draußen verloren haben.«

»Manschettenknöpfe?«

»Ja«, sagte sie. »Im Garten! Erinnern Sie sich denn nicht? Sie haben mir viel erzählt. Sie haben mir Komplimente gemacht. Etwas handgreifliche Komplimente.«

»Wenn der Gatte sauer ist«, sagte Ernie, »dann sagen Sie ihm von mir aus, daß ich weg war, völlig besoffen–«

»Darum geht's nicht.« Gillian sah beiläufig auf Bill. Der las gerade irgendwas. »Ich dachte nur, Sie würden das Ding vielleicht gern wiederhaben. Irgendwie sieht er nämlich ganz eigenartig aus, wie speziell für Sie angefertigt.«

Ernie fand, die Dame sollte jetzt endlich zur Sache kommen. Der FC Notre Dame war an der Vierzehn-Yard-Linie der Armee-Mannschaft, und er hatte nicht mitbekommen, wie die dahingelangt waren.

»Wenn Sie die Wahrheit wissen wollen«, sagte er, »ich hab sie einem toten Neger in Hempstead geklaut.«

»Das ist ja prima«, sagte Gillian – sie hatte nur mal kurz mit der Wimper gezuckt. »Wann soll ich sie Ihnen denn bringen? Wann hätten Sie's denn gern?«

»Meine Frau ist jetzt in New York«, sagte Ernie.

»Na gut, dann eben jetzt gleich«, sagte sie.

Bill hatte nicht mal hochgesehen. Gillian führte anmutig ihre Fingerspitzen an den Mund, unterdrückte einen künstlichen Seufzer und ging die Treppe hinauf, um sich umzuziehen: die rosafarbenen langen weiten Hosen, den Büstenhalter mit den weißen Rüschen ... Der Pferdeschwanz kann so bleiben, dachte sie.

Als sie wegging, machte Bill Luchsaugen; dazu raffte er sich sonst nur immer im Bumszimmer auf, wie er es nannte. Und während das alles so friedlich ablief, starrte Ernie Miklos immer noch vergeblich auf seinen stummen Telefonhörer. Er sah nicht mal, daß Notre Dame zum Sturm ansetzte.

»Wollen Sie Ihrem barmherzigen Samariter keinen Drink anbieten?« fragte Gillian.

»Steht da drüben.«

Bei jeder anderen Gelegenheit hätte er ihre strammsitzenden rosa Hosen wenigstens ziemlich verwirrend gefunden. Aber Ernie behielt seinen kühlen Kopf. Und die Iren führten zehn zu null.

Die Hausbar war amerikanischer Frühbarock. Laverne liebte sie heiß und innig, während Ernie sie förmlich haßte. Das war nun wirklich das einzige Möbel dieser Art, das Ernie auf die Nerven ging. Wer hat denn schon mal was von einer Bar in so einem alt-amerikanischen Stil gehört? Ernie hatte Lust, ein gutes altamerikanisches Streichholz zu nehmen und den Kasten einfach anzustecken. Und den Kühlschrank mit dem goldenen Adler drauf am liebsten noch dazu.

»Trinken Sie's doch hier«, sagte Ernie. Der erstaunlich wohlgeformte Hintern der Dame schaukelte durch sein Blickfeld.

»Natürlich nur, wenn Sie Football mögen.«

»Nur Football-Spieler«, sagte sie. Und noch während sie es sagte, merkte sie, daß es genauso abgedroschen wie geheuchelt klang.

»Sie können die Oliven mitbringen«, sagte Ernie. »Oder nehmen Sie lieber Zwiebeln?«

»Gewöhnlich beides«, sagte sie, »aber eine Olive reicht schon.«

Ernie mixte. Er verplemperte den Vermouth, als ein Spieler der Armeemannschaft mit einem Steilpaß tief in das Feld von Notre Dame eindrang. Dieser Schweinehund!

Gillian nahm das bekleckerte Glas und ließ sich in dem Ohrensessel nieder. Sie verschränkte ihre Beine und setzte sich dekorativ auf ihre Fersen. Auf dem Bildschirm war der Teufel los, und Ernie schlug mit der Faust auf ihre Sessellehne.

Laverne kam nie rein, wenn ein großes Spiel lief. Vielleicht war es das. Vielleicht auch der Kater. Egal was – er konnte sich jedenfalls nicht so richtig auf das Spiel konzentrieren. Das war so ähnlich wie einmal, als dauernd ein Vorhang im Wind geflattert hatte – eine Ablenkung, keine ausgesprochene Störung. Er spürte Gillians Blicke. Was, zur Hölle, wollte die denn eigentlich? Als der erste Werbespot eingeblendet wurde, sah er ihr schnell mal in die Augen. Zu schnell. Der Schmerz zuckte durch das ganze Gehirn.

»Lieber Gott«, sagte er.

Gillian ging zum Eisbehälter und nahm ein Stück heraus, kam damit zu Ernie und drückte ihm das Eis gegen die Stirn. Ernie spürte, wie sich sein Atem beschleunigte. Scheißeis! Hatte er ihr letzte Nacht etwa auch was von Eiswürfeln erzählt? Nein. Konnte er ja gar nicht. Der Eiswürfel in ihrer Hand schmolz langsam vor sich hin, und das Wasser lief ihm in die Augenwinkel; Ernies Puls raste, und das nächste, was er tat, war mehr Instinkt als kühle Überlegung.

Die Army heizte das Spiel an und Ernie auch. Sein Blick wanderte vom Fernsehschirm zu Gillian. Sie ließ sich nichts entgehen. Sie wußte, daß sie diesen Kerl in seinem schmuddeligen Unterhemd herausgefordert hatte. Schließlich hast du das ja auch nicht anders gewollt, oder? sagte sie sich. Sie sah die Marine-Corps-Tätowierung auf seinem rechten Arm. Na und, sagte sie sich, was hast du denn erwartet. Fünfuhrtee bei Kerzenlicht vielleicht?

Ernie hielt sich gar nicht erst lange mit Reden auf. Er packte sie, zog sie über den Sessel zu sich rüber und biß sie in den Nacken.

»Keine Knutschflecken«, quiekte sie. »Das bitte nicht.«

»Erzähl mir nicht so 'ne Scheiße«, sagte Ernie.

»Okay, Ihr Strategen in den Ohrensesseln«, sagte die Stimme aus dem Fernseher, »was würdet ihr denn jetzt machen? Würdet ihr noch mal so kopflos auf das Tor zustürmen oder lieber aufgeben?«

Gillian fing an, sich sinnlos und vergeblich zu wehren. Sie spürte, wie sich ihre Fingernägel in seinen Rücken krallten. Es schien ihm überhaupt nichts auszumachen. Und wenn, dann wurde er höchstens eifriger. Da wurde sie denn doch lieber schwach, und als sich ihre Lippen trafen und er seine Zunge spielen ließ, da gab sie es auf und fügte sich Ernies Spielregeln.

»Er ist drin, er ist drin!« Die Stimme aus dem Fernseher schien aus einer anderen Welt zu kommen. »Meine lieben Freunde, jetzt ist alles wieder in Butter.«

Sechsundachtzigtausend Fans verwandelten das Stadion in einen Hexenkessel. Aber in King's Neck, im Haus von Ernie Miklos herrschte Friedhofsstille. Gillian hatte sich freigemacht und war aufgestanden. Sie sah Ernie an, beugte sich über ihn und berührte ihn mit einer sanften Aufforderung. Er regte sich nicht. So ist das also, dachte Gillian. Es dauert kaum eine Minute – und schon ist es wieder, als wäre gar nichts gewesen. Er starrte schon wieder auf den Bildschirm und paßte auf, wie Army gegen Notre Dame das Spiel wiederaufnahm.

Ernie döste so vor sich hin, als Laverne ihn von unten rief.

»Ist es denn noch nicht vorbei?« fragte sie.

Ernie rieb sich die Augen; alles, was er sah, war das Gesicht von Cassius Clay. Sein Kater war weg; und Gillian auch. Er hörte schon wieder die Kinder rumtoben, und die Geschirrspülmaschine wurde angestellt.

»Du hättest ja auch mal das verdammte Geschirr spülen können!« schrie Laverne hoch.

Dann ging er runter, und sie fragte ihn, ob bei dem Spiel irgendwas Besonderes passiert wäre. Laverne wußte nie, wann die Baseball-Saison aufhörte und die Football-Saison anfing, und Ernie machte auch keine Versuche mehr, ihr das zu erklären. Wozu auch? Wozu, verdammt noch mal, sollte das schon gut sein? Als er wieder raufging, versuchte er, seinen Kopf klar zu kriegen; dabei fragte er sich auch ganz nebenbei mal, wo Gillian wohl geblieben war. Sein Unterhemd lag auf dem Fußboden. Die einzige Spur, die seine Besucherin hinterlassen hatte, war das leere Cocktailglas. Er schob es in eine Tischschublade und ging ins Badezimmer. Seine Augen waren verquollen. Er drehte sich, um Gillians Kratzer auf seinem Rücken zu betrachten. Scheißbiester, die kratzen. Denen sollte man die Krallen ausreißen.

»Ich komme gleich runter«, rief er aus dem Bad und drehte die Brause an.

Als Ernie dann endlich ins Bett kroch, war er vollkommen erledigt. Trotzdem konnte er kaum einschlafen. Laverne wurde mißtrauisch, als er die Pyjamajacke anzog. Ernie trug nämlich sonst nie eine Pyjamajacke, nicht mal im Winter. Der einzige Grund, warum er eine Pyjamahose trug, war der, daß Laverne es zur Bedingung gemacht hatte, wenn er mit ihr im selben Bett schlafen wollte. Manchmal, so wie jetzt, fragte er sich ernsthaft, wieso er das überhaupt jemals gewollt hatte. Sie waren nun schon seit fünfzehn Jahren verheiratet, aber in solchen Nächten wie heute, da kam sich Ernie vor, als sei er schon verheiratet geboren.

Verheiratet geboren. Er erinnerte sich daran, daß sein Vater immer so was Ähnliches gesagt hatte – immer dann nämlich, bevor er am Zahltag mit dem Lohn sofort in die gegenüberliegende Bar ging und alles wieder versoff. Ernies Elternhaus war eine der üblichen armseligen Bruchbuden, wie man sie in schmutzigen Fabrikstädten findet.

Ernie enttäuschte seinen Vater nie, und das war ihm sehr wichtig. Die Tage nach den großen High-School-Football-Spielen, wenn sein Vater ihm auf die Schulter klopfte und die Mädchen auf ihn warteten...

Ernie hatte sich die Universität von Indiana ausgesucht. Die Wahl war ihm schwergefallen; schließlich bewarben sich ja sechsundvierzig Universitäten um die Gunst, ihn bilden zu dürfen. Er wählte Indiana aus einem einfachen Grund: die zahlten die höchsten Stipendien. Er bereute es aber auch heute noch kein bißchen, daß er kurz vor dem letzten Examen zum Militär gegangen war.

Denn der Krieg war überhaupt das Allerbeste, was Ernie Miklos je hatte passieren können. Er liebte diesen Krieg, und wenn er Kriegsgeschichten erzählte, war eine dabei, die er immer wieder zum besten gab. Da war er nämlich, nachdem sie einen japanischen Hauptstützpunkt genommen hatten, mal in eine Baracke eingebrochen und fand einen japanischen Leutnant vor, der gerade Harakiri machen wollte. Ernie half ihm dabei, erfand aber eine eigene Zeremonie zu diesem Zweck: Er stieß ihm das Messer zwölf Zentimeter tief in den Arsch.

Wegen einer Verwundung mußte er nach Honolulu zurück – da kam es ihm manchmal schlimmer vor als in einer Strafkompanie. In Honolulu bekam er dann auch seine Macke; andere merkten nichts davon – nur er. Im Kopf. Irgendwo in einem der dreckigen Hotels mußte es gewesen sein; die Huren hatten an diesem Abend die Hotelstraßen dicht bevölkert. Ernie stellte fest, daß Huren etwas Wunderbares waren, wenn man die Todesnähe spürte: Sie gaben einem das Gefühl, daß man dem Sensemann gerade mal wieder von der Schippe gesprungen war. Es war eine fürchterliche Nacht gewesen. Fast wäre er wirklich begraben worden, und so fühlte er sich eigentlich immer noch. Sein Henker war ein halbseidenes kleines Mädchen mit schlechten Zähnen gewesen; ein Mädchen, das nicht älter als achtzehn gewesen sein konnte. Ernie spürte irgendwie, daß das die Strafe dafür gewesen war, was er dem japanischen Leutnant angetan hatte. Er wußte, daß er es nicht hätte tun sollen; hinterher hatte er sich selbst nicht mehr verstanden.

Noch heute wachte er nachts manchmal auf und schrie. Laverne nahm an, daß es der Gefechtslärm und die Schreie der Sterbenden waren, die durch seinen Schlaf geisterten. Aber Ernie hörte immer nur seine eigenen Schreie; seine eigenen, sinnlosen Schreie und das dumpfe Tropfen der zu Wasser zerrinnenden Eiswürfel auf einen Holzfußboden in einem schmutzigen Zimmer in Honolulu.

Sogar jetzt stand ihm schon wieder der Schweiß auf der Stirn, und er hoffte, daß er mit seinem Zittern Laverne nicht aufweckte. Laverne! Ernie hatte sie geheiratet, weil sie von all den Frauen, an die er sich erinnern konnte, eine von den wenigen gewesen war, die nein zu ihm gesagt hatten. Vielleicht, dachte er, hatte er sie tatsächlich nur geheiratet, weil sie zu den paar Frauen gehört hatte, bei denen er einfach nicht lockergelassen hatte. Und sie hatte gesagt: »Nicht, bevor du mich geheiratet hast.« Ernie wollte es erst nicht glauben, aber dann merkte er, daß Laverne zu der Sorte Mädchen gehörte, die ihre Jungfräulichkeit hüteten wie einen Schatz. Sie war jederzeit in der Lage, ihre eigene Begierde zurückzudrängen. Er aber konnte es einfach nicht mehr aushalten, und so heiratete er sie eben.

Sie sah nicht schlecht aus damals, und sie hatte sich auch ganz gut gehalten. Sie hatte trotz der beiden Geburten noch ein Paar Brüste, die Ernie ganz hoch in der Rangfolge seiner Frauenerlebnisse einstufte.

Das Beste an Laverne aber war ein Vater, der altmodisch genug gewesen war, seiner Tochter eine anständige Mitgift mitzugeben, die in diesem Falle aus einer Teilhaberschaft an einer Baufirma bestand, die sich auf Swimmingpools spezialisiert hatte. Und als die Vorstädter dachten, daß sie ruhig einmal etwas mehr Schulden machen könnnten, da waren Ernie und sein Schwiegervater prompt zur Stelle, um ihnen graben zu helfen. Ernie war der Vizepräsident der Swimmingpool-AG und immerhin so reich, daß er es sich leisten konnte, in King's Neck zu leben. Ernie wäre auch in einem Apartment mit Meeresblick und einem Balkon zum Frühstücken glücklich gewesen. Aber Laverne wollte ja unbedingt zur Society gehören; sie wollte eine solide Grundlage haben, wie sie sich ausdrückte. Also hatte Ernie diesen Kasten mit sieben Schlafzimmern hier gekauft; eine typische Mini-Ranch. Sie hatten hier zwar immer noch keine Wurzeln geschlagen, dafür besaßen sie jetzt aber eine Hypothek, die entsprechend ihrem Lebensalter wuchs. Das einzige, was sie nichts kostete, war der Swimmingpool.

Laverne war von Anfang an nichts anderes als eine brave, tüchtige Hausfrau gewesen. Ernie machte sich klar, daß ihre Ehe mit der Sache in Honolulu im Grunde auf einer Linie lag. Von Ernie und Lavernes Ehe würde man eines Tages sagen können, daß sie ziemlich schwerfällig in Gang und dann irgendwie zum Stillstand gekommen war.

Ernie Gefühle für die meisten seiner Nachbarn drückten sich in einigermaßen simplen Urteilen aus. »Geldgierige verdammte Bande« – das war eine seiner beliebtesten Einschätzungen. Es machte ihm immer eine besondere Freude, seine Nachbarn zu schröpfen, wenn sie zu ihm kamen, um einen Swimmingpool zu bestellen – natürlich in der irrtümlichen Annahme, daß sie durch ihre guten nachbarlichen Beziehungen ein paar Dollar sparen könnten.

Ob Bürgervereinigung oder Komitee zur Rettung unserer Schulen, Republikanischer Klub oder Vereinigung junger Amerikaner zur Aufrechterhaltung unserer Freiheit – das einzige, was er mit einem fröhlichen Fluch auf den Lippen gelten ließ, war eine Party. Letzte Nacht zum Beispiel – da war doch endlich mal was los gewesen! Gillian hatte neben dem Swimmingpool gestanden, als er sie entdeckte. Sie hatte dieses rückenfreie grüne Kleid angehabt; dazu noch hohe Absätze. Er sprach gerade mit irgend jemandem, Melvin Corby war es, und er hatte, als Gillian an ihnen vorbeiging, gesagt: »Den Kerl, der die nicht vernaschen will, den möchte ich mal sehen. Dem spanne ich sofort sein Mädchen aus«, und Corby flüsterte ihm zu, daß hier in King's Neck jeder mal ganz gern an dieser Zuckerpuppe knabbern würde – so ungefähr waren Corbys Worte gewesen (dieser geldgierige verdammte Kerl) –, und Ernie hatte zustimmend genickt. Später war sie dann zu ihm an die Bar gekommen.

Ernie konnte es erst noch gar nicht fassen, daß es so schnell mit ihr geklappt hatte. Sie war nämlich wirklich erstklassig. Aber schließlich erwies sich doch eine seiner grundsätzlichen älteren Erkenntnisse als zutreffend: Nutte ist Nutte.

Damit schlief Ernie ein. Und kaum eine Stunde später wachte Laverne auf und hörte ihn wieder schreien. Er wachte auf und schrie irgendwas von Eiswürfeln, und als sie Anstalten machte, ihm den Schweiß von der Stirn zu wischen, bat er sie dringend, ihn um Gottes willen nicht anzufassen.

Ernie sah Gillian bis zum darauffolgenden Freitag nicht. Er saß im »Plaza« und aß einen Sandwich; Gillian nahm einen ihrer üblichen Spätnachmittags-Martinis. Sie fühlte sich offensichtlich nicht sehr an ihren Ehemann gebunden, denn der saß an einem anderen Tisch und redete mit einigen Männern in grauen Anzügen. Das »Plaza« lag neben dem Bahnhof von King's Neck. Nachts klimperte ein Schwarzer am Klavier, und der Laden war weithin bekannt als ein Bumslokal, wo man sich zu später Stunde immer noch schnell ein billiges Mädchen besorgen konnte. Ernie fand das Lokal deshalb ganz besonders reizvoll, und er hütete sich, das Laverne gegenüber jemals zu erwähnen. Nachmittags war es normalerweise ruhig hier, und Ernie schaute auch gern während seiner Arbeitszeit kurz rein. Einmal hatte er acht Monate lang was mit einer Kellnerin gehabt; und die Sache hatte erst ein Ende gefunden, als ihr Mann einen anderen Job annahm.

»Hallo.« Gillian nahm ihren Martini und setzte sich zu ihm. Ihr Haar war frisch frisiert. Ernie legte sein Notizbuch weg und sah sie mit einem langen Blick an.

»Noch einen?« sagte er.

»Warum nicht?«

Ernie war sich nicht so recht im klaren gewesen, was er bis zum Feierabend anfangen sollte. Aber als Gillian auftauchte, da wußte er plötzlich ganz genau, was er wollte. Er entschuldigte sich kurz und rief seinen Vorarbeiter an. Er befahl, sie sollten einfach weitermachen, und nur nicht so hastig, immer mit der Ruhe. Er ging wieder zu Gillian. Sie saß noch genauso da. Ihr Mann schien überhaupt nichts zu merken. Ernie hatte mal gegen einen Football gespielt, der hatte wie Bill ausgesehen – auch kein Kinn, der Kerl, keine Spur, in Michigan war das gewesen –, dem hatte er nur kurz einen verpaßt, und dann konnte der sich den weiteren Verlauf des Spiels von draußen ansehen.

»Trinken Sie noch einen mit?« fragte Gillian. Ernie mochte keine Martinis. Er traute ihnen nicht, wie allem, was wie Wasser aussah und wie Feuer schmeckte – er wußte, daß er die Wirkung solcher Getränke nicht unter Kontrolle hatte. Aber schließlich war das ja eine Herausforderung gewesen, und deshalb sagte er nicht nein. Als die Kellnerin wegging, sah er ihr auf den Hintern. Vielleicht wäre da auch mal was zu machen, dachte er, angesichts ihres strammen Pos, den ihr weißes Nylonkleid überdeutlich markierte. Ernie peilte immer schon die nächste an, wenn er mit der Gegenwärtigen noch alle Hände voll zu tun hatte.

»Wir sind gerade aus New York zurück«, sagte Gillian. »Haben Sie unsere Sendung eigentlich schon mal gehört? Wenn nicht, macht's auch nichts – sie ist sowieso mehr was für Frauen.«

Die Martinis kamen. Gillian ließ die Eiswürfel im Glas klirren und bemerkte sofort den merkwürdigen Ausdruck in Ernies Augen. Daraufhin machte sie es gleich noch mal. Und wieder geschah es. Seine Augen schienen selbst zu Eis zu erstarren. Es war derselbe Blick, den sie schon am Samstag an ihm beobachtet hatte, bevor er sich von einer Sekunde zur andern in ein wildes Tier verwandelt hatte. Gillian hatte zwar eine Zeitlang Vorlesungen über Freud gehört, aber die Psychologie, auf die sie sich jetzt und hier verließ, die war ihr angeboren.

»Die Eiswürfel sehen hübsch aus, finden Sie nicht?« sagte sie. »Hübsch, wie sie so im Glas schwimmen.«

Ernie fühlte die Feuchtigkeit auf seiner Stirn. Er griff sich sein

Glas und stürzte es mit einem einzigen Schluck runter. Und schon ging's ihm wesentlich besser. Gillian beobachtete dieses Schauspiel mit steigendem akademischem Interesse und war im Begriff, wieder einmal den Fehler zu machen, einen distanzierten, mit Vorurteil überladenen Standpunkt einzunehmen: Sie empfahl Ernie mütterlich, die Martinis doch lieber langsam zu trinken, besonders weil er sie nicht gewöhnt war.

»Ich trinke, wie und was ich will, klar?« schnappte Ernie zurück. »Ich habe schon so etwas getrunken, als Sie noch mit Kerzen rumgespielt haben.«

Gillian war sich durchaus klar darüber, daß sie nun eigentlich unverzüglich hätte gehen müssen. Sie sah zum Tisch ihres Mannes hinüber – aber da saß keiner mehr. Sie fühlte sich schon ein bißchen angetrunken, hielt jedoch ihren Protest zurück, als Ernie die letzte Runde Martinis bestellte.

»Wollen Sie mir nicht irgend etwas sagen?« forschte sie.

»Wo ist Ihr Mann?« sagte Ernie. »Wo ist denn der kleine Kacker hingegangen?«

»Gibt es denn überhaupt nichts, was Sie mir sagen wollen, Ernie?«

»Warum haben Sie eigentlich so'n miesen Kacker wie den da geheiratet?« sagte Ernie. »Da müssen Sie doch 'ne Schraube locker gehabt haben, als Sie diesen Kacker geheiratet haben.«

»Ach, haun Sie doch ab«, sagte Gillian.

»Weiber«, sagte er. »Ich hab schon mehr Weiber gevögelt als der Sultan von Bagdad oder sonstwer. So neu ist mir Ihre Sorte nun auch nicht. Weiber wie Sie, die meinen, ihr Arsch wäre aus Gold, nur weil sie mal auf dem College gewesen sind.«

Gillian nahm erst mal einen Schluck von ihrem neuen Martini. Dann klappte sie ihre Puderdose auf und sah sich ihre Lippen an. Sie wußte, daß es jetzt wirlich an der Zeit war zu gehen, aber sobald sie daran dachte, sagte sie sich auch schon wieder: Dummes Huhn, was kann denn schon passieren?

»Ich hab mit Weibern schon Sachen gemacht«, sagte Ernie, »Sachen, die würden Sie gar nicht glauben.«

»Woher wollen Sie denn das wissen, Ernie?« Und mit trügerischer Sanftheit: »Woher wissen Sie denn das, bevor Sie es mir nicht erzählt haben?«

»Honolulu zum Beispiel. Da hab ich's mit einer gemacht –« Er verstummte und sah sich um. Die Kellnerin mit dem hübschen Hintern polierte Gläser an der Bar und lachte über irgendwas, was Benny, der Barkellner, gesagt hatte.

»Sie wollten mir was von Honolulu erzählen«, sagte Gillian.

»Kümmern Sie sich um Ihren eigenen Dreck«, sagte Ernie. »Sie wollen wissen, was die in Honolulu mit meinem Otto gemacht hat?«

»Erzählen Sie mir doch mal was über Eiswürfel«, sagte sie listig.

»Mitten in meinen Arsch«, sagte er. »Genau rein. Diese kleine Votze hat mir einen direkt in den Arsch gerammt, als ich gerade so richtig kam. Die hat ein Stück Eis genommen und es mit Wucht reingehaun. Ich dachte, es käme mir drei Tage lang. Ich dachte, da hackt mir ständig eine die Zähne in den Schwanz. Mein Gott, nein –«

Ernie knallte mit dem Kopf auf die Theke. Der Barkeeper und die Kellnerin hörten auf zu kichern und sahen rüber, als Ernie wieder schrie: »Mein Gott, mein Gott.« Er fuhr auf, schlug den Kopf gegen die Wand hinter sich, und seine Augen waren fest geschlossen. Darauf war Gillian nicht gefaßt gewesen.

»Direkt in meinen Arsch«, sagte Ernie sanft. »Was sagst du dazu, du Nutte, na? Die hat mir das Stück Eis genau in den Arsch gerammt.«

»Ist Ihnen nicht wohl, Ernie?« fragte Gillian.

»Ist Ihnen nicht wohl, Mr. Miklos?« rief der Barkeeper. »Möchten Sie, daß Sie jemand nach Hause fährt?«

»Hat er Sie irgendwie angefaßt?« flüsterte die Kellnerin.

»Es ist alles in Ordnung, Benny«, rief Gillian zurück. »Ich wohne in der Nähe von Mr. Miklos und fahr ihn nach Hause.«

Ernie spürte ihre Hand auf seinem Arm; er spürte, wie er zur Tür geleitet wurde.

»Jawoll«, sagte er. »Genau in meinen Arsch.«

Es war zwar ein Patio, aber seiner war es nicht. Gleich neben ihm stand ein Bier, und er griff danach. Irgendwas verdeckte ihm den

Himmel. Ein Sonnenschirm. Gillian saß im nächsten Stuhl.

»Trinken Sie«, sagte sie. »Das hilft.«

»Warum haben Sie mich denn diese Scheiße da im ›Plaza‹ trinken lassen?« fragte er.

»Ich konnte ja nicht wissen, was passiert«, sagte sie.

»Sie sind doch der Anheizer gewesen«, sagte er und trank sein Bier. »So, nun wissen Sie es.«

»Ja«, sagte sie. »Und das mit dem japanischen Leutnant auch.«

»Leck mich doch«, sagte er.

Ernie schleuderte die leere Bierdose von sich und hörte sie auf dem Steinboden scheppern. Gillian kam zu ihm und hockte sich neben seinen Stuhl auf die Fliesen.

»Im Schlafzimmer ist es doch bequemer«, sagte sie.

»Ich bin viel zu durcheinander«, sagte er. »Da ist gar nichts drin.«

»Ach wo«, sagte sie. »Nicht bei dem, was ich vorhabe.«

Ernie wußte nicht, wo oben und unten war, als sie ihn hochzog. Die Martinis brannten ihm wie glühende Kohlen im Magen. Er folgte ihr durch die Glastüren zum Schlafzimmer neben dem Swimmingpool. Er fiel schwer aufs Bett und grabschte nach ihr. Ihre Frisur saß immer noch perfekt. Wie bei so einer verdammten ägyptischen Prinzessin. Wie Liz Taylor in diesem Film da. Sie sah ihn nicht mal an, als sie zugriff und ihn streichelte. Er spürte, daß er einen hochbekam, sogar in diesem Zustand, verdammt!

Ernie Miklos war jenseits jeder Aktivität, und er machte auch keinerlei Anstrengung mehr. Er lag nur da und ließ es mit sich machen. Und als es dann langsam so weit war, kam es ihm sehr angenehm vor. Er hatte gar nicht gewußt, daß es auch so sein konnte.

»Ich komme«, sagte er.

»Ja, komm«, sagte sie, »laß es nur schön kommen, Ernie.«

»Mein lieber Schwan; Gott, nein, nein!« schrie er wieder.

Er wußte ganz genau, was jetzt passierte; irgendwie wußte er das ganz genau. Und dann spürte er es auch. Sie rammte ihm das Eis da rein, einen riesigen Eisberg, und dann erstarb sein Schrei, und sein ganzes Sein schien auszufließen, und er spürte, wie er langsam in einer warmen Woge von Glücklichsein versackte.

»Oh, mein Gott!«

Sie krümmten und wanden sich; sie schlängelten hin und her und keuchten und verkrallten sich ineinander. Vögeln in Ewigkeit, dachte Ernie, in Ewigkeit so weitervögeln. Er hatte gefunden, was Cervantes und Milton vergeblich gesucht hatten. Er dachte, seine Zahnfüllungen würden schmelzen. Hinterher zitterte er immer noch.

»Alles in Ordnung?«

»Gott, Gott, Gott«, sagte er.

»Ernie –«

»Bring mich nach Hause«, bat er, »bring mico jetzt nach Hause.«

»Ist auch wirklich alles in Ordnung?«

»Nur nach Hause«, sagte er.

Gillian schaffte es irgendwie, sie beide anzuziehen und ihn ins Auto zu schleppen. Es war ja nur drei Blocks weiter. Ernie spürte, wie ihm das Feuer aus seinem Magen jetzt in den Kopf stieg. Er stolperte aus dem Wagen und sah, wie Gillian wegfuhr. Er schwankte durch den Hintereingang herein und polterte gegen die tragbare Bar. Er hörte Flaschen an der Mauer zersplittern, und er hörte das Geräusch, das die Eiswürfel verursachten, als die über den Steinboden glitten. Das Feuer brannte ihm in der Brust und er merkte auch noch, wie er hinfiel.

Laverne hörte, wie etwas ins Wasser klatschte, und schaltete die Swimmingpool-Beleuchtung an. Sie sah die umgeworfene Bar, die Glassplitter auf dem Boden, und sie sah auch Ernie, der mit dem Gesicht nach unten auf dem Wasser trieb. Die Eiswürfel, die neben ihm im Wasser schwammen, konnte sie aus dieser Entfernung nicht erkennen.

BILLY *Wir erwarten heute einen ganz besonders interessanten Gast, Gilly. Es ist Creighton Schwartz, der Herausgeber von »Hammer und Nagel«, der größten Do-it-yourself-Zeitschrift im ganzen Land.*

GILLY *Das wird sicher hochinteressant, Billy. Besonders für alle unsere Hörer in den Trabantenstädten.*

BILLY *Ganz bestimmt.*

GILLY *Also unser Viertel zum Beispiel summt wie ein Bienenkorb vor lauter Bastelarbeit.*

BILLY *Wenn man bedenkt: Es ist doch eigentlich erstaunlich, wie sich die Do-it-yourself-Bewegung in den letzten Jahren ausgebreitet hat. Und nicht nur bei den Männern. Es gibt eine ganze Menge Frauen, die mit Leidenschaft drauflosbohren und draufloshämmern.*

GILLY *Ich weiß. Einige meiner besten Freundinnen sind Do-it-yourselfer.*

BILLY *Natürlich gibt es auch Ehepaare, die es gemeinsam tun.*

GILLY *Das stimmt, Billy. Und eigentlich ist das ja beste amerikanische Tradition.*

BILLY *Ja, und es bedeutet echtes Zusammengehörigkeitsgefühl. Nicht dieses Pseudo-Zusammengehörigkeitsgefühl, sondern das echte, wahre.*

GILLY *Genau. Do-it-yourself kann eine richtige Familienangelegenheit sein.*

BILLY *Richtig, Gilly. Eine Do-it-yourself-Arbeit ist ein Weg, gemeinsam etwas aufzubauen. Es bedeutet nicht nur, daß man zusammen hämmert und nagelt, sondern daß man sich dabei eine echte gemeinsame Lebensbasis schafft.*

GILLY *Das hast du schön ausgedrückt, Billy.*

BILLY *Mit anderen Worten: Es ist ein Weg, die Fundamente der Ehe zu festigen.*

GILLY *Hmmmja. Kleistern Seite an Seite.*

BILLY *Gemeinsam polieren.*

GILLY *Zu zweit auf dem Fußboden.*

BILLY *Im Einklang hobeln.*

GILLY *Das ist doch wirklich ein Riesenspaß.*

BILLY *Wenn man zusammen arbeitet, baut man zusammen et-was auf.*

GILLY *Und genau das sind die grundsoliden Werte, aus denen eine erfolgreiche Ehe entsteht.*

Morton Earbrow wartete darauf, daß der Schweiß auf seiner Haut trocknete. Er lag auf dem schmuddeligen Bett und fühlte sich zu müde, seine Boxershorts auszuziehen und in der Finsternis nach seinem Pyjama zu suchen. Und dann hörte er, wie aus der Finsternis das Kratzen kam, das vertraute Geräusch, das Kratzen, das nicht aufhören würde, bis der Schlaf ihn übermannte.

»Wie spät ist es?« rief er. »Wie spät ist es denn schon?«

»Viertel nach eins«, antwortete seine Frau.

Aber das Kratzen hörte nicht auf. Nicht einmal der Rhythmus änderte sich. Sie hockte da unten, am Fuß der Treppe, und kratzte Farbe ab. In der einen Hand die Dose mit Farbentferner, in der andern einen Spachtel. Da unten war seine Frau und hatte Gummihandschuhe an und kratzte Farbe weg, und es war Samstag mitten in der Nacht.

»Warum läßt du's nicht sein für heut nacht?« fragte Morton.

»Jetzt aufhören?« gab sie zurück. Schrapp-schrapp-schrapp. »Wo ich doch fast fertig bin? Bloß noch ein paar Minuten.«

Er wußte, daß das Kratzen immer weitergehen und er darüber einschlafen würde, und am Morgen würde Gloria – Gloria mit dem goldenen Haar und den Honigtaubrüsten – neben ihm zusammengerollt auf dem Bett liegen, und sie würde ihre Arbeitshose und den Pulli noch anhaben, weil sie zu müde gewesen war, sich auszuziehen.

Alles das wußte er, aber trotzdem mußte er es noch einmal versuchen. Er stemmte seinen schmerzenden Körper vom Bett hoch, streckte seine steifen Glieder – steif, weil er hintereinander die Decken von elf Räumen gestrichen hatte – und humpelte aus dem Schlafzimmer und die Treppe hinunter.

»Ich dachte, du wolltest schlafen«, sagte Gloria, ohne von ihrer Arbeit aufzuschauen.

»Ich konnte nicht schlafen«, sagte er. »Gloria –«

»Hmmm?« sagte sie.

Er hatte nichts zu sagen, und sie wußten es beide. Er versuchte die Nachricht in einer anderen Sprache zu übermitteln, einer Sprache, die sie beide vor langer Zeit beherrscht hatten. Er legte den Arm um ihre Hüfte und rieb sein Gesicht mit dem Wochenendbart an ihrem feuchten Pulli. Er ließ seine Hände höher wandern, bis sie ihre Honigtaumelonen-Brüste berührten.

»Morton! Um Himmels willen!«

»Um meinetwillen, Gloria«, sagte er, »es ist schon so lange her –«

»Bald haben wir's geschafft.« Schrapp-schrapp-schrapp. »Bald sind wir mit dem Haus fertig. Dann haben wir Zeit genug.«

»Bald, das ist zu spät«, sagte er. »Gloria –«

»Denk an das Haus«, sagte sie und zeigte mit dem Zeigefinger aus das morsche Holz, von dem sie mehrere Schichten Farbe abgelöst hatte. »Denk daran, was wir hier aufbauen: das Heim, das unsere Kinder haben sollen.«

»Kinder«, sagte er. »Um Kinder zu haben, muß man –«

»Mor-ton!« Es klang warnend.

Er wußte, daß er mal wieder verloren hatte. Er schlich die Treppe hinauf, kroch zwischen die schmuddeligen Laken und wartete darauf, daß der Schlaf ihn bewußtlos machen würde. Ehe er einschlief, verfluchte er das alte Haus, das sie sich zugelegt hatten, diese Bruchbude, die früher die Wagenremise eines bekannten amerikanischen Millionärs gewesen war. Er verfluchte King's Neck, verfluchte die Nachbarn, verfluchte den Rasen, verfluchte die Decken, die er abgekratzt und frisch gestrichen hatte, er verfluchte die Long-Island-Schnellstraße und schließlich, kurz bevor er in Schlaf sank, verfluchte er noch die schmuddeligen Laken. Er mußte unbedingt daran denken, Gloria zu sagen, sie solle das Bett mal frisch beziehen.

Am nächsten Morgen fühlte er sich besser. Morgens fühlte er sich immer besser. Der Schmerz in der Leistengegend war dumpfer geworden und die Steifheit aus den Muskeln verschwunden. Er wünschte sich, älter zu sein. Er wünschte, er würde sich weniger rasch und gut erholen. Wenn er doch bloß schon fünfzig wäre und vor sich selber die Entschuldigung hätte, daß er einfach zu müde war. Aber nein. Er und Gloria waren erst fünfundzwanzig. Sie hatten die Kraft, achtzehn Stunden am Tag zu arbeiten. Und sie taten es.

Gloria hatte ihm eine Liste auf den Schreibtisch gelegt. »Mäh das Gras«, stand auf dem Zettel. »Bereite die Herbstarbeit vor!« So schob er nun den alten Rasenmäher über den Rasen. Das war eine mechanische Tätigkeit, und sie gefiel ihm. Er war nämlich ein Träumer und mochte daher Arbeiten, die es ihm erlaubten, seine Gedanken umherwandern zu lassen. Er träumte von Kühle und Sauberkeit, von frischen Bettlaken und Frauen, die strahlend aus heißen Schaumbädern stiegen, von Händen ohne Schwielen und von Brüsten, die kein Pulli bedeckte. Er träumte von Apartments mit Klimaanlage und Blick auf den Fluß mitten in der Stadt, von Stereoanlagen und indirekter Beleuchtung.

Er war scharf, das war's.

Gloria war tief im Bauch des Hauses weiterhin damit beschäftigt, Farbe abzukratzen, die um die Jahrhundertwende aufgetragen worden war. Er war allein mit seinen Träumen und dem Rasenmäher. Er dachte an Luxus-Apartments für Junggesellen, an Hausverwalter und an Handwerker, Installateure und Elektriker. Dann endlich hörte er die Stimme.

»Mr. Earbrow«, rief sie. »Hallo, Mr. Earbrow!«

Es war die Stimme einer Frau, die Stimme *der* Frau. Gillian Blake stand gegen den Zaun gelehnt, der ihr Grundstück von dem der Earbrows trennte. Morton hatte Gillian nur einmal vorher gesehen, auf einer Party. Er hatte sie zu irgendwas beglückwünscht. Was war das nur gewesen? Oh, ja. Er hatte sie dazu beglückwünscht, daß sie die einzige Frau in der ganzen Nachbarschaft sei, die nicht dauernd über den Zäunen hing und den Nachbarn Rat und Hilfe anbot. Und da stand sie also, hing über den Zaun und hatte einen leichten, flauschigen Hausmantel an.

»Sie plagen sich ja so schrecklich«, sagte Gillian. »Wollen Sie nicht lieber unseren Motormäher nehmen? Wir brauchen ihn heute nicht.«

Morton Earbrow ertappte sich dabei, daß er sie anstarrte, daß er ihr direkt in das schmale, aufregende Gesicht und dann gierig auf ihren schlanken aufregenden Körper starrte. Auch ihre Arme waren schlank und aufregend. Gebräunte Arme mit einem leichten Flaum von sonnengebleichten Haaren. Diese Arme, entschied er bei sich, haben niemals etwas Schwereres als eine Sektschale gehoben. Vielleicht einen Tennisschläger – aber das wohl mehr um des Effekts willen. Diese Frau – der Gedanke kam ihm ganz plötzlich – war ein wesentlicher Bestandteil seiner allerköstlichsten Träume.

»Danke schön, Mrs. Blake«, sagte er, »aber –«

»Bitte bedienen Sie sich«, sagte Gillian.

»Bedienen?« Er hatte das Wort nicht wiederholen wollen. Blöd, daß es ihm so herausgefahren war. Er wußte, daß sie den Motormäher gemeint hatte. Trotz des Nachdrucks, den sie auf das Wort legte, trotz ihrer Stimme und trotz dieses Blicks, den sie ihm zuwarf. Trotz alledem hatte sie über den Rasenmäher gesprochen.

Um genau zu sein, Gillian hatte im Grunde natürlich doch nicht über den Motorrasenmäher gesprochen. Sie konnte sich nicht vorstellen, daß es irgend etwas auf der Welt gab, das sie weniger interessierte als ein Motorrasenmäher. Wie die Dinge nun mal lagen, schien es ihr allerdings, als ginge der kürzeste Weg zu Morton Earbrows Herzen über einen vollautomatischen Motorrasenmäher.

»Der Mäher ist in der Garage«, sagte sie.

»Also wirklich, vielen Dank, Mrs. Blake«, sagte er.

Morton sprang elegant über den Zaun und ging dann neben ihr her zur Garage. Es war kühl da drin, kühl und dunkel. Durch eine offene Tür konnte er in eine Art Diele sehen, die noch dunkler und kühler wirkte als die Garage. In der Diele stand eine Couch. Gillian lehnte am Türpfosten und schaute ihn an. Er spürte, wie der Schmerz in der Leistengegend erwachte, und er wandte sich ab und widmete sich dem Rasenmäher.

»Sie arbeiten ziemlich viel«, sagte Gillian. »Ich kann Sie sogar nachts hören.«

»Das Haus hat eine Unmenge von Reparaturen nötig.«

»Können Sie denn nie stillsitzen und sich ausruhen?«

»Nicht oft«, antwortete er, »es ist ein sehr altes Haus.«

»Mein Mann sitzt auch nie untätig da und ruht sich aus«, sagte Gillian. Sie machte sich Gedanken, ob sie vielleicht zu rasch vorging. »Aber unser Haus ist neu. Er ist nur fast nie zu Hause. Er arbeitet in der City.«

»Sie arbeiten doch beide in der City«, sagte Morton. »Ich meine, ich habe mal Ihre Sendung gehört.«

»Das überrascht mich«, sagte Gillian. »Nur ganz wenige Männer hören uns zu.«

»Also, ich glaube, ich mach mich besser wieder auf den Weg«, sagte Morton. »Ich muß heute noch ein ganz schönes Stück Rasen schaffen. Wir wollten später nämlich säen.«

»Wirklich?« fragte Gillian. »Wie interessant.«

Morton hatte das Gefühl, daß sie das ein bißchen zweideutig herausgebracht hatte, aber er hielt es für besser, nicht weiter darauf einzugehen.

»Vielleicht sollten Sie den Rasenmäher erst mal ausprobieren«, meinte Gillian, »er ist ziemlich lange nicht mehr benutzt worden.«

Morton Earbrow schob die Maschine hinaus in die Sonne neben den Swimming-pool. Er blickte auf das Wasser hinunter, auf die kleinen Wellen, die der Wind, der von der Küste her wehte, aufwarf, und er schaute auf den Rasenmäher. Es war eine wunderschöne Maschine mit allen Schikanen. Aber Morton Earbrow fragte sich, warum er nicht mehr Begeisterung für sie aufbrachte. Er drückte einen Knopf, die Maschine wurde lebendig, schnurrte eine Minute lang und starb dann ab.

»Irgendwas scheint nicht zu stimmen«, bemerkte er.

»Oh, ich hoffe, es ist nichts Ernstes«, sagte Gillian.

»Das werden wir im Nu repariert haben«, sagte Morton.

Er sprach voller Selbstvertrauen. Und es gab ja auch wahrhaftig keinen Grund, warum Morton Earbrow hätte Zweifel haben sollen. Während der letzten paar Monate hatte er Bandsägen repariert, Bohrer und Schleifmaschinen, Handsägen und Drehbänke, und bisher war ihm die Maschine noch nicht begegnet, die seiner fachmännischen Hand widerstanden hätte.

Während er die Zündung zu untersuchen begann, die Zündkerzen, den Verteiler, den Vergaser, verschwand Gillian. Als sie zurückkam, brachte sie ein kaltes Bier für ihn mit. Außerdem war sie im Badeanzug. Es war ein komischer Badeanzug, fand Morton, ein Badeanzug mit Öffnungen an ganz ungewöhnlichen Stellen – ein Badeanzug, der nur von Bändern zusammengehalten zu sein schien. Er dankte für das Bier und wandte sich wieder dem Rasenmäher zu.

»Glauben Sie, Sie kriegen alle diese Teile wieder richtig in die Maschine rein?« fragte sie.

»Ach, das ist wirklich gar nicht so schwierig«, sagte Morton. »Aber ich kann den Fehler einfach nicht finden.«

»Immerhin«, sagte Gillian, »wenn bei uns was kaputt ist, müssen wir immer einen Mann kommen lassen.«

Morton Earbrow ging zu seinem Haus hinüber, um seine Schraubenschlüssel und Schraubenzieher zu holen. Als er zurückkam, war Gillian im Swimming-pool. Sie schwamm recht gut, besonders wenn man ihre sehr schlanken Arme in Betracht zog, was Morton in diesem Augenblick tat. Langsam richtete er seine Aufmerksamkeit wieder auf den Rasenmäher, fast ärgerlich und irgendwie mit dem Gefühl, daß diese Maschine die erste in seinem Leben sei, die ihm Widerstand leistete. Aber Morton Earbrow konnte ja auch nicht wissen, daß Gillian zuvor den ganzen Inhalt eines Salzstreuers in den Benzintank geschüttet hatte.

Gloria ließ sich nur einmal blicken. Genau um zwölf kam sie in Bermudashorts und Pulli herüber und gab ihm einen Sandwich mit Leberwurst. Ohne Senf. Dann verschwand sie wieder im Haus.

Gillian verbrachte den Nachmittag bequem ausgestreckt in einem gestreiften Liegestuhl. Sie dachte flüchtig an Ernie Miklos und verspürte einen sanften Gewissensbiß. Sie hatte es eigentlich nicht so enden lassen wollen, jedenfalls nicht so heftig und hitzig. Andererseits: Wie hätte sie ihn sonst von seinem Trauma befreien sollen!

Die Sonne schien nun prall auf sie herunter, und sie spürte die

Hitze auch in Morton Earbrows Blicken. Jedesmal, wenn sie sich bewegte, flackerten seine Augen. Nur, um mal was auszuprobieren, nur, um zu sehen, wie dieser brave Mann-für-alles reagieren würde, atmete sie tief ein... Und bevor sie noch ausgeatmet hatte, hörte sie zu ihrer Befriedigung, daß ein Schraubenschlüssel zu Boden fiel.

Doch dann schien die Herausforderung durch diesen Morton gleich wieder schwächer zu werden, und so erlaubte Gillian Blake ihrem Geist, sich spekulativ bereits mit dem nächsten Kandidaten zu beschäftigen. Ein bißchen härter müßte er sein, träumte sie, jemand, der ein bißchen mehr Kampf bedeuten würde.

Melvin Corby, der solche Angst vor seiner Frau hatte. Er wäre sicher eine lohnende Aufgabe. Oder vielleicht Paddy Madigan, der ehemalige Boxchampion – aber irgendwas fehlte ihm, irgendwas, das sie nicht beschreiben konnte. Marvin Goodman, der Geizkragen... Willoughby Martin, wenn er sich überhaupt was aus Frauen machte. Die Variationsmöglichkeiten schienen unbegrenzt. Aber eine echte Herausforderung – welcher Mann wäre eine Herausforderung? Da war noch Mario Vella; alle sagten von ihm, er gehöre zur Mafia. Nein, der nicht. Noch nicht. Der Rabbiner Joshua Turnbull, ein Mann Gottes. Also das wäre wirklich eine Herausforderung. Warum eigentlich nicht?

»Sie müssen doch schrecklich müde sein«, wandte sie sich zu Morton Earbrow. »Wollen Sie nicht eine Pause machen und was trinken?«

»Ich glaube, ich habe den Defekt gefunden«, sagte Morton. »Irgendwas scheint die Benzinleitung zu blockieren.«

Gillians schwielenlose Hand sank herab und streichelte seidenweich seinen Nacken. Wie von einer Tarantel gestochen, sprang er auf.

»Kommen Sie rein, trinken wir was«, sagte sie. »Kommen Sie, Sie haben's verdient.«

»Eine kurze Pause kann nichts schaden, denke ich«, sagte er. Durch die Garage in die Diele, dunkler... kühler. Er setzte sich auf die Couch, direkt unter den Luftstrom der Klimaanlage.

»Ich fürchte, ich mache Ihnen die ganzen Überzüge...« begann er, unterbrach sich aber sofort.

»Einen Johnny Walker zur Abwechslung?« fragte sie.

»Wäre nicht schlecht«, antwortete er.

Sie brachte die Drinks, setzte sich neben ihn auf die Couch. Dieser Badeanzug. Er konnte sich einfach nicht vorstellen, wie er zusammengehalten wurde. Bei dieser Belastung...

»Und nun?« fragte Gillian.

»Wie bitte?«

»In Ihrem Haus«, sagte sie, »was kommt denn als nächstes dran?«

»Das weiß der Himmel. Gloria macht die Pläne. Und ich kriege sie immer erst am Wochenende zu sehen. Aber es gibt noch eine Menge zu tun. Entsetzlich viel Arbeit mit so 'nem alten Haus. Und es hört nie auf. Manchmal wollte ich, wir hätten's nicht gekauft.«

»Und was hält Ihre Frau von dem Ganzen?«

»Ach, sie findet es prima«, sagte er. »sie behauptet, es hält sie in Schwung. Und das kann ich einfach nicht verstehen... Aber Sie hören so was ja die ganze Zeit. Ich glaube, Sie wissen so ziemlich alles über die Ehe.«

»Alles«, sagte sie. Es klang zynisch. Es *war* zynisch. Ihre Augen leuchteten in der Dunkelheit bernsteinfarben. »Jeder hat Probleme. Anscheinend finden die Leute heutzutage keinen Weg mehr zueinander.«

»Ich weiß, was Sie meinen«, rief er. »Ich weiß ganz genau, was Sie meinen. Aber was soll man tun, wenn man das merkt?«

»Ich könnte Ihnen sagen, was ich immer im Radio sage«, antwortete Gillian. »Vernunft, Geduld, gemeinsame Interessen pflegen... Aber was ich sage, wenn das Mikrofon abgeschaltet ist, das ist was ganz anderes. Ich glaube nicht, daß meine lieben Hörerinnen und Hörer auf das vorbereitet wären, was ich wirklich denke.«

Sie streckte ihren rechten Arm aus, um das Gesagte zu unterstreichen, und Morton Earbrow gewann durch den Netzbadeanzug einen deutlichen Eindruck von ihrer rechten Brust. Sie wirkte weich und fest zugleich. Vielleicht nicht gerade wie eine Melone, eher wie eine Birne. Aber schließlich hatte er ja nichts gegen Birnen.

»Das Wichtigste«, sprach sie weiter, »und ich wollte, ich könnte das im Radio sagen, das Wichtigste ist, daß man sich verbindet, sich mit jemand zusammentut, irgendeinem. Geh aus dir heraus und berühre eine andere Seele. Jemanden lieben, das ist das Wichtigste. Lieben und geliebt werden.«

»Aber wie?« fragte Morton. »Und wen?«

»Lassen Sie Ihre Phantasie spielen«, befahl sie.

Schüchtern streckte Morton die Hand aus und berührte ihr Knie. Seine Finger – sicher würden sie schmutzige Flecken auf ihrer Haut zurücklassen . . . Aber jetzt gab es kein Zurück mehr. Seine Finger griffen fester zu, glitten über das Knie hinauf, weiter über den fleischigen Schenkel. Glatt und weich. Er fühlte, wie ihre Haut unter seinen Fingern zitterte. Er spürte ihre Hand auf seinem Knie, spürte, wie der Griff fester wurde, wie die Hand sich bewegte. Seine Hand glitt weiter über ihren Schenkel, und sie wandte sich ihm zu, um es ihm leichter zu machen.

Und dann kam der Augenblick, in dem sich Morton Earbrows handwerkliches Geschick bezahlt machte. Ohne daß er auch nur eine Sekunde lang darüber nachgedacht hätte, ohne daß er jemals eine Gebrauchsanweisung gesehen hätte, nur durch puren Instinkt fand er die Schnur, die Gillians Badeanzug zusammenhielt. Er fiel in drei Teilen von ihr ab. Und dann berührten sie einander an den geheimsten, intimsten Stellen und gingen aus sich heraus. Wahrhaftig, bei Gott, sich mit jemand zusammentun! Morton beugte sich über sie, und im Gegensatz zu diesem verdammten Rasenmäher versuchte sie nicht, ihm Widerstand zu leisten.

»Ich werde Ihnen die Couch vollschmieren«, erinnerte er sie.

»Meine Knie und Ellbogen sind ganz –«

»Sei so lieb und halt den Mund«, sagte sie.

Sie hatte den Gürtel aus den Schlaufen seiner Bermudashorts gezogen und war nun dabei, sie über seine Hüften zu streifen und weiter, bis er frei war. Und dann, ohne weitere Worte, versanken sie ineinander. Im Dunkel, in der kühlen Dunkelheit, verbanden sie sich. Schneller und schneller, heftiger und heftiger, an einem Dutzend verschiedener Stellen, in unendlichen Variationen. Finger und Nägel auf der Haut, Zähne auf der Haut, und dann das große Erbeben der vollkommenen Verschmelzung: ein vehementer Ausbruch von gegenseitigem Verständnis und ein langausgedehnter Höhepunkt, der ihnen bewußt machte, daß sie so eng zusammenwaren, wie zwei Menschen es nur sein können.

»Siehst du«, flüsterte sie später, »das meinte ich. Das habe ich dir sagen wollen.«

»Es schien so einfach –«

Sie ließen von einander ab und lagen ruhig im Dunkel. Dann begann Morton zu lachen und konnte nicht mehr aufhören.

»Ich hatte das ganz vergessen«, sagte er, »ich hatte völlig vergessen, daß es im Leben noch mehr gibt als Rasenmähen.«

»Man kann solche und solche Rasen mähen«, sagte sie.

»Ein Rasen ist ein Rasen ist ein Rasen« – und er mußte wieder lachen. Und lachend griff er nach seinen Shorts.

»Was soll die Eile?« fragte Gillian. »Der Rasen kann doch warten. Der Rasen da kann warten.«

»Meine Frau«, sagte er. »Es ist schon Nachmittag, und ich hätte längst mit dem Säen anfangen sollen.«

»Ich dachte, das hättest du gerade getan«, sagte Gillian. »Also gut, ich laß dich gehen, aber nur, wenn du versprichst wiederzukommen.«

»Wann?«

»Ach, es geht fast immer«, sagte sie. »Mein Mann kommt in letzter Zeit nur selten heim. Achte nur immer auf die Auffahrt. Wenn der Wagen dasteht, dann ist er zu Hause. Wenn der Wagen fort ist, dann können wir – spielen.«

»Es tut mir leid wegen dem Schmutz auf der Couch«, sagte er.

»Keine Entschuldigung nötig«, sagte Gillian.

Er besuchte sie in dieser Woche mehrmals. Am Dienstag und am Donnerstag und am Samstagnachmittag und am Sonntagmorgen. Und am darauffolgenden Sonntagnachmittag war seine Frau weggegangen, um Zwergwacholder zu kaufen, und Morton legte sich in das immer noch ungemähte Gras und wälzte sich darin herum wie ein junger Hund und spürte voll Glück das weiche Kissen, das unter ihm wuchs.

Es war nicht nur so, daß der Rasen nicht gemäht wurde. Alles blieb einfach liegen. Er strich einen Fensterrahmen und vergaß den Rahmen daneben. Er bestellte die Kacheln für den Küchentisch, aber er vergaß, den Leim dafür zu bestellen. Er baute die Hälfte einer Verandaverkleidung und warf dann den Hammer in Mario Vellas Hof. Der Rasen wurde zu einer Wiese, das Haus existierte für ihn kaum noch, und Morton Earbrow gab sich dem genüßlichen Gefühl hin zuzusehen, wie sich die Welt rings um den Kern seines Glückszustands auflöste.

Währenddessen kratzte Gloria Farbe vom Holz, beizte und lakkierte es. Sie entfernte die Tapeten im Flur und klebte neue. Und es war klar, daß sie irgendwann bemerken mußte, daß Morton nicht mit ihr Schritt hielt. Sie hörte auf, ihre Listen zu kritzeln, weil sie den Verdacht hatte, daß sie doch nicht gelesen würden. Am Montag hatten sie einen Streit.

»Ich glaube, du schuldest mir eine Erklärung«, sagte sie zu ihm. »Du fährst zum Do-it-yourself-Zentrum, um Farbe zu kaufen, und du brauchst drei Stunden.«

»Du weißt doch, was dort immer für ein Gedränge ist«, unterbrach er sie.

»Und dann kommst du auch noch ohne Farbe zurück. Und dieses ständige Lächeln! Ich sehe nicht, was da so komisch ist! Und am Donnerstag hast du dein Ballspiel mit der Büromannschaft, und dann sagst du, du bist zu müde, und kannst überhaupt nichts im Haus tun.«

»Es ist einfach unmenschlich, den ganzen Tag nur dafür zu schuften. Wir haben überhaupt keine Zeit mehr für was anderes. Mein Gott, wenn ich daran denke, wie es war, als wir gerade geheiratet hatten.«

»Das ist alles, woran du denkst«, fauchte Gloria, »ich fange an zu glauben, daß ich mit einem sexuellen Monstrum verheiratet bin. Das war ja alles ganz schön und gut, bevor wir diese Verantwortung hatten. Aber jetzt haben wir endlich ein Heim. Und bald werden wir Kinder haben.«

»*Kinder!*« Morton schrie jetzt. »Wie können zwei Leute Kinder kriegen, wenn sie nicht mal zusammen schlafen!«

»Wüstling!« kreischte sie.

»Verdammt, jaaa!«

»Ist das alles, was Verheiratetsein für dich bedeutet?« fragte sie.

»Dann haben wir ja ein zauberhaftes Verhältnis zueinander.«

»Ach, Quatsch!«

»Du willst nur meinen Körper«, quengelte sie. »Und was wird aus unserem gemeinsamen Leben, unseren Plänen, ein Heim für unsere –«

»Scheiße, Scheiße, Scheiße!« Er kochte vor Wut. »Steck dir das gemeinsame Leben doch sonstwo hin. Und das Haus dazu. Und deinen Körper auch!«

»Ich höre dir nicht mehr zu!« sagte sie.

»Na, dann nicht!« sagte er.

Er kehrte zu seinem Traum zurück. Das hübsche, immer ordentliche Junggesellenapartment mit Putzfrau und Klimaanlage. Eine Stereoanlage, Gäste über Nacht – Gillian Blake. Und da wußte Morton Earbrow, was zu tun war. Er stieg die frischlakkierten Treppen hinauf, betrat das kürzlich tapezierte Schlafzimmer, schob seine Arbeitskleider beiseite, stopfte seine Anzüge und Hemden in zwei Koffer – und verließ das Haus.

Eine Woche später wählte er ihre Nummer.

»Gillian?«

»Ach, Morton«, sagte sie.

»Wie geht's?«

»Wie geht's dir?« sagte sie. »Wo bist du?«

»Ich hab ein prima neues Nest in der Sechsundsechzigsten Straße«, sagte Morton. »Man kann den East River sehen, gleich hinter den Schornsteinen.«

»Oh, das klingt phantastisch«, sagte Gillian. »Wo ist Gloria?«

»Wer – Gloria?« fragte er. »Hör mal, du mußt unbedingt nach deiner Sendung vorbeikommen. Ich werde dir den East River zeigen. Und natürlich auch meine Einrichtung.«

»Soll das heißen, daß es zwischen dir und Gloria aus ist?«

»Es war nie was zwischen Gloria und mir«, sagte er. »Also, wie ist es, kommst du?«

»Adieu«, sagte sie.

Klick. Morton Earbrow stand da und schaute über die Schornsteine auf den East River. Er nahm das gleichmäßige Summen der Klimaanlage wahr, und plötzlich erschien der Raum ihm kalt. Morton Earbrow, ein Do-it-yourselfer, der nichts zu tun hatte, verbrachte die nächste Stunde damit, seinem neuen Transistorradio zuzuhören. Dann mixte er sich zwei Martinis. Er wechselte die Bettlaken. Und dann, schon spät in der Nacht, begann er aus Kleiderbügeln und einer Orangenkiste ein kleines und ziemlich schiefes Gestell für Weinflaschen zu konstruieren. Es war eine schwierige Arbeit, besonders weil er nicht das richtige Werkzeug hatte.

Ehe er sich in dieser Nacht schlafen legte, schrieb er auf einen Zettel: »Neuen Bohrer kaufen!«

GILLY Sag mal, Billy, hast du in den Zeitungen von diesem
merkwürdigen Gottesdienst gelesen, den man hier in unserem
King's Neck geplant hat?

BILLY Du meinst die Sache in der Synagoge?

GILLY Ja, sie wollen da eine Rock 'n Roll-Gruppe auftreten lassen.

BILLY Toll.

GILLY Ich weiß, es klingt einfach zu gewagt. Ich habe ja schon
gehört, daß man Jazz als Teil der Liturgie verwendet, aber Rock
'n Roll! Ein bißchen ungewöhnlich – das ist doch wohl das min-
deste, was man dazu sagen muß.

BILLY Andererseits ist der Rabbiner dieser Gemeinde, Joshua
Turnbull, als besonders fortschrittlich bekannt.

GILLY Er ist ja auch noch ein recht junger Mann.

BILLY Weißt du was, ich glaube, er wäre ein interessanter Gast
für unsere Sendung.

GILLY O ja, ich meine, er wäre sogar ein außerordentlich interessanter Gast. Ich habe noch nie einen Rabbiner ausgeholt.

Es war zu einfach, zu leicht. Ernie Miklos ... Morton Earbrow. Gillian war diese Routine-Eroberungen leid. Fast fühlte sie sich versucht, ihren Plan aufzugeben. Was sie zu diesem kritischen Zeitpunkt brauchte, war eine Herausforderung. Etwas, das ihr Gelegenheit geben würde, ihr Naturtalent unter Beweis zu stellen.

Joshua Turnbull, das geistige Haupt der kleinen jüdischen Gemeinde von King's Neck, war während der letzten Monate Mittelpunkt von bescheidenen Kontroversen gewesen. Es hatte begonnen, als er seinen Plan bekanntgab, am ersten Freitagabend des nächsten Monats die Sabbatfeier mit der Rock-'n'-Roll-Gruppe »Jonas und die Wimmer-Wale« zu bestreiten. Diese Ankündigung qualifizierte den Rabbiner zweifellos für eine Gastrolle in der »Billy & Gilly«-Sendung. Und der Pressereferent des Rabbiners hatte mitgeteilt, der Rabbiner würde gern erscheinen.

Und so kam es, daß William Blake – notorischer Mädchenjäger, betrogener Ehemann und Moderator – an jenem Morgen recht dumm dreinschaute, als Gillian loslegte. Rabbiner Turnbull erwies sich von Anfang an als schwierig. Er reagierte nicht nur nicht auf Gillians Charme, er tat sogar so, als gäbe es sie gar nicht, und sprach direkt zum Publikum. Auf ihre Fangfragen ging er überhaupt nicht ein. Er folgte einfach weiter seinem eigenen Kurs. Gillian setzte mehr Segel und folgte ihm rücksichtslos.

Turnbull, aus dem Union Theological Seminary in Cleveland hervorgegangen, war ein fleischiger Mittdreißiger mit kräftigen Muskeln. Er gefiel sich darin, einen aschblonden Van-Dyck-Bart zu pflegen, trug einen flotten pfeffer- und salzfarbenen Tweedanzug und hatte kein Gebetskäppchen auf. Rabbi Turnbull war Sproß einer Familie von Reform-Rabbinern, die vor dem Sezessionskrieg aus Deutschland eingewandert war. Aber Rabbi Turnbull war viel mehr als nur reformiert. Er war sozusagen neukonstruiert. Er fühlte sich als Amerikaner bis zum Exzeß. Erst vor einem Jahr war Turnbull, Vater von drei Kindern, unter den zehn profiliertesten Nachwuchs-Rabbinern Amerikas genannt worden. Darauf folgte ein echtes Himmelsgeschenk: Die Reform-Synagoge Beth Manasse von King's Neck wurde in der Zeitschrift *Life* im Rahmen der Serie »Das neue Gesicht der Religion« auf drei Seiten in Farbe abgebildet.

Aber Rabbi Turnbulls neuestes Wagnis, nämlich »Jonas und die Wimmer-Wale« für den Freitagabend-Gottesdienst zu engagieren, hatte sogar bei seinen Mitreformern Unbehagen ausgelöst, wobei die meisten allerdings mehr aus ästhetischen denn aus ethischen Gründen dagegen waren. Der Rabbi wischte alle Einwände einfach damit vom Tisch, daß er sie als saure Trauben bezeichnete. Er hatte den Kollegen eben wieder einmal die Schau gestohlen.

»Ich improvisiere auf der Tastatur des Glaubens«, sagte er zu Gillian während des Interviews oder richtiger: er sagte es ins Mikrofon. Und das war der Augenblick, in dem sich Gillian entschloß, die Sache der Tradition zu verfechten, wenn der Rabbi so offensichtlich die der Reform vertreten wollte.

Rabbi Turnbull führte an, daß die Musik in der jüdischen Kultur stets modern und dem Kultus dienstbar gewesen sei, und zwar schon von der Zeit an, als König David die Harfe schlug; als Beweise nannte er Komponisten wie Arabanels in Spanien und Mendelssohn und Halévy. Gillian schlug zurück, indem sie sagte, daß keiner von diesen Sakralmusik komponiert habe. Worauf Rabbi Turnbull daran erinnerte, daß sogar die frommen chassidischen Rabbis einen Marsch komponiert hätten, zur Begrüßung Napoleons bei seinem Einmarsch in Galizien.

»Schön«, antwortete Gillian, »aber Sie werden sich auch erinnern, daß sie sich peinlich hüteten, diesen Marsch in der Liturgie zu verwenden.«

Der Rabbi wurde rot, fuhr aber fort, Gillian zu ignorieren. Er wies darauf hin, daß, hätte man die Tradition wörtlich genommen, die großen Bibelkommentare nie geschrieben worden wären. Was seien denn die Kommentare anderes, bemerkte er, als eine Neuformulierung der Bibel in zeitgemäßer Fassung? Er verglich die Bibel mit den Tintenflecken eines Rorschach-Tests und die Kommentare mit den gedanklichen Assoziationen von Generationen von Rabbinern.

»Vorsicht, Rabbi«, sagte Gillian.

»Und was ist die Reformbewegung anderes«, fuhr Rabbi Turnbull fort, »als die Neuformulierung des Judentums in zeitgenössischer Sprache? Und wenn wir schon die Sprache des Glaubens mit neuem Sinn erfüllen, würde es nicht ein Verstoß gegen den Glauben sein, wenn wir die Musik dabei ausklammerten?«

Gillian hatte am Bard-College fernöstliche Religionen als Hauptfach gehabt – das war, bevor sie die Universität verlassen hatte, um mit Charlie, einem blinden Jazzpianisten, außerhalb des Camps zu leben –, und sie ließ sich nicht so leicht abschütteln.

»Aber stimmt es dann nicht«, begann sie den Angriff, »daß die Rabbis im Mittelalter das Gesetz in den Grenzen der rituellen Tradition interpretierten?«

»Liebe verehrte –« Der Rabbi nahm offenbar zum erstenmal von Gillians Opposition Kenntnis.

Doch jetzt wurde Billy nervös. Er glaubte beinahe zu hören, wie ein Radio nach dem anderen abgeschaltet wurde. (Der sabbernde Rabbi ist noch schlimmer als meine schnatternde Alte, dachte er.) Er war sich darüber im klaren, daß er wieder einmal mehr als überflüssig war.

»Gilly-Liebling«, unterbrach er sie, »meinst du nicht, daß der Rabbi einfach sagen will, daß die Sakralmusik von einem neuen Klang nur profitieren kann? Auch von Rock 'n' Roll?«

»Aber nein, Billy«, schnappte sie zurück, »das wäre nicht präzis…« (Selbstbeherrschung, verlaß mich nicht!) Nicht wahr, Rabbi Turnbull?«

Und schon waren sie wieder im Clinch, und Gillian führte den Rabbi hübsch an der Nase durch den Dschungel von Tradition und Reform. Der Rabbi schien ein bißchen eingeschüchtert von Gillians profundem Wissen, er war verwirrt, aber nicht verschreckt: Er stürzte sich mit Genuß wieder in die Debatte und beschwor während der nächsten Viertelstunde die Summe seiner Weisheit. Gillian war zu einer anderen Taktik übergegangen. Sie spielte jetzt intellektuelle Guerilla, sie schoß aus dem Hinterhalt, zielte auf erreichbare Ziele, zog sich blitzartig zurück, sie ritt höhnische Attacken und lockte ihren Gegner mit Geschick aus der Reserve. Als die Sendezeit schließlich vorüber war, erweckte sie den Eindruck, daß *sie* der Sieger sei. »Jonas und die Wimmer-Wale« waren während des Gesprächs irgendwie verlorengegangen.

»Sie sind wirklich mehr wert als eine ganze Kompanie von Gelehrten, Mrs. Blake«, sagte der Rabbi widerwillig, als die Mikrofone abgeschaltet waren. »Wir müssen das unbedingt irgendwann fortsetzen!«

»Wahnsinnig gern, Herr Rabbi.«

Turnbull nickte ein abwesendes »Adieu« in Billys Richtung und ging aus dem Studio. Kaum hatte er die Tür hinter sich geschlossen, brüllte Billy los:

»Verdammt noch mal, was denkst du dir eigentlich dabei?«

»Bitte sei so nett, halte einen Moment den Mund und denke nach. Es kommt doch überhaupt nicht darauf an, was ich sage. Ich könnte mich in Suaheli oder Sanskrit unterhalten. Wichtig ist doch nur, daß all die braven Hausmütterchen das Gefühl bekommen, daß ich am besten abschneide. Nur für den Fall, daß dir das bisher entgangen ist: Darum geht es nämlich in dieser Sendung!«

»Sprich doch mal Suaheli oder Sanskrit«, sagte er wütend, »und dann warte ab, was passiert!«

Am nächsten Tag rief Rabbi Turnbull Gillian an und fragte, ob er ein Tonband mit der Aufzeichnung der Sendung haben könnte. Sie sagte, sie würden übermorgen mit der Kopie fertig sein, und wenn er wolle, könnte er sich das Band bei ihr zu Hause abholen. Er sagte, das wolle er sehr gern. Sie sagte: na schön. Gillians Plan erwies sich als richtig: Mittwoch war der Tag von Phyllis – oder vielmehr die Nacht von Phyllis. Als Rabbi Turnbull an der Tür der Blakes klingelte, empfing ihn Gillian in einem sehr knapp geschnittenen Kleid, das zwar die Mitte ihres Körpers einigermaßen verhüllte, aber nicht viel mehr als die Mitte. Das Kleid wurde ergänzt durch große silberne Ohrringe und dazu passende silberne Armreifen.

»Oh, Rabbi Turnbull, wie nett von Ihnen, daß Sie vorbeischauen«, sagte sie mit gespielter Überraschung. »Ich habe Ihren Wagen gar nicht gehört.«

»Ich habe oben an der Kreuzung geparkt«, antwortete er. »Ich wollte Ihren Eingang nicht blockieren.«

War das denkbar? Sollte sogar der Rabbi –?

»Aber der ist doch dazu da«, sagte Gillian und führte ihn an der Hand ins Wohnzimmer. Es war in spanischem Stil eingerichtet: alles bequem und niedrig – außer den Raten.

»Von draußen sah es ein bißchen nach Heinrich dem Achten aus«, meinte der Rabbi.

»Es ist Neo-Tudorstil«, sagte sie. »Und ich hasse jede Art von Imitation. William sagt immer, alles, was dieser Burg noch fehlt, ist eine Anna Boleyn. Ich fürchte, Sie werden mit mir vorliebnehmen müssen.«

»Sie hatte ein schreckliches Ende«, bemerkte Turnbull.

»Ja, aber vorher hatte sie ein herrliches Leben.«

»Darf ich fragen, wo Mr. Blake heute abend ist?«

»William arbeitet heute länger«, sagte Gillian. »Er arbeitet am Mittwoch- und Montagabend meist länger, und manchmal auch am Sonntag. Und wenn das der Fall ist, dann läßt er mich in der Obhut seines Hundes Rolf. Aber ich mag Hunde eigentlich gar nicht. Und Rolf mag ich schon überhaupt nicht!«

»Und wo ist Rolf?«

»Ich habe ihn in die Garage gesperrt«, sagte sie fest. »Ich schließe ihn immer in die Garage, wenn William nicht da ist.«

»Ist das nicht ein bißchen grausam?«

»Aber gar nicht«, antwortete Gillian. »Er ist ein Wachhund. Na, und jetzt bewacht er eben unseren kaputten Rasenmäher.«

Dann bot Gillian dem Rabbi Turnbull einen Drink an. Daß er so schnell akzeptierte, amüsierte sie ein bißchen.

»Wie lautet der Segen für einen Martini, Rabbi?«

»Das hängt davon ab, wie gut Sie ihn mixen, Mrs. Blake.«
Gillian kam zurück und setzte sich zu Turnbull auf die Couch.
Das Gespräch bewegte sich von der Bandaufzeichnung zur Sendung und dann, mit zunehmender Lebhaftigkeit, zur Problematik des uralten Kampfes zwischen Gut und Böse. Turnbull meinte, das Böse sei überall vorhanden, sogar im Rabbinat. Er sagte abschließend, daß sogar die Weisen – nein, die Weisen sogar ganz besonders – nicht frei von Versuchung seien.
»Warum die Weisen *ganz besonders?*«
»Es gibt ein Sprichwort, Mrs. Blake«, erklärte der Rabbi. »›Je größer der Mann, desto größer seine Neigung zum Bösen.‹«
Danach schnaubte Turnbull, als wolle er sich die Nase säubern, und streckte statt dessen die Hand nach Gillians Handgelenk aus. Sie entwand ihm ihren Arm, stand auf, ging ins Eßzimmer und kam einen Augenblick später wieder zurück.
»Hier ist die Bandaufzeichnung, Rabbiner«, sagte sie, »ich glaube, das war doch der Grund, warum Sie vorbeischauten.«
»Es war ein Mißverständnis, Mrs. Blake.« Turnbull erhob sich.
»Ich habe Sie doch hoffentlich nicht verärgert?«
»Nein«, sagte sie.
»Ich hoffe, wir bleiben trotzdem Freunde.«
»Soviel ich weiß, Rabbi Turnbull, sind Sie verheiratet und haben drei Kinder.«
»Ja.«
»Und man hält Ihre Ehe in der ganzen Gemeinde für mustergültig!«
»Modelle gehören ins Schaufenster«, gab er zurück.
»Dann sind Sie also nicht glücklich verheiratet?«
»Das war eine unnötige Frage, Mrs. Blake.«
»Waren Sie schon einmal untreu?«
»Was soll das Ganze?« fragte er. »Ist das ein neues Interview, das Sie auf Band aufnehmen?«
»Bevor man sich zum Kauf entschließt, Rabbi, will man doch über die Qualität der Ware Bescheid wissen.«
»Ich will ganz offen zu Ihnen sein«, sagte er zögernd. »Ich habe ein starkes Bedürfnis nach Abwechslung, dem meine Frau, die

Gute, Brave, nicht entsprechen kann. Ich bin kein Anhänger der Abstinenz.«

»Aber ist nicht Abstinenz das Zeichen des frommen Mannes?«

»Nur nach Auffassung Ihrer Heiligen Paulus und Augustinus, und beide waren erstrangige Wüstlinge und versuchten verzweifelt, ihre Sünden zu bereuen. Abstinenz und Ausschweifung sind zwei Seiten ein und derselben Münze. Um vom einen besessen zu sein, muß man vom andern fasziniert sein.«

»Das klingt ja tatsächlich wie ein Interview, Rabbi«, bemerkte Gillian.

»Kehren wir doch zu unserem Bild von der Ware zurück, Mrs. Blake. Haben wir uns zum Kauf entschlossen?«

»Nennen Sie mich doch Gillian«, sagte sie.

»Dann darf ich annehmen« – er griff nach ihr –, »daß die Ware zur Verfügung steht.«

»Nicht bevor Sie sie wirklich in die Hand bekommen.«

Gillian entschlüpfte ihm lachend, lief hinter der Couch vorbei ins Schlafzimmer ihres Mannes. Schnaubend machte sich der Rabbiner an die Verfolgung. Sein Bart flatterte. Im Schlafzimmer erwischte er sie, drängte sie gegen ein niedriges spanisches Bettgestell und versuchte, sie auf das Bett zu drücken.

»Warte«, sagte sie, »ich will dich was fragen.«

»Liebling«, sagte er, »ich finde, wir haben jetzt genug geredet.«

»Aber ich muß es wissen: Glaubst du, daß du dafür in die Hölle kommst, ich meine dafür, was du jetzt tun willst?«

Turnbull betrachtete sie einen langen Augenblick prüfend. War sie verrückt, oder sollte das ein Witz sein? Was war mit ihr los?

»›Es gibt weder Gericht noch einen Richter‹, das sagte Rabbi Elisha.« Und damit schubste er Gillian rückwärts auf das Bett und folgte ihr mit einem Hechtsprung nach, mit der deutlichen Absicht, sie nicht mehr von dort wegzulassen. Aber sie drehte sich schnell zur Seite, und der heilige Mann, der ihr zu folgen versuchte, landete steif vor Gier mit dem Ständer voran auf dem Bettpfosten. Ganze zwei Minuten lang blieb er unbeweglich zusammengekrümmt liegen und fluchte zischend vor sich hin.

»Rabbi Turnbull, ist alles in Ordnung?«

»Kümmer dich nicht um mich«, keuchte er, »denk lieber an Rabbi Elisha!«

Gillian war wirklich besorgt. Der arme Kerl hatte offensichtlich Schmerzen, und sie überlegte, was sie tun könne. »Soll ich dich ein bißchen massieren?« fragte sie. Der Vorschlag allein schon bewirkte, daß Turnbull in eine Art Koma versank. Es verging eine halbe Stunde, ehe seine weidwunde Manneskraft wiederhergestellt war. Und kaum kehrte das Gefühl in den lädierten Teil seines Körpers zurück, da griff er auch schon wieder nach Gillian.

»Die Sachen«, keuchte er, »zieh doch deine Sachen aus!«

Sie kicherte, entzog sich ihm, neckte ihn. Diese verrückte Schickse, dachte er, sie will, daß ich mich abplage. Sie will, daß ich mich in *dem* Zustand anstrenge. Es gelang ihm, ihr das Kleid vom Leib zu reißen. Der Anblick ihrer leicht gebräunten Beine unterhalb des schwarzen Netzschlüpfers hatte eine erneute Wallung von Lustgefühlen in seinem Unterleib zur Folge. Bei seinem neuerlichen Hechtsprung nahm er sich vor dem Bettpfosten in acht. Gillian versuchte, sich freizustrampeln, aber diesmal hatte er sie fest im Griff und begann, ihren Mund mit feuchten Küssen zu bedecken. Dann, während er sie weiter festhielt, wollte er sich abwärts vorarbeiten. Er war gerade dabei, ihren Nabel mit der Zunge nachzuzeichnen, langte gerade nach ihren sanften, üppigen runden Pobacken, als das Telefon auf dem Nachttisch zu klingeln begann.

»Laß es klingeln«, flüsterte er.

»Warum flüsterst du denn?« flüsterte sie.

Das Telefon klingelte weiter, unverschämt, ein lärmender Zeuge eines Vorgangs, der plötzlich, durch das Telefon, zu einer lächerlichen Angelegenheit geworden war.

»Denk einfach nicht an dieses beschissene Telefon!«

»*Rabbiner!*« Das Entsetzen, das ihre Stimme verriet, veranlaßte ihn, seinen Griff zu lockern. »Aber ich kann es doch nicht einfach ignorieren. Vielleicht ist es William. Und wenn ich nicht rangehe, wird er mißtrauisch!«

Turnbull stöhnte und schlaffte dann ab. Sie rollte von ihm fort und griff nach dem Hörer.

»Hallo? Ja, alles okay. Warum?«

»Ist es William?« hauchte der Rabbi.

Nein, bedeutete sie ihm. Turnbull preßte die Handflächen gegen seine Augen und stieß einen lauten Seufzer aus.

Gillian schwatzte geschlagene fünfzehn Minuten und achtete überhaupt nicht auf seine flehentlichen Handzeichen. Das Gespräch erschien ihm als das niveauloseste Gewäsch, das er je gehört hatte. Ab und zu streckte er die Hand aus und versuchte, sie zu streicheln, aber sie schob ihn immer weg. Als das Gespräch zu Ende ging, lag er wieder zusammengekrümmt auf dem Bett und murmelte Unzusammenhängendes vor sich hin. Gerade als er auf die Idee kam, er könne sie mit der Telefonschnur erwürgen, da hängte Gillian den Hörer auf.

»Warum hast du denn nicht gleich aufgehängt?« fragte er.

»Ach, muß ich schon Rede und Antwort stehen, Rabbi?«

»Joshua«, sagte er, »nenn mich doch Joshua!«

»Also gut, Joshua, das war Mario Vella.«

»Der Gangster?«

»Elender«, gab sie zurück. »Ich habe keine Ahnung, warum er mich immer wieder anruft, aber er sagt, manchmal muß er einfach mit jemand reden. Und ich glaube nicht, daß es sehr klug wäre, bei einem wie ihm einfach aufzuhängen.«

»Aber Mrs. Blake, ich meine, Gillian, wenn ein Mann und eine Frau gerade zusammen im Bett –«

»Dann bleibt die Welt noch lange nicht stehen«, sagte sie ziemlich schroff.

Wieder betrachtete Turnbull sie eine ganze Weile. Sie kniete ihm gegenüber auf dem Bett. Er machte die Haken an ihrem BH auf, und diesmal leistete sie keinen Widerstand. Er streifte den BH ab und biß zärtlich abwechselnd in beide Brüste. Sie lagen vor ihm wie verlockende Ziele, winkende Siegeszeichen im Sturm der Wollust, und er umschloß ihre herben Titten mit gierigen Lippen. Dann streifte er ihr den schwarzen Netzschlüpfer ab – es gab ein elektrisch knisterndes Geräusch, als er ihn über ihre Schenkel hinunterschob. Als er an den Knien angekommen war, ging es nicht weiter. Was, wie er gehofft (und worum er sogar gebetet) hatte, ganz zwanglos ablaufen sollte, war nun verdorben, da er an ihren Knien herumfummeln mußte, aber schließlich legte sie sich zurück, und er konnte ihr den Schlüpfer ausziehen. Dann erhob sich Turnbull vom Bett und kam kurz darauf, nur mit seinem Bart bekleidet, wieder zu ihr und schaute mit der Geduld der alten Weisen zu, wie Gillian ihre Ohrringe und die Armreifen ablegte.

Turnbull zögerte die Sache hinaus, er wollte, daß es lange dauerte, er starrte auf die nackte Frau, die da wartend auf dem Bett vor ihm lag. Dann – und es wirkte, als mache er eine gekonnte Verbeugung – ergriff er sie und drückte seinen Körper fest gegen ihre leicht geöffneten Beine. Er bedeckte ihren Leib mit einem Muster von Bissen und Küssen, verweilte immer wieder bei ihren festen schwellenden Hüften, die sich heftig bewegten, und zeichnete kleine rosa Flecken darauf. Schließlich erhob er sich über sie, überschattete sie mit dem Symbol seiner Männlichkeit – und merkte, daß ihre Beine wieder geschlossen waren.

»Noch nicht Joshua«, sagte sie. »Warte! Noch nicht! Erst mußt du meine Knie küssen.«

»Deine Knie?«

»Meine Knie!«

»Die Kniekehlen oder die Vorderseite?«

»Ach, küß sie doch einfach, Joshua!«

Eine einzige Verrückte in dieser Stadt, dachte er, und ich muß auf sie reinfallen. Aber Turnbull beugte sich ohne Klagen unter das Joch erneuter Plagen. Gillians Knie waren hübsch rund und hatten Grübchen, und sie waren ganz sicher nicht unattraktiv – wenn man auf Knie stand! Zehn lange Minuten spielte Turnbull Variationen über das Thema »Knie« – es war eigentlich nicht seine Spezialität, aber er war schon immer einfallsreich gewesen –, und er wurde durch Atemgeräusche belohnt, die immer unregelmäßiger wurden, und durch kleine Stöhnlaute. Er spürte, wie ihre Knie sich öffneten, und er richtete sich auf, aber sie hielt ihn mit gestreckten Armen ab.

»Weiter«, schrie sie laut.

Oj-ojchoj! Der Rabbi versuchte, die Geduld nicht zu verlieren, und wendete sich wieder den Knien zu. Die Stöhnlaute wurden intensiver. Turnbull hatte den Eindruck, daß sie ähnlich wie Tierlaute klangen und auf unheimliche Weise beinahe so, als kämen sie von hinter seinem Rücken. Eine Sekunde später mußte er mit Entsetzen feststellen, daß das Geräusch tatsächlich von hinter seinem Rücken kam. Es war Rolf. Der Wachhund Rolf. Der verdammte Hund, der irgendwie aus der Garage und dem Rasenmäher entkommen war, den er bewachen sollte, und jetzt in der Schlafzimmertür stand und knurrte, weil das, was er sah, für ihn zweifellos ein ungewohnter und unverständlicher Anblick war.

Diese Erkenntnis lähmte Turnbull. Wie angefroren hockte er vor Gillians Knien. Seine Hinterbacken waren völlig preisgegeben. Rolf sprang los. Turnbull fühlte einen brennenden Schmerz an seiner rechten Hüfte. Dann bohrte sich ein nadelspitzer Satz von Zähnen in seine Rückseite.

Zunächst glaubte Gillian, daß der Rabbi in einen Zustand der Wonne versetzt worden sei, der alle ihre bisherigen Erfahrungen überstieg, und es war nur sein wildes Geschrei, das sie schließlich darauf brachte, daß sie offenbar einen Eindringling im Zimmer hatten. Sie kroch um Turnbull herum, zog Rolf am Ohr und gab ihm einen Klaps.

»Du böser Hund!« sagte sie und gab ihm noch ein paar Klapse. Die Schläge bewirkten aber nur, daß Rolf sein Gebiß noch tiefer in Turnbulls Gesäß zu schlagen versuchte. Endlich gelang es Gillian, Rolf von seiner Beute wegzuziehen, indem sie ihn an beiden Ohren zog. Zu Rolfs Ehre muß vermerkt werden, daß er seinen Zubiß nicht etwa löste. Es war vielmehr so, daß ein Stück von Rabbi Turnbull sich löste, als der Hund sich zurückzog. Turnbull fiel stöhnend auf den Bauch und hielt sich mit beiden Händen seine Wunden.

»Du böser, böser Hund«, wiederholte Gillian. »Jetzt gib das aber her.«

Rolf weigerte sich jedoch, seine kleine Siegesbeute freizugeben, und so brachte ihn Gillian wieder in die Garage und schloß ihn erneut ein. Turnbull bewegte sich während der ganzen Zeit nicht.

»Ich werde die Tollwut kriegen«, stöhnte er.

»Wir haben Rolf gegen alles impfen lassen«, sagte sie mit beruhigender Stimme. »Und es sieht ja wirklich gar nicht so schlimm aus.«

Im Badezimmer fand sie Bandagen im Medizinschränkchen. Sie kam zurück und verarztete Turnbull.

»Du brauchst dir keine Sorgen zu machen«, sagte sie dann. »Sicher, Rolf wirkt ein bißchen nervös, aber er ist zweifellos nicht tollwütig. So, jetzt müßtest du dich eigentlich schon besser fühlen.«

Gillian saß mit gekreuzten Beinen vor ihm auf dem Bett. Der Anblick war einfach zu viel, sogar für einen soeben verwundeten Mann. Er streckte eine Hand nach einem dieser prachtvollen Beine aus, dann die andere, und dann stürzte er sich auf diese Beine. Ihre Schenkel, fiel ihm auf, waren elastisch und fest, wie die Muskeln einer Löwin. Er umfing sie, schwerfällig und gewalttätig wie ein Bär, und warf sie dann machtvoll auf das Bett. Er hatte jetzt genug von diesen Spielereien. Er packte ihre Schenkel, die sich wie Windmühlenflügel bewegten, er knetete ihre federnden rückwärtigen Hügel. Er biß sich in Gillians Nacken fest, in ihren Schultern, und dann preßte er sich fest gegen sie. Ihre Lippen waren zu einem merkwürdigen kleinen Lächeln verzogen, ihre Augen waren geschlossen. Der glatte Schweißfilm auf ihrer Haut machte ihn schwach vor Verlangen. Ihre Beine waren nun zu einem weiten ausladenden Bogen geöffnet. Jetzt war der Zeitpunkt. Jetzt war alles richtig. Und Turnbull senkte sich auf die Frau, die ihn zitternd erwartete.

Plötzlich schrillte die Türklingel.

»Mein Gott, was ist denn das jetzt schon wieder! Was machen wir nun?«

»Ach verdammt, das müssen die vom Bridge-Klub sein«, sagte Gillian. »Ich habe sie nicht vor neun erwartet.«

»Bridge-Klub?« fragte er erstaunt.

»Ja, ich bin letzte Woche Mitglied geworden«, erklärte sie. »Wir treffen uns immer am Mittwochabend.«

»Bitte geh doch einfach nicht an die Tür«, flehte er. »Sag ihnen doch einfach, du seiest nicht zu Hause.«

»Aber sie können doch das Licht sehen«, sagte sie. »Und der Wagen steht vor der Tür. Meine Güte, ist das ein Glück, daß du deinen Wagen nicht vor der Einfahrt geparkt hast. Wir können Gott dankbar sein.«

Die Türklingel schrillte wieder. Turnbull wälzte sich von Gilly herunter.

»Mrs. Blake«, sagte er ernst, »wenn Sie Besuch erwarteten, warum haben Sie uns dann in diese Situation gebracht?«

»Es hätte doch klappen können«, gab sie maulend zurück. »Und du mußt zugeben, Joshua, daß du ziemlich lange herumgefummelt hast.«

Wieder die Klingel.

»Joshua, du mußt jetzt wirklich gehen.«

»Wie komme ich denn hier raus?«

Rasch erklärte ihm Gillian den Fluchtweg. Die Treppe hinunter, in die Diele, durch die Glastüren auf die Terrasse und dann nichts wie weg. Sie würde die Damen solange im Korridor festhalten. Während sie seinen Rückzug plante, strich sie mit raschen Bewegungen das Bettlaken glatt. Dann stieg sie in einen langen, sehr dezent wirkenden Rock und ging aus dem Zimmer, ohne noch einen einzigen Blick auf ihren Beischläfer zu werfen.

Turnbull blieb mit glasigen Augen auf der Bettkante sitzen, bis die Tür ins Schloß fiel. Dann rappelte er sich ächzend auf. Er kletterte in seine Kleider, nahm die blutbefleckte Tagesdecke unter den Arm und schaffte es tatsächlich, durch die Hintertür zu entkommen. Es gelang ihm sogar, den tückischen Swimmingpool zu umgehen, im Dunkeln das Gartentor zu finden, dann die Straße und schließlich sein Auto.

In der Geborgenheit seines Wagens begann der Rabbi – obwohl das Sitzen mit Schmerzen verbunden war – den ganzen Abend noch einmal zu überdenken. War es möglich, daß eine Frau so was bis ins Detail planen konnte? Die Einladung, der wütende Hund, die Damen vom Bridge-Klub, sogar das Stöhnen – war es möglich, daß sie das Ganze inszeniert hatte, um ihm einen Streich zu spielen? Und er kam zu dem Schluß, daß es möglich war.

Während der nächsten Woche wurde Gillian zweimal vom Rabbi angerufen. Sie war sehr unverbindlich am Telefon, sehr vage in ihren Antworten. Bei den nächsten vier Anrufen zeigte sie sich höflicher, aber unzugänglich. Und in der darauffolgenden Woche – mittlerweile hatte Rabbi Turnbull Gerüchte vernommen, daß Gillian Blake mit Mario Vella, diesem miesen Gangster, an einer Würstchenbude gesehen worden war – begann er ihr Geschenke zu senden. Die Päckchen wurden ungeöffnet an sein Büro neben der Synagoge zurückgeschickt. Aber je entschiedener sie ihn zurückwies, desto mehr umwarb er sie. Und sei es nur, um noch einmal die Chance zu bekommen, ihre Knie küssen zu dürfen. Er sah inzwischen auch ein, daß der gute Rolf wirklich nicht so gefährlich war, daß er, aller Wahrscheinlichkeit nach, sogar ein recht guter Wachhund war.

Und dann begann Joshua Gillian zu hassen.

Liebe und Haß, die ja so oft miteinander vermischt sind, jagten durch seine Adern und pochten wild in seinen Schläfen. Turnbull konnte die Dämonen nicht mehr bändigen. Und als Gillian es sich zur Angewohnheit machte, aufzuhängen, sobald sie seine Stimme am Telefon erkannt hatte, da wußte er, daß die Dämonen ihn als Beute fordern würden.

Er begann, den Damen des Hilfskomitees ungehörige Antworten zu geben. Bei Sitzungen des Synagogenrats machte er einen zerstreuten und verdrießlichen Eindruck und verwickelte die großzügigsten Förderer der Gemeinde in völlig sinnlose Streitereien. Dann kam er betrunken zum Freitagabend-Gottesdienst. Am folgenden Samstag wurde er mit einer stadtbekannten »Dame« in einer verrufenen Kneipe gesehen. Freunde und Bekannte suchten ihn auf, um mit ihm zu sprechen, aber er wollte nichts hören.

In gewisser Weise wurde Turnbull durch den Skandal noch populärer. Er verschmähte jedoch die Sympathie seiner Gemeinde; er prügelte seine Frau, brüllte seine Kinder an und verschwand dann plötzlich, übrigens kurz vor dem geplanten Auftritt von »Jonas und die Wimmer-Wale«.

Leute, die einen kühlen Kopf bewahrt hatten, meinten, das sei sowieso das Beste, was er habe tun können, und so gab es keine Vermißtenanzeige bei der Polizei. Rabbiner Lerman, Turnbulls wortkarger Assistent, erhielt den Auftrag, den Gottesdienst so rasch wie möglich hinter sich zu bringen.

An diesem Freitagabend war die Synagoge, wie zu erwarten, sehr gut besucht. Reporter und Fotografen füllten die Lücken in der Gemeinde beträchtlich auf. Die erste Hälfte des Gottesdienstes verlief glatt. »Jonas und die Wimmer-Wale«, vier feierlich aussehende junge Männer in stilvollen schwarzen Mao-Anzügen, wirkten bei ihrem Einzug fast konservativ, wenn man bereit war, ihre blonden Perücken zu übersehen. Sie trugen breite Lederkrawatten mit Pottwalen, die in Richtung Krawattenknoten hochsprangen. Ihre Musik machten sie mit zwei elektrischen Gitarren, einem Tamburin und einer Wal-Kinnbacke als Schlagzeug. Die zweite Hälfte des Gottesdienstes begann, die Thora-Rolle wurde aus der Bundeslade geholt, und Jonas begann mit seiner Gruppe zu singen:

> Macht die Türen auf
> Holt das Buch heraus
> Ah-ah-ah-ahah-
> Und schaut darauf.
> Wir alle beten
> Yeah-yeah-yeah
> wir alle beten...

Der spontane Erfolg war unverkennbar, und einige der Anwesenden empfanden es als kleine Ironie des Schicksals, daß Rabbi Joshua Turnbull nicht dabei sein konnte, um diesen seinen hart erkämpften Sieg zu genießen. Der zweite Song wurde gerade mit noch größerem Effekt vom Stapel gelassen, wobei die Blitzlichter der Reporter im Rhythmus der Musik aufleuchteten, als das Gespenst erschien.

Rabbi Turnbull, bekleidet nur mit einem Kartoffelsack, schritt mit wilden roten Augen auf »Jonas und die Wimmer-Wale« zu und befahl ihnen aufzuhören. Sie taten es. Turnbull stieg zum Lesepult hinauf und beschuldigte Jonas in einer wutschäumenden Suada, er sei ein falscher Prophet. Dann wandte er sich an das entsetzte Publikum, im besonderen an seine Synagogenräte, und zieh sie der Sünde des biblischen Jonas, der ebenfalls den Willen Gottes mißachtet habe.

Dann streckte Turnbull, Thora, Talmud und Chanukka-Leuchter als Wurfgeschosse, das Lesepult als Deckung benutzend, drei Vizepräsidenten des Synagogenrats nieder.

»Seht her, Philister!« schrie der Rabbi und deutete auf das Schlagzeug der »Jonas«-Gruppe. »Ich werde diese Eselskinnbacke nehmen und euch zu Tausenden erschlagen!«

Jonas überließ ihm seinen Walknochen und tauchte in der Menge unter. Und Turnbull, der entdeckte, daß die Kinnbacke aus Plastik war, wirbelte sie dem letzten der flüchtenden Pottwale nach. Endlich traf die Polizei ein. Turnbull wurde überwältigt und abgeführt. Man verzichtete darauf, den Gottesdienst fortzusetzen. Rabbi Turnbull verschwand aus King's Neck für immer, obwohl die Synagoge keinen Strafantrag gegen ihn stellte ... Viele Jahre später sickerte das Gerücht durch, er habe seinen Namen in Brodsky geändert und sei in einer heruntergekommenen Gemeinde im Osten von New York als Synagogendiener angestellt. Dort lebe er als büßender Einsiedler und geißle sich nach dem alten Ritual. Aber das war natürlich nur ein Gerücht.

BILLY *Tja, Gilly, nun ist schon bald wieder Weihnachten.*

GILLY *Vergiß Chanukka nicht, es fällt ungefähr in die gleiche Zeit, weißt du? Jedenfalls liegt es noch vor Weihnachten, oder?*

BILLY *Ich glaube schon. Übrigens, Gilly, wir sollten unser Mitgefühl mit Rabbi Joshua Turnbull zum Ausdruck bringen, der vor gar nicht langer Zeit in unserer Sendung zu Gast war. Ich bin ziemlich sicher, der größe Teil unserer Zuhörer hat von seinem traurigen Schicksal gelesen.*

GILLY *Wenn man bedenkt, wie die Zeitungen über die Sache hergefallen sind, darf man das wohl annehmen.*

BILLY *Er muß ja entsetzlich unter Druck gestanden haben.*

GILLY *Du kannst dir nicht vorstellen, wie leid er mir getan hat. So ein guter Mensch, beinahe ein Heiliger. Da sieht man wieder einmal, welchen ernormen Belastungen kirchliche Würdenträger heutzutage ausgesetzt sind. Das liegt einfach an der Welt, in der wir leben.*

BILLY *Du hast völlig recht. Ich sage dir, es hat irgendwie auch daran gelegen, daß es Rabbi Turnbull ein besonderes Anliegen war, mit seiner Botschaft junge Menschen zu erreichen.*

GILLY *Ich fürchte, mein Lieber, ich kann dir da nicht ganz folgen.*

BILLY *Nun, diese Jugend von heute macht sich doch über nichts Gedanken und identifiziert sich auch mit nichts.*

GILLY *Augenblick mal – es mag richtig sein, daß diese Jugend gegen ihre Umwelt sehr aggressiv ist, aber ich glaube trotzdem, daß du übertreibst. Es gibt auch gute Seiten an ihr, da bin ich ganz sicher.*

BILLY *Marihuana und LSD etwa? Sieh dir doch einmal diese Typen an, die in Greenwich Village herumlaufen.*

GILLY *Das sind Hippies. Oder zumindest wollen sie es sein. Und außerdem glaube ich nicht, daß sie für die Jugend von heute re-*

präsentativ sind.

BILLY *Vielleicht nicht, aber es gibt ziemlich viele von ihnen. Und ehrlich, Sweetheart, einige von diesen Typen sind wirklich furchterregend. Nimm nur einmal als Beispiel dieses völlige sexuelle Durcheinander.*

GILLY *Ja, ich weiß, was du meinst. Aber ich bin dennoch der Überzeugung, daß du zu sehr verallgemeinerst.*

BILLY *Ich bin nicht sicher.*

GILLY *Für mich sind die meisten Jugendlichen noch immer schrecklich aufregend und anziehend.*

Raina Franhop ließ eine Amphetamintablette in Cats Wassernapf fallen und hoffte im Ernst, ihrem Kater damit einen hinreichenden Ersatz für sein unterdrücktes Geschlechtsleben zu bieten. Selbstverständlich durften Haustiere in King's Neck nicht frei herumlaufen. Erst kürzlich hatte Cat bei einem seiner Streifzüge durch die unbekannte Welt draußen versucht, ein eisgraues Eichhörnchen zu besteigen, war allerdings energisch zurückgewiesen worden. Die Droge wirkte sofort. Leider reagierte Cat reichlich hysterisch. Er raste durchs Zimmer und knallte mit dem Kopf geräuschvoll gegen die Tür, wie um das Ende einer jeden Runde anzuzeigen.

Arthur Franhop konnte unmöglich übersehen, daß Cat in eine orgasmusähnliche Ekstase hineingetrieben worden war.

»Barbarisch!« schrie er.

»Heuchler!« schrie sie zurück.

Für Raina war es völlig klar, daß Arthur sich nicht um das Wohlergehen ihres geliebten Cat sorgte, sondern den Verlust der Pille bedauerte. Er hatte auch recht, denn es war in letzter Zeit immer schwieriger geworden, das Zeug zu beschaffen. Aber noch besaßen sie jene zwanzig Pfund »Acapulco Gold«, die sie in merkwürdig bemalten Weihnachtskugeln aus Mexiko herausgeschmuggelt hatten. Arthur hatte also keinen Grund, sich wegen des einen Kügelchens derart aufzuregen.

In Wahrheit war Raina nur wütend, weil er sie barbarisch genannt hatte. Sie liebte es nicht, daran erinnert zu werden, und außerdem war es auch nicht nötig, sie daran zu erinnern. Schon längst war ihr aufgegangen, daß sie manchmal nahe daran war, den Halt zu verlieren und in einen Abgrund zu gleiten. Erst kürzlich hatte sie sich im Verlauf einer LSD-Party in eine wildschreiende, zähnefletschende Wahnsinnige verwandelt. Sie wußte immer noch nicht genau, ob sie von jenem Trip ganz heil wieder zurückgekehrt war.

Allmählich verlor Cat an Tempo und brach schließlich zusammen. Arthur und Raina lagen zu dieser Zeit nackend auf einer mexikanischen Mantilla und blätterten in einem Underground-Magazin.

»Hier ist eine«, sagte Arthur. »Reichlich komisch sogar. ›Hausfrau, 42, Interesse an Ketten. Ehemals praktizierende Krankenschwester mit Nähkenntnissen. Bedient gerne Frauen.‹ Interessant, nicht wahr?«

»Sicher, sie wohnt aber in Kenosha, Wisconsin«, gab Raina zu bedenken, die, über seine Schulter gelehnt, mitgelesen hatte. »Du hast kein Geld, sie herkommen zu lassen.«

Raina erwähnte bei jeder sich bietenden Gelegenheit, daß Arthur nicht sehr wohlhabend war. Die achtundzwanzigtausend Dollar für das zweistöckige Haus in den Außenbezirken von King's Neck, in dem sie lebten, hatte ihr Vater bezahlt, offenbar mit dem Hintergedanken, materieller Besitz würde ihnen ein gewisses Verantwortungsgefühl geben – zumal in der Weltmetropole des Kapitals. Möglicherweise hatte er sie sogar zu einer offiziellen Eheschließung veranlassen wollen. (Denn obwohl beide Arthurs Nachnamen trugen, waren sie nicht auf dem Standesamt gewesen, vielmehr hatte ein neunzehnjähriger bärtiger Zen-Jünger ihre Verbindung während des monatlichen Treffens der »Liga für sexuelle Freiheit«, Sektion Los Angeles, sanktioniert.) Wie dem auch sei, Raina wußte, daß Arthur zwar auf sie, nicht aber auf das Geld ihres Vaters verzichten konnte.

Arthur ignorierte ihre Bemerkung. Er hatte die seltene Fähigkeit, nur solche Dinge zu hören, die ihn interessierten.

»Also gut, hier ist etwas anderes, das klingt sogar noch besser«, sagte er. »›Vater und Mutter, beide 32, mit Sohn, 12, und Tochter, 8.‹ Weiter heißt es, daß sie Bisamratten züchten, jedoch auch sehr an Leder, besonders an Stiefeln, interessiert seien.«

»Leder, ach du meine Güte«, sagte sie. »Meinst du nicht, daß das inzwischen reichlich passé ist? Und sieh dir die Anschrift an. Taos, New Mexico. Wie willst du jemals dahin kommen?«

»Mensch, das könnten doch Indianer sein, was?«

Arthurs Miene hellte sich vorübergehend auf. Bis jetzt hatte er nur Erfahrungen mit Negern und Weißen sammeln können. Manchmal träumte er von Orientalen, die seinen Erfahrungsbereich abgerundet hätten, aber an Indianer heranzukommen, mein Gott, diese Vorstellung fand er hinreißend. Fasziniert starrte er auf Raina. Ihr langes, glattes und pechschwarzes Haar – vielleicht eine Spur zu unordentlich, wo doch die meisten indianischen Frauen das Haar straff und säuberlich geflochten trugen – würde schon irgendwie gehen. Sehr gut sogar, verdammt noch mal, ginge das. Und diese Silbergehänge, die ihr an den Ohren baumelten und ihre Ohrläppchen geschwärzt hatten, ließen sie noch echter aussehen. Schließlich stehen die Badewannen in diesen abgelegenen Indianerdörfern ja auch nicht gerade zahlreich herum. Raina also wäre schon goldrichtig, im Moment jedenfalls.

»*Querida*«, sagte er und zog sie brutal am linken Fußgelenk. »Sag mal irgendwas Obszönes auf Uxmex.«

»Geht deine Phantasie schon wieder mit dir durch?« Sie starrte ihn unheilvoll an.

Ihre Frage entmutigte Arthur. Er liebte das Spontane. Als er vor einem Jahr Raina zum erstenmal begegnet war, war Spontaneität ihre attraktivste und verlockendste Eigenschaft gewesen. Wenn er Einhorn spielen wollte, hatte sie sich willig zu einem Hörnchen zusammengekrümmt; wenn er es in der Kirche mit ihr treiben wollte, hatte sie sich ihm in Kruzifixform präsentiert und es ohne Einwände hingenommen, daß er lateinisch dabei sprach. (»Vidi, vici, veni« – hatte er, inspiriert von dem Anblick, gemurmelt – »ich sah, siegte und kam«.)

Jetzt aber war das etwas anderes. Raina wandte sich von ihm ab und hockte sich in die Lotusposition. Sie war gekränkt, er hatte sie fallengelassen und sie den Abgründen ihres Über-Ichs ausgeliefert. Vielleicht konnte Joga ihr helfen. Sie versprach sich jedenfalls mehr davon als von Pot oder LSD und auch mehr als von dem wärmstens empfohlenen LSD-Trip ohne LSD (man sitzt barfuß in ruhiger Umgebung und betrachtet eine Blechbüchse mit Samenkörnern). Total unbrauchbar! Wenn man es nur auf Visionen abgesehen hatte, konnte das ja ganz gut funktionieren, aber im Augenblick wollte sie keine Visionen, sondern tieferes Verständnis.

Was Raina mehr beunruhigte als ärgerte, war, daß Arthur mit ihr schon häufiger Indianer gespielt hatte. Das heißt, er hatte sich wiederholt. Und das fand sie zum Kotzen langweilig. Vor Langeweile hatte sie einen Horror. Langeweile mußte unter allen Umständen verhindert werden.

Noch immer in der Lotusposition, wartete sie regungslos auf eine Inspiration. Arthur zerrte an der Mantilla, auf der sie saß; er bemühte sich, sie wie eine hawaiianische Blumenkette um seinen Hals zu legen, und murmelte »Willkommen auf Hawaii«. Gelangweilt, nun schon besorgniserregend gelangweilt, erhob sich Raina, den Schal noch immer um den Körper geschlungen, und verließ indigniert den Raum.

Arthur hatte sie sofort vergessen. Er gab sich nur selten damit ab, über andere Menschen nachzudenken. Für ihn waren die eigenen Launen faszinierender. Noch einmal blätterte er die Zeitschrift durch, und gerade als er auf eine weitere verdächtige Annonce stieß – »Ehepaar, 19 und 21, beide lieben behaarte Männer, Zuschriften von Frauen zwecklos« – klingelte es. Er erhob sich, noch immer nackend, und ging zur Tür.

Vor ihm stand Dexter, ein riesiger Neger, der in der Army sein Bursche gewesen war. (Ein Jahr, nachdem er in Princeton rausgeflogen war, hatte Arthur sich einziehen lassen. Viele Freunde von ihm hatten ihren Einberufungsbescheid verbrannt oder bepinkelt, epileptische Anfälle geheuchelt oder sich widerliche Hautausschläge beigebracht, hatten stottern gelernt, und was es sonst noch gab. Also war es für ihn geradezu logisch gewesen, in die Army zu gehen – das fand er umwerfend *hip*. Seine Freunde hatten ihm zu seinem Einfallsreichtum gratuliert, er war damals richtig glücklich über seine Idee gewesen. Das Leben in der Army hatte er in vollen Zügen genossen. Er fand es toll, als Militärpolizist den Verkehr auf einer Abschußbasis für Nike-Raketen in Maryland zu dirigieren. Als herauskam, daß er im Dienst Mohnsamen kaute – er behauptete, dadurch einen klareren Kopf zu bekommen – und er in der Schreibstube gelandet war, brachte er die meiste Zeit damit zu, obszöne Porträts von einer ihm gegenübersitzenden glotzäugigen Angehörigen der weiblichen Streitkräfte zu kritzeln und ihr so haarsträubende Geschichten zu erzählen, daß ihr Verstand am Ende seiner Dienstzeit vollständig und für immer dahin war. (Sie war seitdem nur noch als Scheuerfrau einzusetzen, und zwar in der psychiatrischen Abteilung des Divisions-Lazaretts.)

Genug der stolzen Erinnerungen, hier war Dexter, der brave alte Dexter. Groß, still und schwarz. Seine Sätze bestanden normalerweise aus zwei Worten. »'ne Fliege«, was er häufiger sagte, sollte heißen »sie ist in Ordnung«. Sagte er »sie schlecht«, so hieß das gleichfalls »sie ist in Ordnung«. »Aufklappen« (hinlegen), »verstopft« (verrückt) oder »klopfen« (befummeln) waren andere Lieblingsworte von ihm.

Noch nie zuvor hatte Arthur ihn so erregt gesehen. Er blickte lange zu ihm auf, und auf seinem blassen und knochigen Gesicht lag dabei ein zärtliches Lächeln. Arthur mochte ihn gern, er hatte wirklich viel für ihn übrig. Denn Dexter drehte niemals durch, stellte keine Fragen und dachte über nichts nach. Er schlängelte sich durchs Leben, indem er in den Tag hinein lebte und sich durch nichts erschüttern ließ – genaugenommen müßte er eigentlich schon tot sein. Wenn Arthur jemals homosexuelle Neigungen gehabt hätte, dann hätte er auf Dexter gestanden. (Obwohl er es nur sehr ungern zugab, war Arthur nie in der Lage gewesen, es mit einem Mann zu treiben. In gewisser Weise schämte er sich über diesen abnormen Charakterdefekt, konnte aber nichts dagegen unternehmen.)

»Mann.« Dexter starrte ihn an, wie immer glasigen Blicks. »So was hab ich noch nie erlebt.«

»Was denn?«

»Da geh ich so durch den Supermarkt, den ihr hier draußen habt, und halte Ausschau nach Salami oder sonst was.« (Dexter wußte genau, daß er seinen eigenen Proviant mitbringen mußte, wenn er in diesem Hause etwas zu essen haben wollte. Im Kühlschrank waren nur Popcorn oder Erdnüsse, und dafür hätte Dexter seine Seele nicht verkauft.) »Da stoße ich doch plötzlich auf eine

Puppe, Mensch, so 'ne Fliege hab ich überhaupt noch nie gesehen. Ich kann dir sagen, Baby, die ist besser als dreieinhalb Trips, mindestens. Die heult da rum. Ich mache mich also an sie ran und frage, warum sie heult. Und sie, ein Freund von ihr ist durchgebrannt. Ich rede also ein bißchen mit ihr, bis sie wieder lacht. Menschenskind, da steckte Dampf hinter.«

Arthur führte seinen ehemaligen Burschen erst einmal ins Haus. Während ihrer dreijährigen Freundschaft hatte er Dexter niemals so lange, enthusiastisch und zusammenhängend reden hören. Beinahe hätte er darüber seine Gastgeberpflichten vergessen.

»Willst du ein bißchen Gras?« fragte er.

Dexter nickte versonnen mit dem Kopf. Arthur nahm eine Weihnachtskugel vom Kleiderhaken, schlug sie auf und bot Dexter Marihuana an. Dann saßen sie eine Weile still da und lächelten der Wand zu. Arthur unterbrach das Schweigen.

»Hast du ihren Namen, Dexter?«

»Gilli-Anne, heißt sie, Gilli-Anne Blake.«

Der Rest der Erzählung quoll aus Dexter in kleinen Portionen heraus. Sie war hochgewachsen, blond und schlank. Ihre Brüste waren prall, ohne mütterlich zu wirken. Dexter hatte ihr natürlich einen Antrag gemacht. Sie hatte so getan, als hätte sie zwar die Bedeutung dessen, was er sagte, verstanden, war jedoch über die Art und Weise, mit der er es zum Ausdruck gebracht hatte, beunruhigt gewesen. Jedenfalls hatte sie Dexter abblitzen lassen, charmant allerdings. Und Dexter war ihr nicht böse deswegen. Seine sexuellen Erfahrungen waren beinahe ausschließlich auf einen Mädchentyp beschränkt geblieben – etwas massig, einerseits fürchterlich freizügig, andererseits fürchterlich frustriert. Dexter konnte ein gewisses Gefühl des Unbehagens nicht unterdrücken, wenn er an seine letzte Eroberung dachte, eine junge Dame mit schlaffen Schenkeln und vorstehenden Zähnen namens Minna. Da war Gilli-Anne schon eher sein Typ.

Arthur reimte sich Dexters Äußerungen einigermaßen plausibel zusammen. Es war ihm eingefallen, daß er dieser Gilli-Anne schon dreimal begegnet war und mit ihr gesprochen hatte, einmal auf einer Party und zweimal auf der Straße. Er bedauerte sehr, daß sie noch nichts miteinander gehabt hatten, denn dann hätte es ihm überhaupt nichts ausgemacht, wenn Dexter sie hergenommen hätte.

»Hör doch zu, Junge«, warf Dexter ein, »als ich ihr sage, ich kenne dich, sagt sie, du bist genau ihr Typ.«

»Ihr Typ?«

»Sie sagt, sie will dich, Junge.«

Die letzten Worte Dexters waren ganz unmißverständlich. Und obwohl Arthur seinem Bericht mit ziemlicher Skepsis zugehört hatte, zweifelte er keine Sekunde an Dexters Sinn für die Realitäten. Wenn der glaubte, daß Mrs. Gillian Blake auf ihn, Arthur Franhope, stand, dann war das auch so, daran gab es keinen Zweifel. Und wenn er so weit ausgeholt hatte, um über sie zu berichten, dann war sie seiner Meinung nach wilder als ein weibliches Rhinozeros.

»Zeit für einen kleinen Ritt auf der Maschine«, sagte Arthur. Dexter blinzelte zustimmend.

Arthur zog sich seine weißen Jeans über, griff nach dem großen weißen Helm, der Lederjacke und den Stiefeln, und im Nu waren sie draußen in der Garage, wo Big Momma, Arthurs kraftstrotzende Harley-Davidson 1200, wartete. Sie rasten an fünfzehn fluchenden Nachbarn vorbei, und schon kam die Maschine in der Straße, in der die Blake wohnte, zum Stillstand.

Es war ganz einfach. Dexter schlug gegen die Tür, und Gilly öffnete. Sie lächelte – das war ihr Fehler. Dexter hob sie hoch, warf sie sich über die rechte Schulter und schleppte sie zur Harley-Davidson. Nach fünf Minuten fuhren sie wieder bei Arthur vor, Gillian quer zwischen sich gelegt.

Erst versuchte sie es mit ihren Überredungskünsten, dann hatte sie gebettelt und gezetert, aber Big Mommas Lärm verschluckte ihre Hilferufe. Sie beschloß also, abzuwarten. Wenn sie ehrlich war, fand sie diese Art der Behandlung sogar romantisch. Seit ihren Collegetagen hatte sie so etwas nie wieder erlebt. Damals hatte ihr Professor für Mittelalterliche Philosophie versucht, sie unter Wasser zu nehmen, während ein kühler Aprilmond über dem Swimmingpool hing.

Raina öffnete ihnen die Tür und begrüßte sie. Sie blickte Gilly nur einmal kurz an und versuchte, möglichst elegant zu verschwinden, und zwar ins obere Schlafzimmer, wo sie an einem mit LSD getränkten Zuckerstückchen lutschte und über die Ungerechtigkeiten des Lebens nachsann. Sie hatte einen kleinen Gedankenflug bitter nötig. Arthurs Roheit hatte sie geistig und körperlich an den Rand des Zusammenbruchs getrieben. Jetzt bedauerte sie es fast, daß sie nicht Indianerin für ihn gespielt hatte, und wenn es auch zum zweitenmal gewesen wäre.

Bis jetzt hatte keiner mit Gillian gesprochen – zumindest nicht direkt. Sie ging, wieder auf eigenen Beinen, ins Wohnzimmer. Der furchtsame Ausdruck auf dem Gesicht der jungen Frau, die nach oben entschwunden war, hatte sie gerührt. Als sie sich umwandte, war Arthur gerade dabei, seine Jeans auszuziehen. Dexter war in die Küche gegangen, um endlich in Ruhe seinen Salamisandwich essen zu können.

»Wolltest du mir nicht irgend etwas erklären?« fragte sie schließlich.

»Nee«, sagte er.

»Hatte die Fahrt hierher, meine Entführung, einen besonderen Grund?«

»Du kannst jederzeit wieder verduften«, meinte Arthur. »Niemand hält dich auf.«

Gillian fürchtete sich nicht. Ihr wurde klar, daß Arthur sich ausgezogen hatte, damit sie sich hier mehr zu Hause fühlte. Sie versuchte, ihn nicht anzusehen, aber der magere, junge Körper brachte eine Saite in ihr zum Klingen – es war mehr selige Erinnerung als Verlangen. Zumindest war sie glücklich. Es lag schon lange zurück, seit ein Junge sich für sie interessiert hatte.

»Seid ihr zwei verheiratet?« fragte sie Arthur schließlich.

»Nein«, gab er zur Antwort. »Dexter war mein Bursche bei der Army.«

»Ich meine nicht Dexter«, sagte sie. »Ich rede von dieser kleinen Person da, die so einen auffälligen Puder benutzt.«

»Es kommt darauf an, was du unter verheiratet verstehst«, meinte Arthur. »Wir leben hier zusammen. Und sie benutzt meinen Namen, wenn dir das weiterhilft.«

»Ich darf also annehmen, daß ihr standesamtlich getraut seid.«

»Kann sein«, sagte er. »Rauchst du?«

»Ich habe selbst welche« – sie wies auf ihre Handtasche, in der sich ein Päckchen Lucky Strike befand.

»Komisch«, meinte Arthur. »Ich hätte wetten können, du kokst. Ich hoffe, du hast nichts dagegen, wenn ich mir eine anstecke.«

An der Art, wie er den Rauch einsog – übertrieben gierig und mit geschlossenen Augen – und an dem bittersüßen Geruch des ausgeatmeten Qualms erkannte Gillian, daß es sich um Marihuana handelte. Es überraschte sie nicht. Charlie, ihr blinder Klavierspieler, mit dem zusammen sie dem Campus den Rücken gekehrt hatte, hatte seinerzeit auch Marihuana oft geraucht.

»Du erinnerst mich an jemanden, den ich einmal gekannt habe«, sagte sie. »Jemanden, den ich in der Schule gekannt habe.«

»Du mich nicht«, meinte er.

»Nicht was?«

»Du erinnerst mich an niemanden, den ich in der Schule gekannt habe«, sagte er. »Du darfst mich nie an jemanden erinnern. Du bist anders. Deshalb bist du so einmalig.«

Dexter tauchte wieder auf. Er würgte an einem neuen Salamisandwich. Er verzog keine Miene, als er Arthur bis auf den Motorradhelm nackend dastehen sah, sondern fragte lediglich nach Raina und verschwand dann noch oben.

»Du läßt deine Frau ...?« Gillian beendete die Frage nicht.

»Sie führt ihr eigenes Leben«, sagte er. »Ich führe meines. Wohin wollen wir gehen?«

»Wohin?« fragte Gillian.

»Ja, wohin?«

Tatsächlich wälzte Arthur die Frage *wohin* schon seit fünf Minuten in seinem Kopf. Raina hatte er an allen nur denkbaren Stellen des Hauses geliebt, in der Besenkammer und im Kühlschrank (etwas eng, auch wenn die Zwischenplatten herausgenommen waren, aber angenehm kühl im August), und jetzt fand er es nur folgerichtig, mit der neuen Biene einen anderen Platz auszuprobieren.

Gillian hätte beinahe nein gesagt. Sie war gefährlich nahe daran, aus dem absurden kleinen Drama auszusteigen. Eine so flüchtige Gemeinschaft wie diese eheähnliche Liaison zwischen Arthur und Raina zu testen, erschien ihr mehr als überflüssig. Aber etwas hielt sie zurück.

Vielleicht war es nur seine Jugend – dieser zarte, blasse Junge ohne Haare auf der Brust, sein Jünglingsgesicht, dem man die Anstrengung ansah, die es ihm bereitete, einen Platz für seine neue Geliebte zu finden. Der unpassende Augenblick. Der Kontrast zwischen Arthur und Rabbi Turnbull. Arthurs Natürlichkeit im Gegensatz zu dem hochgestochenen Rabbiner. Wer hätte gedacht, daß der Rabbi sich als ein solches Biest entpuppen würde? Die Episode mit ihm hatte einen schalen Geschmack auf ihrer Zunge zurückgelassen. Vielleicht konnte Arthur ihr helfen, ihn wegzuspülen.

»Wohin du willst«, sagte sie endlich.

»Mir fällt nichts ein«, sagte er. »Ich habe überhaupt keine Idee.«

»Also wirklich, mein Lieber«, sagte sie, »zumindest nicht hier. Ich bin sicher, deine Frau hat sehr viel Verständnis dafür, aber ... nicht hier. Können wir uns nicht wenigstens ins Schlafzimmer zurückziehen?«

Das *Schlafzimmer!* – Arthur war überrascht. Fußböden, Äcker, der Strand, einmal sogar in einer Kloake – aber das Schlafzimmer? Auf den Gedanken war er noch nie gekommen. Das Schlafzimmer? Das war ja sogar noch besser als eine Schneewehe. Diese Gillian Blake war wirklich unglaublich, unglaublich!

Während er mit Gillian nach oben ging, fühlte sich Arthur schwach in den Beinen. Die Frau an seiner Seite war ihm an Einbildungskraft weit überlegen. Sie war eine von den Frauen, die ihm noch etwas beibringen konnten. Jetzt galt es nur noch, sich als gelehriger Schüler zu zeigen.

Als sie an Rainas Meditationsraum vorbeigingen, blieben sie einen Augenblick stehen und betrachteten durch die geöffnete Tür ein kurioses Tableau. Dexter lag vollständig nackend auf dem Gebetstisch ausgestreckt. Das Symbol seiner Männlichkeit ragte steil zur Decke auf. Raina hatte ihn von Kopf bis Fuß mit Puder bestäubt, was auf seiner Haut wie ein Gemisch aus Salz und Pfeffer aussah. Sie war gerade damit beschäftigt, seine Erektion zärtlich mit rosafarbener Baby-Lotion zu massieren. Die Szene kam Gillian vor wie eine religiöse Zeremonie, die durchaus aus dem *Kamasutra* stammen konnte, und nur deshalb machte sie keine respektlose Bemerkung. Arthur hingegen hatte sofort gesehen, daß die beiden das Babyspiel machten. Er ärgerte sich etwas, weil Raina seit dem letzten Mal nichts Neues eingefallen war.

Hand in Hand betraten sie das andere Schlafzimmer. Arthur hatte nicht den Mut, noch einmal zu fragen. Aber diesmal war es auch nicht nötig. Gillian ging sofort auf das Bett zu, streifte ihr rosafarbenes Höschen ab und streckte sich wohlig auf der Decke aus. Arthur lief wie ein junger Hund hinter ihr her.

Das *Bett!* Warum auch nicht. Die Gedanken, die ihm eben noch durch den Kopf gewirbelt waren, ließen von ihm ab. Die asketischen Sensationen der Glasplatte auf dem Tisch, die kühlen Spiele im Frigidaire, die aufregende Atmosphäre des Dachbodens – solche Überlegungen waren nun nicht mehr nötig. Das Bett – komfortabel, weich, geräumig – rief nach ihm. Warum war er nicht selbst darauf gekommen? Wo hätte es denn geschehen können, wenn nicht im Bett?

Er blickte Gillian an, ihren schlanken und wohlgeformten Körper, der mit winzigen blonden Haaren übersät war, ihre vollen Lippen, die sich erwartungsvoll seinem Mund geöffnet hatten, und ihre Brust, die sich rhythmisch auf und ab bewegte. Plötzlich wurde ihm alles bewußt. Gillian war nicht dafür geschaffen, sich lasziv unter ihm zu wälzen, während er über ihr am Kronleuchter schwebte; sie wäre nicht zufrieden gewesen, wenn sie, die Zehenspitzen gen Mekka gerichtet, über der Rückenlehne des Bettes hätte hängen müssen; auch Purzelbäume über ihrer Spielwiese wären nichts für sie gewesen.

Da gab es nur noch eins. Mit einem Satz war er auf dem Bett und bestieg sie. Und dann nahm er die Position ein, die seit Urzeiten von Generation zu Generation überliefert worden war.

»Normal«, dachte er, »zum erstenmal normal.«

Das Wort war fortan nicht mehr tabu für ihn. Als er in sie eindrang, hatte Arthur Franhop eine Vision. Er stellte sich ein Leben mit ruhigem und geregeltem Geschlechtsverkehr vor, vielleicht sogar eine Ehe, süße kleine Kinder, denen er alles beibringen konnte, was er von Sex und Drogen wußte, sowie von der Fortpflanzung der Rasse in ihrer ursprünglichen und noblen Form.

Während sie sich rhythmisch gegeneinander bewegten – Gillian mit blendender Könnerschaft, Arthur mit wachsender Ekstase – hin und her, bis zum Gipfel des allesverzehrenden, hemmungslosen Vergnügens, hatten sie nicht bemerkt, wie Raina ins Zimmer getreten war. Sie trug eine Wasserkanne in der Hand und stellte sich am Fußende des Bettes auf.

Hin und her, hin und her – ein völlig neues Gefühl, wunderbar und natürlich. Erst beim Erguß schrak Gillian auf und bemerkte die andere Frau. Wut hatte Rainas Gesicht entstellt, angewidert verzog sie den Mund, und als sie endlich in der Lage war, ihren Haß in Worte zu kleiden, klang ihre Stimme heiser.

»Arthur, du bist ja *spießig!*« schrie sie. »Du bist ja ein unglaublicher, unverbesserlicher Spießer!«

BILLY *Man kann sich kaum vorstellen, daß Pearl Harbor schon
so lange zurückliegt, Gilly.*

GILLY *Ich werde es niemals vergessen, obwohl ich damals noch
ein Kind war.*

BILLY *Ich auch nicht.*

GILLY *Man fragt sich heute natürlich, ob wir aus den damaligen
Ereignissen irgend etwas gelernt haben. Und wenn ich sage
»wir«, dann meine ich selbstverständlich die ganze Mensch-
heit.*

BILLY *Es gibt weiterhin Kriege, Mord und Totschlag und Un-
menschlichkeit.*

GILLY *Ja, das ist wahr.*

BILLY *Sieh dir beispielsweise das organisierte Verbrechertum an.
Es hat in unserem täglichen Leben längst seinen festen Platz eingenommen.*

GILLY *Wie recht du hast. Es ist ja heutzutage schon beinahe ver-
brecherischer, erwischt zu werden, als ein Verbrechen zu bege-
hen.*

BILLY *Die Organisationen der »Cosa Nostra« sind allgegenwär-
tig und fast allmächtig.*

GILLY *Ich frage mich allerdings manchmal, ob das wohl alles
echt ist, dieses melodramatische Getue mit den Familien und so,
weißt du?*

BILLY *Ich glaube, ja. Heutzutage sind Gangster doch Kerle, die
zwar einer Unterweltorganisation angehören, im täglichen Leben aber ganz biedere Geschäftsleute sind.*

GILLY *Persönlichkeitsspaltung sozusagen.*

BILLY *Selbstverständlich.*

GILLY *Schade, daß wir kein Bandenmitglied kennen, das wir in
unserer Sendung interviewen könnten.*

BILLY *Sei nicht so sicher. Ich sagte ja schon, die haben nach*

außen hin ganz respektable Berufe. So ein Gangster kann durchaus als harmloser Nachbar in deiner Nähe leben.
GILLY *Hmmm. Ist das nicht ein phantastischer Gedanke?*

Mario Vella fuhr in seinem schwarzen Cadillac gemächlich die Zufahrtsstraße hinunter, drückte seinen Fuß dann fest auf das Gaspedal und spurtete in den Long-Island-Schnellweg. Er liebte es, wenn die Pferdestärken sich unter seinem Fuß kraftvoll aufbäumten. So sollten Kraft und Stärke immer sein, dachte er, greifbar, schon durch einen leichten Fußdruck in Aktion zu setzen.

Dann ließ er das Gaspedal langsam wieder zurückkommen und verringerte das Tempo, bis er die erlaubte Höchstgeschwindigkeit nicht mehr überschritt. In den folgenden achtundfünfzig Minuten, bis zur Abfahrt nach King's Neck, würde er dieses Tempo beibehalten. Dann waren es noch einmal zwanzig Minuten auf der 25 A bis zum Dunes Motel und zu Gilly. Hoffentlich war sie heute pünktlich. Sie hatte ja immer irgendeine Entschuldigung. Sie hatten sich erst vor zwei Wochen kennengelernt, und seitdem war sie von Mal zu Mal später zu den Verabredungen gekommen. Er sollte ihr das vielleicht abgewöhnen.

Es war erst halb vier. Der Stoßverkehr hatte noch nicht eingesetzt. Mario warf einen kurzen Blick auf das Tachometer und sah dann schnell zu dem Schild an der Ausfahrt, auf dem die verminderte Höchstgeschwindigkeit angegeben war. Seit zwei Jahren fuhr er regelmäßig nach King's Neck. Er kannte die einzelnen Geschwindigkeitsbegrenzungen so gut wie die Namen seiner Kinder. Aber er war ein vorsichtiger Mann. Die Organisation schätzte das; er kannte ihre Gesetze nicht nur genau, er lebte sie. Und seine Grundregel lautete: Brich niemals Vorschriften, die dir unwichtig erscheinen. Das können sich Anfänger erlauben, Profis nicht.

Mario Vella hatte Erfolg gehabt, wo einige der besten Männer der Mafia versagt hatten. Er hatte sich seiner Umgebung unauffällig angepaßt. Für seine Nachbarn war er einfach Mario Vella, der sechsunddreißigjährige, dunkelhaarige und gutaussehende

Inhaber der renommierten Oliven-Ölgesellschaft »Bella Mia« und des gleichfalls florierenden Bauunternehmens »Fort Sorrento«. Man wußte außerdem von ihm, daß er seine Finger im Showbusiness hatte. Erst kürzlich war es ihm gelungen, den Schnulzensänger Johnny Alonga groß herauszustellen, dessen Karriere seitdem einen steilen Aufschwung genommen hatte.

Vella hatte den Jungen auch anläßlich verschiedener örtlicher Wohltätigkeitsveranstaltungen und politischer Abendgesellschaften als Alleinunterhalter herumgereicht. Um Mario einen Gefallen zu tun, war er sogar schon zweimal im Country Club von King's Neck aufgetreten. Seitdem wurde Mario mit Einladungen, Mitglied in allen erdenklichen Vereinen zu werden, überschüttet. Manchmal war er nicht mehr sicher, ob er wegen Alonga so populär geworden war oder weil sein Scheckbuch so locker saß. Die »Cosa Nostra« hatte ihm natürlich auch zu Popularität verholfen. Sobald er seinen Namen für einen aufstrebenden Konzern einsetzte, sprach man darüber im ganzen Land, wie Zeitungsausschnitte ihm bestätigten.

Hin und wieder tauchten Gerüchte auf, die etwas von seiner Verbindung zu Gangsterkreisen wissen wollten, meistens blieben das jedoch Gerüchte. Eine Zeitung, die ihn einen »Freund der Unterwelt« genannt hatte – das war vor acht Jahren gewesen –, mußte für diesen Irrtum 45 000 Dollar zahlen.

Die »Gesellschaft zur Verhütung von Rachitis bei Kindern« wollte ihn im nächsten Jahr als »Mann des Jahres« ehren. Und im Januar sollte er Präsident der »Liga zur Erhaltung der italienisch-amerikanischen Freundschaft« werden. Die Gründung einer solchen Liga hatte er angeregt, und die Organisation hatte ihn für diesen genialen Einfall fürstlich belohnt. Als zwei Zeitungen versuchten, durch Enthüllungen über die Organisation ihre Auflage zu steigern, hatten ein paar Zeilen vom Vorsitzenden der Liga genügt, die Herausgeber zu entmutigen. Und das Fernsehen, feige wie immer, hatte eine bereits in den Programmzeitschriften angekündigte Dokumentarsendung über die Mafia ebenfalls schnell wieder abgesetzt. Jetzt waren häufig Politiker bei Vella zu Gast und erbaten seinen Rat.

Mario Vella drückte mit einem manikürten Finger energisch auf den Radioknopf, und der Raum füllte sich mit den honigsüßen Klängen von Johnny Alongas Schnulze »A Dying Love«. Für ein paar Sekunden hörte er zu, wechselte dann aber den Sender. Johnnys Schnulze verursachte ihm Übelkeit. Sie erinnerte ihn an Donna Maria. Seit zehn Jahren waren sie jetzt miteinander verheiratet, seit zehn vergeudeten, verdammten Jahren.

Schon am Morgen hatte er daran denken müssen. Um sechs Uhr war er aufgewacht – wie immer in letzter Zeit mit dem Gedanken an Gilly. Er hatte sich gleich eine Zigarette angezündet und, während er regungslos auf dem Rücken liegend rauchte, den blauen Baldachin angestarrt, dessen Anschaffung Donna Maria seinerzeit durchgesetzt hatte. Er konnte seine Gedanken nur mühsam auf Gilly konzentrieren, denn Donna Maria bewegte sich an seiner Seite. Er sah Gilly wieder vor sich knien, sah ihre honigblonden Haare, die ihr auf die Schultern hingen, und ihre enganliegende weiße Bluse, die bis auf den untersten Knopf offen und aufreizend über ihre festen Oberarme heruntergestreift war. In den Händen hielt sie ihre aufgerichteten wohlgeformten Brüste und massierte sich mit dem Zeigefinger zärtlich die rosigen Brustwarzen. Der cremefarbene Busen bildete einen raffinierten Kontrast zu ihrem blassen Teint. Der kurze, blaßgrüne Rock war nach oben gerutscht und ließ den Blick auf die von Nylon umspannten Oberschenkel frei.

Er sah sich wieder vor ihr stehen, nackend, seine Kleidung achtlos zur Seite geworfen. Er sah, wie sie sich näherschlängelte und verspielt ihre Brüste an der Innenseite seiner Beine rieb, auf und ab, und auf und wieder ab. Ganz sanft. Sie kam niemals bis ganz nach oben, sondern stoppte jedesmal kurz davor. Und jedesmal wuchs die Spannung, wühlte in ihm und wurde zur Qual. Er sah sie wieder mit jenem bestimmten Lächeln zu ihm aufblicken. »Fürchtest du dich noch immer vor mir, Mario? Möchtest du auch jetzt noch, daß ich fortgehe?« Er hatte sich vorgebeugt und ihr ins Ohrläppchen gebissen, sehr vorsichtig und liebevoll, und dann ihren Kopf, der keinen Widerstand mehr leistete, sorgfältig höher geführt, höher –

»Mario!«

Die Stimme von Donna Maria schreckte ihn aus seinen Träumen auf. Er schnellte hoch, setzte sich aufrecht hin und wandte das Gesicht seiner Frau zu.

»Paß auf, deine Zigarette!« schimpfte sie. »Du hast deine Zigarette auf das Bett fallen lassen. Willst du uns im eigenen Haus verbrennen? Sieh mal, du hast ein Loch in die Bettdecke gebrannt. Sie stammt von meinem Vater. Hundertfünfzig Dollar hat sie gekostet, sie kommt aus Italien. Was sollen wir ihm denn jetzt sagen?«

Er hob die Schultern leicht an, eine halbherzige Geste des Bedauerns. Dann griff er nach dem Wasserglas, das auf dem Nachttisch stand, und goß ein paar Tropfen daraus auf die glimmende Decke. Innerlich jubelte er. Er hatte diese Decke, auf die aus irgendeinem Grunde naturgetreu der Golf von Neapel gestickt war, schon immer gehaßt. Das sah seinem Schwiegervater Septimo ähnlich. Bauernkitsch.

Er griff nach Donna Maria und zog sie zu sich herüber. In seinen Adern raste noch der Hunger nach Gilly. Irgendwie hoffte er, es würde heute anders mit ihr sein, aber sie war unterwürfig wie immer. Aufgezogen als Untertane des Mannes, wer auch immer es einmal sein mochte, stellte sie niemals Fragen, sondern gab sich hin, ob sie krank oder gesund war, bei Tag und bei Nacht. Männer sind nun mal so, hatte ihre Mutter sie gelehrt. Zu den Pflichten einer Ehefrau gehört es, zu geben und niemals etwas zu erwarten. Zumindest nicht im Schlafzimmer. Ihr langes schwarzes Haar, das von der lebenslangen Behandlung mit hundert Bürstenstrichen pro Nacht glänzte, zerfloß auf dem Kissen hinter ihr.

Mario schob eine Hand unter ihr kurzes Flanellnachthemd und befühlte ihren wabbeligen Bauch. Donna Maria zeigte keine Reaktion, nicht das geringste Erschauern. Dann fuhr er mit der Hand über einen kleinen Fetthügel aufwärts und faßte ihre großen und schlappen Brüste an. Mein Gott, dachte er, sind denn alle italienischen Mädchen so aufgedunsen nach drei Kindern? Irritiert zog er die Hand wieder zurück. Donna Maria drehte sich automatisch auf den Rücken, zog ihr Nachthemd über den Bauchnabel hoch und spreizte die Beine. Mario nahm sie wortlos, sie und sich selbst dabei hassend.

Als er von ihr abließ, setzte sie sich auf und fragte: »Bist du heute abend zum Essen zu Hause? Ich mache Lasagne mit Broccoli und Knoblauch. Ich weiß doch, daß du das gern ißt, Mario. Aber du mußt mir jetzt Bescheid sagen – man kann Broccoli so schlecht aufwärmen.«

Das war typisch Donna. Während er sich auf ihr abmühte, plante sie ihre verdammten Lasagne mit Broccoli und Knoblauch.

»Vielleicht könntest du auch Louie und Danny mitbringen«, fuhr sie fort. »Du hast schon seit langer Zeit niemanden mehr eingeladen, und du weißt, wie gern sie Lasagne essen. Und die Kinder würden sich auch riesig freuen. Das weißt du doch.«

Schöne Aussichten, dachte er und blickte auf seine hauchdünne Platinuhr. Es war jetzt sieben. Demnach war es in Chicago erst sechs. Wenn bei Louie und Danny alles geklappt hatte, dann mußten sie jetzt in Chicago sein. In einer halben Stunde würde Louie den Versager mit einer Klaviersaite erdrosseln und Danny würde ihm mit seinem Messer zur Seite stehen, für alle Fälle. Danny und sein Messer, das war eine Sache für sich.

»Sind Louie und Danny noch immer bei dem Beerdigungsunternehmen?« fragte Donna Maria.

»Ja«, gab er zur Antwort. »Deshalb können sie heute auch nicht kommen. In Chicago ist ein stinkreicher Mann gestorben. Sie mußten hinfliegen, um die Beerdigung zu arrangieren. Ich selbst werde übrigens zum Essen auch nicht hier sein, ich werde spät kommen. Johnny muß ins Studio, zu Schallplattenaufnahmen.« Und dann ein zusätzlicher Einfall: »Falls es zu spät werden sollte, bleibe ich vielleicht gleich in der Stadt.«

Donna Maria zuckte die Achseln und wandte sich ihrem mit zahlreichen Fläschchen übersäten Toilettentisch zu. Sie begann, ihr Haar aufzustecken. Ohne eine Miene zu verziehen, warf sie ihm über die Schulter einen Blick zu.

»Übrigens hat Gillian Blake letzte Nacht angerufen. Sie meinte, sie müsse dich unbedingt sprechen. In einer persönlichen Angelegenheit. Worüber, um alles in der Welt, hat sie mit dir denn persönlich zu sprechen?«

Das gefiel Mario überhaupt nicht. Gilly sollte Grips genug haben, ihn nicht zu Hause anzurufen. Bisher hatte sie es auch noch niemals getan. Warum also jetzt?

»Sie will wahrscheinlich Johnny für ihre Show haben«, sagte er. »Alle wollen das.«

»Und noch etwas«, sagte Donna Maria. »Mein Vater hat gestern abend auch versucht, dich zu erreichen. Zweimal gleich. Beim zweiten Mal klang er sehr verärgert. Du hast doch nichts angestellt, was ihn geärgert haben könnte?«

»Nein.« Mario überlegte sich seine Antwort sorgfältig. »Er ist wahrscheinlich ungeduldig, weil die Öllieferungen noch nicht eingetroffen sind. Wenn ich dazu komme, rufe ich ihn im Laufe des Tages an.«

Jetzt, während er auf dem Schnellweg ostwärts fuhr, dachte Mario Vella über Septimo nach. Er hatte am Morgen gleich überall herumtelefoniert, um seinen Schwiegervater zu erreichen, jedoch keinen Erfolg gehabt. Aber das war es nicht, was ihn beunruhigte. Vielmehr hatte er etwas anderes gespürt: Die Stimmen hatten so verändert geklungen. Obwohl Mario in jedem Fall die richtigen Codewörter benutzt hatte, waren die Antworten merkwürdig kurz und einsilbig gewesen. Er hatte es bei allen New Yorker Büros versucht, auch in den vier Restaurants. Aber überall die gleiche Antwort. Niemand konnte ihm sagen, wo Septimo war. Nicht einmal Serafina, Marios Schwiegermutter. Und alle Antworten hatten so zurückhaltend geklungen, nur ja und nein, das war alles gewesen.

Septimo Caggiano spielte im Leben von Mario Vella eine sehr wichtige Rolle. Hätte Marios Vater noch gelebt, wäre das vielleicht anders gewesen. Onofrio Vellaturce, Marios Vater, wegen zweifachen Mordes in Neapel steckbrieflich gesucht, war als blinder Passagier im New Yorker Hafen über Bord gesprungen und hatte sich in Amerika niedergelassen. Von der Organisation war er damals wie ein verlorener Sohn empfangen worden, und zwanzig Jahre hindurch hatte er dem größten Familienverband im Raum New York vorgestanden. Von einem schloßähnlichen Palais in Palisades aus hatte Onofrio alles nur Mögliche unter seine Kontrolle gebracht – Werften, Fabriken, Transportunternehmen, Bahnlinien, Rauschgift, Spielhallen, Gewerkschaften und Politiker. Und in Brooklyn sorgte sich damals der aus Sizilien stammende Septimo darüber, daß Onofrio sich eines Tages auch für seine Organisation interessieren könnte. Aber die beiden Männer hatten sich an einen Tisch gesetzt und die als Ergebnis dieser Verhandlungen entstandene Super-Organisation durch die Heirat zwischen den Kindern Mario und Donna Maria besiegelt.

Als Sohn des Chefs der »Cosa Nostra« wußte Mario, worauf es ankam. Zwei Königreiche mußten unter einen Hut gebracht werden. Donna Marias Bestimmung war es, zu kochen, Kinder zu kriegen und das Haus und seine Geheimnisse zu hüten. Onofrio hatte Mario geraten, die schwachen Seiten des Mädchens zu übersehen. Es gäbe ja noch andere, hatte er augenzwinkernd gemeint; solange er sie nicht ins Haus brachte, würde das dem Ruf der Familie keinen Abbruch tun. Jedoch sollte er sich niemals über die strengen Ehrbegriffe der Sizilianer hinwegsetzen, hatte sein Vater ihn gewarnt.

Dreimal waren die jungen Leute einander vor der Hochzeit begegnet, jedesmal im Beisein einer Anstandsdame. Die Trauung fand dann in der Kirche »Salve Maria« in Brooklyn statt. Der anschließende Empfang im großen Ballsaal des Hotels »Commodore« gestaltete sich zu einem Treffen von Politikern, Monsignores und der »Cosa Nostra«-Prominenz von beiden Küsten und den meisten Staaten dazwischen. In jener Nacht, nachdem das Licht im Brautgemach der Jungvermählten erloschen war, hatte Mario entdeckt, daß er eine in sexueller Hinsicht taube Nuß geheiratet hatte.

Eine Woche nach dieser bedrückenden Entdeckung, während das junge Paar seine Hochzeitsreise absolvierte, hatte Mario telefonisch die Nachricht vom plötzlichen und unerwarteten Ableben seines Vaters empfangen. Onofrio war unergründlicherweise hinter dem Steuer seines Chryslers für immer

eingeschlummert. Ausgerechnet in jener Nacht war sein Leib-
wächter Louie von ihm beurlaubt worden. Der Wagen hatte die
Leitplanke der Straße unmittelbar vor einem Autobahn-Viadukt
durchbrochen, war in die Tiefe gestürzt und in Flammen aufgegangen.

Daraufhin traten die Mitglieder der Organisation zusammen.
Septimo wurde der neue Chef, Gino Viccardi, ein alter Freund
von Marios Vater, sein Stellvertreter. Darüber hinaus einigte
man sich dahingehend, daß Mario in seine zukünftigen Aufgaben
von der Pike auf hineinwachsen sollte. Zunächst sollte er seine
Feuertaufe bestehen. Nach acht Jahren, wenn alles planmäßig
verlaufen würde, sollte Gino von seinem Posten zurücktreten
und Mario seinen Platz einnehmen. Und eines Tages würde wohl
auch Septimo sich zum Rücktritt entschließen und Mario Chef
der »Cosa Nostra« werden. Seine Feuertaufe hatte er bestanden,
indem er mit zwei Kugeln vom Kaliber 0,45 einem rebellischen
Gewerkschaftsboß das Gehirn aus dem Schädel blies. Diesen ersten Auftrag würde Mario nie vergessen.

Obwohl an den Umgang mit Schießeisen gewöhnt, konnte Mario dem Morden nie Geschmack abgewinnen. Für ihn war das
eine Arbeit wie jede andere, und eine Pistole war ein schnelles
und sicheres Mittel, sie zu erledigen. Männer wie Louie und
Danny hatten Freude daran, einen Mord zu zelebrieren. Als
Handwerkszeug benutzten sie daher am liebsten Klaviersaiten
und Messer. Louie war Experte darin, den Druck mit der Klaviersaite genau in dem Augenblick etwas zu lockern, wenn seinem Opfer der Atem auszugehen drohte. Nach einer kleinen
Verschnaufpause verstärkte er ihn dann erneut und begann den
Zyklus von vorn. Danny seinerseits hatte es heraus, sein Messer
unmittelbar neben einem lebenswichtigen Punkt in einen Körper
zu stoßen, es dann wieder herauszuziehen und den Vorgang an
einer anderen Stelle zu wiederholen. Beide liebten ihren Job.
Wahrscheinlich hatten sie ihn deshalb auch noch nicht aufgegeben. Nach zehn Jahren bei der Organisation brauchte Mario die
schmutzige Arbeit natürlich nicht mehr selbst zu erledigen. Sein
Vorstrafenregister war so gut wie blütenweiß, er war jetzt Stell-

vertretender Chef. Gillian Blake. Mario ließ ihren Namen förmlich auf der Zunge zergehen, während er ihn mehrmals wiederholte. Sie war eine Wucht. Einfach Klasse. Wie sie in einen Raum schweben konnte, wie sie sich kleidete, wie sie sprach und auch wie sie aß!

Warum hatte er sie eigentlich nicht gleich bei ihrer ersten Begegnung hergenommen? Sie hätte bestimmt nichts dagegen gehabt, dessen war er sicher. Er wirkte auf Frauen und wußte das. Zwar war sein schwarzes Haar inzwischen an den Schläfen ergraut, aber er hielt sich noch immer gut in Form. Seine Kleidung war stets geschmackvoll und teuer, aber niemals auffällig. Gilly war er zum erstenmal im Studio begegnet, als er mit ihr die Möglichkeit eines Auftritts von Johnny Alonga in der »Billy & Gilly«-Sendung besprechen wollte. Billy, ihr Mann, hatte sie beide allein gelassen. Und da hatte er plötzlich gewußt, daß sie seine Geliebte werden würde.

»Warum essen wir nicht zusammen zu Mittag, Mr. Vella?« hatte sie ihn gefragt. Sie hatte ein Sackkleid getragen, das ihren Körper nur an zwei Stellen berührte. Einverstanden, hatte er geantwortet.

Gilly hatte Michael's Pub vorgeschlagen. Sie bestellte einen Martini für sich, wählte fachmännisch die Gin-Marke und verlangte »nur einen Hauch Vermouth« dazu. Klasse! Er selbst war bei Scotch mit Wasser geblieben, Gilly bei Martini, drei insgesamt. Sie wußte sehr genau, was sie wollte, und verstand es geschickt, dafür zu sorgen, daß sie es auch bekam. Nach dem Essen hatte er ihr angeboten, sie nach Hause zu fahren. Dagegen hatte sie nichts einzuwenden gehabt und gemeint, sie würde das der Long-Island-Eisenbahn durchaus vorziehen.

Auf dem gemeinsamen Heimweg hatte Gilly einen Abstecher vorgeschlagen, in Richtung Norden zur Bucht. Sie wollte die untergehende Wintersonne sehen. »Wenn wir in unserer Gegend auf den Klippen stehen würden, könnten die Leute vielleicht denken, wir seien ein Liebespaar«, hatte sie zur Erklärung hinzugefügt. Sie parkten den Wagen am Ende der Straße. Gilly stand regungslos da und starrte auf das Wasser hinunter. Sein Körper

brannte darauf, sie zu besitzen, ihr die Kleider vom Leibe zu reißen und sie an sich zu ziehen, um die Weichheit ihres Körpers
mit seinen Händen und dem Mund abzutasten und sie sagen zu
hören ...

Aber dann hatte sie den ersten Schritt getan. Sie hatte ihre Arme
um seinen Nacken geschlungen und ihr Gesicht an seines gedrückt. »Armer Mario«, hatte sie gesagt. »Du verlangst so sehr
nach mir.« Und dann hatte er ihre Lippen auf seinem Mund und
ihre Zunge zwischen seinen Zähnen gespürt.

Er war perplex gewesen, hatte sie angestarrt und sich bemüht,
dagegen anzukämpfen. »Es ist schon spät«, hatte er zu bedenken
gegeben. »Laß uns nach Hause fahren.«

Gilly war in Gelächter ausgebrochen. »Ich mag dich, Mario. Du
hast etwas an dir, unterschwellig und drohend, was mich fesselt.
Und du hast Angst vor mir, und ich glaube, das mag ich auch.
Aber gib dich keinen Illusionen hin, Mario, vielleicht werde ich
dich nicht immer mögen.«

Warum war er damals auf ihre Einladung nicht eingegangen?
Gott weiß, wie sehr er sie begehrte. Und sie hatte ja recht gehabt
mit ihrer Annahme, er fürchte sich. Allerdings nicht vor ihr,
sondern vor dem alten Septimo und seiner sizilianischen Fami-
lienehre.

In der darauffolgenden Woche hatte er zweimal bei ihr angerufen. Zweimal hatten sie sich zu einem Drink im Dunes Motel getroffen. Jedesmal war er stärker von ihr fasziniert gewesen, auf-
gewühlter. Jedesmal hatte er sie nach Hause gefahren und sie
nicht berührt. Er konnte einfach jene Instinkte in sich nicht unterdrücken, die ihn am Leben erhalten hatten, wenn andere
Männer ins Gras beißen mußten. Und dann trug sie eines Tages,
als sie zum Essen verabredet waren, wieder jenes aufregend enge
Kleid. Und plötzlich, beim Kaffee, hatte sie, ihr kleines, schmales
Kinn in die Hände gestützt, gesagt:

»Ich will dich nicht mehr sehen, Mario. Du langweilst mich.«
Er hatte vor Wut gekocht, ein paar Geldscheine auf den Tisch
geworfen und mit den Worten »Na, dann nicht, du Schlampe!«
das Lokal verlassen. Ziellos war er durch die Straßen gelaufen,

darum bemüht, jenes Lächeln, das sie ihm noch nachgeschickt hatte, aus seinen Gedanken zu vertreiben. Es war das Lächeln der Mona Lisa gewesen. Und da verstand Mario plötzlich, warum Mona Lisa lächelt. Weil sie unerreichbar ist, weil Männer verrückt danach sind, ihre Brüste zu betasten und aus ihrem Mund die Süße zu saugen – und weil das unmöglich ist. Unmöglich – denn sonst würde sie eine gewöhnliche Frau mit einem einfältigen Lächeln auf den Lippen sein.

Aber Gilly war nicht unerreichbar. Gleich nachmittags rief er sie im Studio an. Am nächsten Morgen telefonierte er viermal mit dem Studio. Jedesmal erhielt er zur Antwort, Mrs. Blake sei zu beschäftigt, um ans Telefon zu kommen. Später hatte er ihr am Ausgang des Studios aufgelauert. Sie erschien in Begleitung ihres Mannes, und Mario war in einer Seitenstraße untergetaucht.

An dem gleichen Nachmittag hatte Mario eine lebenswichtige Information ignoriert. Die Bullen hatten eines der größten Lager der Organisation auffliegen lassen. Drei Männer und sechs Kilo reines Heroin waren dieser Aktion zum Opfer gefallen. Am nächsten Tag hatte er zwei Verabredungen mit Septimo nicht eingehalten. Und dann, als er schon aufgeben wollte, war Gilly am Telefon gewesen. Ob er sie angerufen hätte, wollte sie wissen. Ob sie ihn am Dienstagabend zu einem Drink in Dunes Motel treffen könnte, hatte er zurückgefragt. Nur zu einem Drink? Nein, hatte er sie wissen lassen, zu mehr als nur einem Drink. Sie sagte zu, und dann war die Verbindung unterbrochen worden.

Hatte er am Telefon irgend etwas gesagt, was ihm schaden könnte? grübelte er später.

Mario lenkte seinen Cadillac die steile Küstenstraße zum Dunes Motel hinunter. Kein Mensch kannte die Zusammenhänge zwischen ihm und diesem Motel, nicht einmal Septimo. Charlie Friars, einem Politiker, der durch Schmiergelder von Mario reich geworden war, war beim Bau des Dunes, einem modernen Motelkomplex mit Bar und Restaurant, das Geld ausgegangen. Auf Charlies Bitten hin hatte Mario die unbezahlten Rechnungen beglichen und war dadurch stiller Teilhaber geworden. Er brauchte nicht zu befürchten, daß er hier auf einen von Septimos Schnüfflern stoßen würde. Denn die Männer der Organisation wurden hier wie jeder andere Gast behandelt und bevorzugten deshalb Häuser der Unterwelt, in denen man ihrem Geltungsbedürfnis großzügiger entgegenkam.

Gillian saß bereits an der Bar. In der Tür stehend, hielt Mario für einen Moment den Atem an und verschlang sie mit den Augen. Sie sprach mit dem Barkeeper. Ihre schlanken Beine waren übereinandergeschlagen, in einer Hand hielt sie eine brennende Zigarette. Der Martini vor ihr war noch unberührt, das Glas beschlagen. Sie war also gerade erst angekommen. Mario zuckte es durch den Kopf, daß er vor der Tür ihren Wagen nicht gesehen hatte. Sonst gehörte es zu seiner zweiten Natur, ein Gebäude vor dem Betreten peinlich genau mit den Blicken abzusuchen, sein eigenes Haus nicht ausgenommen, und diesmal hatte er diese Vorsichtsmaßnahme vollständig vergessen.

»Hallo, Miss«, sagte er. »Sind Sie allein?«

»Ich dachte schon, Sie würden mich hier bis in alle Ewigkeit sitzen lassen«, erwiderte sie.

Er ergriff ihre Hand und spürte ihren Gegendruck. Später saßen sie sich an einem von Kerzen beleuchteten Tisch gegenüber, sahen einander tief in die Augen und hielten lange, wortlose Zwiegespräche. Köstliche Filets wurden darüber kalt. Wenn ihre Finger sich wie zufällig berührten, durchzuckte es Mario wie ein Stromschlag.

»Wie lange willst du mich noch warten lassen, Mario?«

Er nahm sie bei der Hand und führte sie den langen, mit dicken Teppichen belegten Korridor entlang. Die Tür zu dem für sie hergerichteten Zimmer stand sperrangelweit offen. Riesige orangenfarbene Chrysanthemen schimmerten aus einer Vase auf dem Teetisch wie untergehende Sonnen herüber. Nahe dem Bett kühlten zwei Flaschen 61er Pinay in einem bis zum Rand mit kleingehacktem Eis gefüllten Sektkübel. Charlie hatte an alles gedacht.

Mario wandte sich zu Gilly um. Sie hatte ihre Schuhe abgestreift und stand mit ausgebreiteten Armen vor ihm. Er zog sie an sich.

Ihre Lippen trafen sich, hart und ungestüm zuerst, dann aber in eine weiche saugende Erregung übergehend. Ihr Kopf reichte ihm kaum bis an die Schultern. Ohne den Kuß zu unterbrechen, umfaßte er ihre Hüften und zog sie zu sich herauf. Eine Weile verweilten sie in dieser Stellung. Dann trug er sie auf seinen starken Armen zum Bett.

Dort lagen sie Seite an Seite, noch immer bekleidet. Seine Hände umspielten ihren Körper und tasteten sich bis zu ihren Brüsten vor. Ein Schauer durchlief ihren Körper. Plötzlich zuckte Mario zusammen. Er spürte, wie sie ihr Knie, vorsichtig, aber nachdrücklich zwischen seine Schenkel preßte. Ihre Hände hatte sie hinter seinem Nacken verschränkt und löste sie nur, um mit den Fingernägeln sanft an seiner Wirbelsäule auf und ab zu gleiten. Er drehte währenddessen ihren Kopf so, daß er mit den Lippen ein Ohrläppchen erreichen konnte, knabberte vorsichtig daran und ließ seine Zunge darüberstreichen. Dann glitt die Zunge in ihr Ohr. Gillys Griff wurde fester. Ihr Knie lag jetzt direkt auf seinem Geschlechtsteil. Ihr Körper bewegte sich in wellenförmigem Rhythmus.

»Warte eine Sekunde«, murmelte er und küßte sie zärtlich auf die Lippen.

Er stand auf, ging quer durchs Zimmer und zog sich schnell aus. Sobald er nackt war, kam sie auf ihn zu, drehte sich, als er nach ihr griff, auf dem Absatz und ließ sich rückwärts in seine Arme fallen. Seine Hände umfaßten ihre festen Brüste. Über die linke Schulter blickte sie zu ihm auf.

»Öffne den Reißverschluß«, sagte sie. »Bitte.«

Langsam zog er den Reißverschluß auf, der unmittelbar über dem Ansatz ihrer hinteren Rundungen endete. Mit einer schnellen Bewegung stieg sie aus dem Kleid. Sie bückte sich danach, hob es auf und warf es über einen Sessel. Dann, die Hände kindlich auf dem Rücken verschränkt, wandte sie sich ihm wieder zu. Sie trug keinen Büstenhalter. Ihre schmalen kleinen Brüste standen steif vom Körper ab, die rosafarbenen Brustwarzen waren hart vor Verlangen. Ihre sonnengebräunte Haut war mit rosaweißen Flecken übersät. Für ihn war alles wie ein Traum. Gillys geschmeidiger Körper einer Langstreckenschwimmerin unterschied sich wohltuend von demjenigen, den Mario seit Jahren im Ehebett neben sich liegen hatte.

»Komm«, sagte sie. »Komm mit mir, Mario.«

Sie nahm seine Hand und geleitete ihn beinahe schüchtern zum Bett. Dort schmiegte sie sich wollüstig an ihn. Mario überschüttete sie mit Küssen. Er ließ seine Zunge in ihre Achselhöhlen gleiten und über ihren Nacken. Als sein Mund zärtlich ihre Brustwarzen umspielte, schob Gilly sie ihm ungeduldig in den Mund. Allmählich gerieten sie in Ekstase. Ihre Körper bewegten sich aufeinander zu. Mario zog ihr vorsichtig den Slip aus. Sie stöhnte.

»Jetzt, jetzt!«

Das war Bitte und Befehl zugleich. Mario gehorchte. Aber für ihn war es vorüber, noch ehe es richtig begonnen hatte. Gillys Hingabe und ihr stürmisches Verlangen hatten zur Folge, daß es im Augenblick der Vereinigung schon aus ihm herausströmte. Er stützte sich schwer auf seine Hände und flehte den Himmel um Stärke an. Indessen fuhr sie fort, ihre Hüften rhythmisch auf und ab zu bewegen. Ihre Blick hatte sich verfinstert, als sie zu ihm aufschaute. War es Enttäuschung? Doch dann, als sie fast überzeugt war, daß bereits alles vorbei sei, kehrte seine Manneskraft zurück. Er spürte, wie sie in ihrem Körper wuchs, und lächelte zu Gilly herab.

»Was hast du, Gilly?« fragte er. »Wußtest du denn so wenig von italienischen Liebhabern?«

»Pssst«, sagte sie.

Wenige Augenblicke später hatte sie ihren Höhepunkt erreicht, dann noch einmal und schließlich ein drittes Mal, bevor er wieder in ihr explodierte und ermattet in ihre Arme sank. Selig küßte er ihre Hände, ihre Brüste und ihren Nacken. Gilly war von Müdigkeit übermannt. Kurz bevor sie einschlief, murmelte sie:

»Jetzt fürchtest du dich nicht mehr vor mir, nicht wahr, Mario?«

Etwas Kühles an den Füßen weckte ihn. Gilly saß auf der Bettkante, ihr Haar hing aufgelöst bis auf die Schultern herab. Sie bespritzte seine Füße mit Champagner. Als sie sich über ihn beugte, boten ihre Brüste sich ihm verführerisch dar.

»Das ist teurer Champagner«, sagte er. »Ich hatte gedacht, wir würden ihn trinken.«

»Tatsächlich?«

Mit ihrer rosa Zunge fuhr sie ihm über die Füße. Sie nahm seine Zehen eine nach der anderen in den Mund und lutschte zärtlich an ihnen.

»Champagnerlutscher«, kicherte sie.

Dann benetzte sie auch seine Beine mit dem edlen Getränk und leckte es Tropfen für Tropfen wieder ab. Dabei glitten ihre Brüste zuerst über seine Füße, dann die Beine entlang und schließlich über seine Schenkel. Mario stöhnte wohlig, ließ sie jedoch gewähren. Als er ihre Behandlung nicht mehr länger ertragen konnte, zog er sie heftig auf sich. Dieses Mal dauerte es länger. Gleichzeitig erreichten sie ihren Höhepunkt, die Arme umeinander geschlungen, Mund an Mund. Und wieder schliefen sie ein. Als Mario nach fünfzehn Minuten erwachte, stand Gilly vollständig bekleidet neben dem Bett.

»Ciao, Mario«, sagte sie lakonisch.

»Wovon sprichst du?« fragte er.

»Ich sagte ciao, das ist alles«, meinte sie. »Und denke an mich, wenn du es das nächste Mal mit deiner Kuh treibst.«

Ehe er richtig auf die Beine kommen konnte, hatte sie das Zimmer verlassen. Dieses verdammte Lächeln hatte wieder auf ihren Lippen gelegen. Diese Nutte! Mario rieb sich den Schlaf aus den Augen und zog sich, leise vor sich hinfluchend, die Hose über. Warum, zum Teufel? Er war besser gewesen als je zuvor, besser als jeder andere Kerl, bei dem diese Hure gelegen hatte! Wütend ging er zu seinem Wagen. Morgen würde er sie wieder besitzen. Morgen, das wußte er, *mußte* er sie wieder besitzen. Morgen würde das Telefon klingeln, und sie würde auf allen vieren zu ihm gekrochen kommen und um die Möglichkeit betteln, den Champagner von seinen Zehen lutschen zu dürfen. Am Ende waren sie doch alle gleich. Ob Kuh oder Nutte. Aber was auch immer er in diesem Augenblick dachte, eines stand für ihn fest: Gilly war keine Kuh.

Als er den Zündschlüssel in den Anlasser steckte, blickte er zum Rückspiegel auf und – starrte direkt in die Augen von Louie. Blitzschnell fuhr er herum. Auf dem Rücksitz saßen Louie und Danny. Sie hatten Trenchcoats an, deren Kragen hochgeschlagen waren. Danny hielt eine Beretta in der Rechten. Ihr Schalldämpfer glänzte im Licht der untergehenden Sonne.

»Was, zum Teufel, macht denn ihr hier?« herrschte Mario die beiden Killer an. »Ihr sollt doch in Chicago sein.«

»Septimo hat die Reise abgesagt«, erwiderte Louie gelassen. »Er wartet oben am Steilhang auf uns.«

In Marios Kopf überstürzten sich die Gedanken. Septimo war ganz sicher nicht hergekommen, bloß um mit ihm zu schimpfen. Und Louie und Danny, seine besten Männer, würden es nicht wagen, eine Waffe auf ihn zu richten, wenn der Alte dazu nicht ausdrücklich den Befehl gegeben hätte. Und sollte er das wirklich getan haben, dann mußten die beiden Killer sich sagen, daß es für sie kaum eine Überlebenschance gab – jedenfalls nicht, wenn er, Mario Vella, weiterlebte.

Es wollte ihm nicht in den Kopf, aber es war wohl so: Septimo wollte ihn umbringen lassen, ihn, seinen eigenen Schwiegersohn! Als Mario zur Handbremse griff, fiel ihm das eingebaute Geheimfach ein. Die Bremse nur drei Stufen anziehen, und die geladene 0,38 würde ihm in die Hand fallen.

»Sie ist nicht da«, sagte Louie, der Marios Gedanken erraten hatte. »Du erinnerst dich wahrscheinlich, daß ich es war, der sie da für dich hineingelegt hat.«

Kurz vor dem Steilhang, am höchsten Punkt über der Küste, verbreitert sich die Straße zu einem kleinen Parkplatz. Ein zerbrechliches Holzgitter bildet die Begrenzung. Hinter der Begrenzung fällt die Küste etwa zweihundertfünfzig Meter steil ab. Mario erinnerte sich, daß Charlie ihm von der schönen Aussicht vorgeschwärmt hatte. Sie war wie geschaffen für romantische Liebespaare. Mario ließ den Wagen an das Holzgitter heranrollen und brachte ihn zum Stehen. Neben einem Mietauto wartete Septimo auf ihn.

»Ich habe auf dich gewartet, Mario«, sagte er. »Du bist Abschaum, wie dein Vater. Du hast die Ehre meiner Tochter beleidigt. Du hast den Namen Caggiano beschmutzt.«

Septimo küßte sich die linke Hand und drückte sie dann Mario ins Gesicht. » *Baccio della morte*«, sagte er und wandte sich ab. Neben dem Wagen stand Louie und bewachte die Szene mit dem Gewehr. Danny, der auf dem Rücksitz geblieben war, griff Mario über die Schulter und drehte das Radio auf volle Lautstärke. Dann stieg er aus. Er legte drei pralle Plastikbeutel auf den Beifahrersitz. Benzingeruch stieg aus ihnen auf.

Die beiden Killer schoben den Wagen dichter an das Holzgitter heran. Vor panischer Angst stockte Mario der Atem. Septimo entzündete mit seinem Gasfeuerzeug ein Stückchen Zeitungspapier und warf es, als der Wagen an ihm vorüberglitt, durch das offene Seitenfenster. Die Explosion erfolgte in dem Augenblick, als der Wagen sich über die Kante neigte und in die Tiefe stürzte. Er überschlug sich zweimal. Dann zerschellte er unten auf den Felsen.

GILLY *So, nun ist es also wieder einmal an der Zeit, die Krippen
aufzustellen und die Weihnachtseinkäufe zu machen, mein Lieber.*

BILLY *»Ihr Kinderlein kommet, oh la-la, la-la.«*

GILLY *Ich finde deine Stimme überaus melodisch, aber wir wollen doch aus dieser Sendung keine Schlagerparade machen.*

BILLY *Wie du meinst. Ich bin zwar kein Johnny Alonga, aber einen Ton kann ich trotzdem ganz gut halten.*

GILLY *Da wir gerade davon sprechen – mir bricht das Herz,
wenn ich daran denke, was dem Manager von Johnny passiert ist,
diesem netten Mario Vella.*

BILLY *Ich weiß. Die Polizei ließ verlauten, es sei weder Selbst-
mord noch ein Unfall gewesen. Demnach müßte es also . . .*

GILLY *Schon gut, schon gut. Der Gedanke ist einfach zu
schrecklich. Sprechen wir nicht mehr davon. Zurück zu den
Weihnachtseinkäufen.*

BILLY *Tja, für »fröhliche Weihnachten« braucht man heutzutage nur noch einen vollen Geldbeutel.*

GILLY *Hmm. Das liebe Geld. Warum hat man es eigentlich meistens dann nicht, wenn man es am dringendsten braucht?*

BILLY *Du scheinst besorgt zu sein, meine Liebe. Erzähl mir bloß
nicht, daß du Spielschulden hast oder das Milchgeld für Rum
verjubelt.*

GILLY *Keine Bange. Ich spreche ja nur bildlich. Du wirst doch
zugeben, daß Geldmangel manchmal zum Problem werden
kann.*

BILLY *Ja, aber du weißt, was man sagt: Geld macht nicht glücklich.*

GILLY *Vielleicht nicht, aber wenn man es nicht hat, kann es einen sehr unglücklich machen.*

Es war eine Woche vor Weihnachten, wie jedes Jahr eine Zeit übersteigerter Emotionen, und zwei Einwohner von King's Neck waren durch das Gefühl miteinander verbunden, die Welt – zumindest ihre private Welt – würde bald untergehen. Und keiner der beiden glaubte an ein besonders glückliches Finale. Marvin Goodman stand wieder einmal kurz vor dem finanziellen Ruin, und Gillian Blake war schwanger.

Marvin Goodmann ging zögernden Schrittes zum Briefkasten, einem Produkt des dänischen Kunstgewerbes, das attraktiv und kühn von den rohbehauenen Schindeln herunterhing, die den Dachvorsprung seines Zweifamilienhauses bildeten. Er entnahm dem Kasten ein Dutzend Briefe von verschiedener Größe, Form und Farbe. Der Anblick der Zellophanfenster auf den Umschlägen genügte, um seine schlimmsten Erwartungen zu bestätigen und ihm auch an diesem Morgen den gleichen sich ständig wiederholenden Alptraum zu bescheren.

Marvin durchquerte geräuschlos die Diele und betrat den Wohnraum, ohne sich bewußt zu sein, daß der dicke Teppich unter ihm 22,50 Dollar pro Quadratmeter gekostet hatte. Er ignorierte auch die Klimaanlage, die sonst zur Hebung seines Wohlbefindens beitrug, die Schnitzereien aus Tanganjika, die präkolumbischen Statuetten, die abstrakten Expressionisten in Öl und die in limitierten Auflagen edierten Kunstbände, die seinem ästhetischen Empfinden schmeichelten und ihn stimulierten.

»Scheiß-kram«, stieß er gedehnt hervor, während ein Dutzend mauvefarbener, parfümierter Kassenzettel aus dem ersten Umschlag fielen, den er aufriß. Die Rechnung, die Marvin zwischen Daumen und Zeigefinger hielt, belegte, daß im Laufe des letzten Monats Ware im Werte von 249,89 Dollar aus dem Warenhaus Saks in das Haus Goodman gewandert und noch unbezahlt war. Zählte man frühere Lieferungen hinzu, die ebenfalls noch nicht bezahlt waren, so überstieg die Gesamtsumme der Saks'schen Forderungen nunmehr das gemeinschaftliche Bankguthaben der Eheleute Goodman um annähernd siebenhundert Dollar. Marvin hatte nicht die Kraft, die Summe bis auf den Cent genau zu errechnen.

Mit Röntgenaugen und mit der Geschwindigkeit eines Computers registrierte Marvin den Inhalt der restlichen Umschläge. Die Absender auf jedem von ihnen tickten eine Antwort mit einer Ziffer zum Rechnungsstrang in Marvins Gehirn. Long-Island-Elektrizitätswerke (44 Dollar)... Fleischerei (52 Dollar)... Gemüsehändler (35 Dollar)... New Yorker Telefongesellschaft (32 Dollar)... Dr. Hetterton (übertriebene 145 Dollar)... und so weiter.

»Helene!« schrie Marvin. »Helene!«

»Was möchtest du, Schatz?«

»Beweg mal deinen Arsch hierher.«

Während mehr als zehn Jahren Ehe mit Marvin hatten Helene Goodmans Gehirnzellen sich an stereotype Reaktionen gewöhnt. In den seltenen Fällen, in denen sie Haß zu verspüren glaubte, spielte sie die hilflos Ausgelieferte. Marvins häufigster Gemütsverfassung, Zorn, begegnete sie mit kreischender Zärtlichkeit, Einsicht und dem für den Augenblick ernst gemeinten Versprechen, sich zu bessern und es im nächsten Monat mit Gottes Hilfe wirklich zu versuchen. Anfälle von Schwäche auf Marvins Seite hingegen benutzte sie unweigerlich dazu, kleinere Forderungen durchzusetzen. Das war eine von den Methoden, mit denen Helene schon auf dem Gymnasium Erfolg gehabt hatte – ja, schon damals hatte es Anzeichen für ihre große, ganz aufs Praktische gerichtete Flexibilität gegeben. Sie hatte sich beispielsweise nie aufgeregt, wenn irgendein Junge seine Hände nach ihren etwas unterentwickelten Brüsten ausstreckte, sobald sie sich auf einem Ausflug nur weit genug von der Menge entfernt hatten. Wenn der gleiche junge Bursche aber versuchte, seine Spiele auf dem Heimweg fortzusetzen, so konnte er sicher sein, von seiten Helenes nur kalte Zurückweisung zu erfahren. Obwohl inzwischen in den Dreißigern, hatte Helene sich nicht auffallend verändert. Ihre Brüste waren nun etwas voller, aber noch immer gefühllos. Ihr Einsatz derselben, mit der Zeit zwar verfeinert, soweit es ums Methodische ging, hatte noch immer in erster Linie den Zweck, Marvin zu veranlassen, ihre Wünsche zu erfüllen. Denn sowohl rein äußerlich als auch wörtlich genommen, diente ihr Busen im Grunde als Beruhigungsmittel. Helene öffnete daher, als sie so barsch gerufen wurde, sogleich instinktiv den dritten Knopf ihrer Bluse, wodurch der Brustansatz stärker hervortrat. Sie setzte eine gutgelaunte Miene auf und fügte, während sie die kurze Treppe heruntergeschritten kam, ihrer Erscheinung ein letztes Glanzlicht hinzu: Sie schwang ihre Hüften ausladender als gewöhnlich.

»Was ist los, Schatz?« fragte sie. In diesem Moment bemerkte sie auf dem Fußboden die zerknüllte Rechnung von Saks. »Hat Saks wieder einen Fehler gemacht?«

Marvins Kopf zuckte merklich, was ihm vorübergehend das Aussehen eines Boxers verlieh, der einem linken Haken ausweicht. Seine Attacke war nun durch Helenes Frage gefährdet. Aber diesmal gab es kein Pardon. Sie mußte bestraft werden. Marvin fühlte sich hintergangen, und unter diesem Aspekt würde er über ihr Schicksal entscheiden.

Die Möglichkeit eines Buchungsfehlers hatte er nicht bedacht. Mochte Helenes Einwurf noch so abwegig sein, er mußte ihn entkräften, um sich ihr nicht völlig preiszugeben – und dann wieder einmal der Verlierer zu sein.

»Was, zum Teufel, meinst du mit ›wieder einen Fehler?‹«

»Ach, Schatz« – ihre Stimme klang jetzt gequält – »du erinnerst dich doch an damals, als du auch so ärgerlich warst und so schrecklich durcheinander. Du hast mich bei der Gelegenheit ein ›verdammtes Aas‹ genannt. Und wie niedlich du danach ausgesehen hast, als du dich bei mir entschuldigen mußtest, du weißt doch noch? Saks hatte uns aus Versehen die Rechnung deiner Mutter geschickt. Du erinnerst dich, nicht wahr?«

Das war seinerzeit tatsächlich passiert. Vor sechs Jahren, wie ihm einfiel. Helenes Erklärungen hatten sich damals so absurd angehört, daß er nahe daran gewesen war, sie zu verprügeln. Und dann hatte Saks den Irrtum eingestanden – ein peinlicher Irrtum: Marvin hatte danach, um seiner Frau eine Chance zu geben, ihr angeknackstes Selbstvertrauen wiederzugewinnen, gequält lächelnd ihrem bisher größten Einkaufscoup beigewohnt.

Eingedenk dieser Erinnerung überprüfte er seine Strategie jetzt sorgfältig. War denn nicht, wie die Dinge lagen, Nonchalance das kleinere Übel?

»Willst du mir weismachen, sie hätten wieder eine falsche Rechnung geschickt?«

Helene strich mit einer kalkuliert zufälligen Bewegung ihr frischgefärbtes schwarzes Haar aus der Stirn und beugte sich vor, um die Rechnung von Saks zu studieren. Gleichzeitig atmete sie tief ein und gestattete ihm dadurch einen tiefen Blick in ihre Bluse. Flüchtig ließ sie einen Einkaufsbon nach dem anderen durch die Finger gleiten und hielt beim fünften inne.

»Hier ist er«, sagte sie. »Ich wußte doch, daß sie uns wieder was untergeschoben haben.«

Marvin betrachtete den Bon genau. Er machte außergewöhnlichen Eindruck. Es war der Bon für ein am 27. November telefonisch bestelltes Kleid. Als Preis dafür war die Summe von 125 Dollar angegeben.

»Und was ist daran falsch?« fragte er.

»Das Kleid, Schatz«, sagte Helene. »Kein Kleid, kein Bon. Es darf einfach keinen solchen Bon geben, denn ich habe das Kleid niemals bestellt, und Saks hat es auch niemals geliefert.«

»Bist du sicher?« Marvin blieb skeptisch. »Ich meine, das ist doch ein ziemlich unwahrscheinlicher Fehler. Dein Name und deine Adresse sind hier richtig angegeben.«

»Was hat das schon für eine Bedeutung?« Helene rückte näher an ihn heran, dicht genug, damit der Bizeps seines linken Armes ihre rechte Brust berühren konnte. Dann verstärkte sie den Druck. »Irgend so ein blöder Angestellter schreibt eine falsche Adresse – und schon geht die Rechnung ab. Denkst du etwa, Mr. Saks kontrolliert diese Dinge persönlich?«

»Aber darum geht es ja nicht«, meinte Marvin. »Es ist doch nicht einfach ein Fehler. Hier wird behauptet, du habest ein bestimmtes Kleid bestellt und erhalten. Denkst du denn, die bei Saks akzeptieren mein Ehrenwort, wenn ich ihnen sage, es stimmt nicht?«

»Tja, was können wir tun? Das Kleid zurücktragen, das ich niemals bekommen habe? Bitte, Marvin. Du warst dabei, mir eine Szene zu machen – warum jetzt nicht den Ärger zu Saks tragen und ihnen zeigen, was für ein Kerl du bist?«

Marvin setzte sich ans Steuer seines weißen Cadillac-Kabrios. Als er über den Kiesweg spurtete, stand Helene wieder in ihrem Schlafzimmer und schaute sich versonnen das Kleid von Saks an, das 125 Dollar gekostet hatte. Sie hatte einmal sagen hören, daß ein guter Rechtsanwalt, wenn er weiß, daß sein Klient schuldig ist, den Prozeß so lange wie möglich hinauszuzögern versucht. Zeugen können sterben, Opfer können ihre Meinung ändern, Klienten können plötzlich erkranken. Erst einmal Zeit gewinnen; inzwischen kann alles mögliche passieren. Sie zuckte mit den Schultern und schloß die Schranktür. Dann kehrte sie zurück zu ihrer *vogue*, in der sie zuvor gelesen hatte.

Es dauerte nicht einmal eine halbe Minute, bis der Chef der Versandabteilung von Saks die Quittung mit Helenes unverwechselbarer Unterschrift herbeigeschafft hatte. Marvins Entsetzen über Helenes Infamie wurde noch durch die ihm widerfahrene Demütigung übertroffen, die wiederum von seiner Dankbarkeit dafür überragt wurde, daß die Auseinandersetzung im Büro des Managers stattgefunden hatte und nicht vor Publikum. In der Öffentlichkeit, und das tröstete ihn, war sein Ruf noch gewahrt. Aber wie lange noch? fragte er sich zerknirscht. Zwölf Tage, einen Monat, vielleicht sechs Monate? Sicher war, daß eines Tages Männer kommen würden, um den Cadillac zu pfänden, die Möbel, die elektrischen Geräte, das Haus... den Ruf.

Während er einen Moment vor dem Büro des Chefs der Versandabteilung verweilte, dachte er flüchtig an das Angebot vom letzten Jahr, die Bücher des berühmten Mario Vella zu führen. Ein großzügiges Angebot, und er hatte es ernstlich in Erwägung gezogen, bis er einen Blick in die Bücher geworfen hatte. Jetzt war Vella tot, ermordet, wie man munkelte, und es war ganz gut, daß er in die Sache nicht hineingezogen worden war.

Aber seine Integrität wurde wahrscheinlich noch von Furcht übertroffen, und darüber hinaus gab es einen weiteren Faktor, der ihn immer wieder zurückgehalten hatte, derartige Angebote zu akzeptieren. Und das war das instinktive Begreifen der Tatsache, daß es allein Helene gewesen wäre, die von jedem zusätzlichen Einkommen profitiert hätte. Etwas war doch faul an einer solchen Münze: bei Zahl gewinnt Helene, bei Kopf verliert Marvin. Noch niemand hatte ihn bisher einen geborenen Verlierer genannt – noch nicht!

»Marv«, sagte eine Stimme. »Marv Goodman.«

Er wandte sich um und blickte in die schönsten grünen Augen, die ihm je begegnet waren.

»Na los«, fuhr die Stimme fort. »Ich weiß, daß Sie Marvin Goodman sind.«

Er starrte die Augen an, die ziemlich schmalen Lippen, die kleinen weißen Zähne und die flinke Zunge, die feucht über sie hinstrich.

»Ich bin Gillian«, sagte die Stimme. »Gillian Blake.«

Marvin war fasziniert von der Zunge und der Art, wie sie sich bei jeder Silbe aus dem Mund heraus- und wieder hineinschlängelte.

»Ich bin gekränkt«, sagte Gillian. »Wirklich gekränkt. Es war doch erst in der letzten Woche beim Treffen der ›Vereinigung der Hausbesitzer von King's Neck‹. Erinnern Sie sich nicht? Ich saß ganz in Ihrer Nähe. Sie erzählten mir die ganze Zeit über, daß man eine Kreditgenossenschaft gründen sollte, falls die Verpflichtungen weiterhin so rapide steigen würden.«

»Natürlich«, rief Marvin, sich erholend. »Wie ist es Ihnen ergangen, Mrs. Blake? Und wie geht es ... hmm ... Ihrem Mann?«

»Er heißt Bill, und es geht ihm wie immer«, sagte sie. »Ich mußte Sie einfach fragen, warum Sie hier stehen und so schrecklich ernst dreinschauen. Ich sah Sie vor ein paar Minuten dort im Büro und war sehr beeindruckt. Ich wußte ja gar nicht, daß Sie so ... energisch sein können. Sicherlich haben Sie denen eine Menge Aufregung verschafft.«

»Oh, das –« Ein gequältes Lachen. »Man kann diese Buchhalter nicht oft genug überprüfen.«

In den letzten zehn Jahren hatte er es sich abgewöhnt, sich für energisch zu halten, und es gefiel ihm ausnehmend, daß jemand anders es tat. Aber warum auch nicht? Er war jung, erst sechsunddreißig Jahre alt, Ski und Tennis hatten ihn gut in Form gehalten. Er hatte seit der Zeit, als er auf der Cornell-Universität die Tennismeisterschaft seiner Fakultät gewonnen hatte, nur fünf Pfund zugenommen. Er hatte sich selbst immer für einigermaßen attraktiv gehalten, und jetzt, in der Gegenwart von Gillian, fühlte er sich besonders jung und stark. Mehr als das, er spürte ihr Interesse an ihm.

Gillians Interesse an ihm war tatsächlich erwacht – allerdings aus einem anderen Grund. Denn wenn ihr jemand Marvin als »einigermaßen attraktiv« beschrieben hätte, wäre das in ihren Augen schiere Bosheit, wenn nicht gar Zynismus gewesen. Sie hatte Marvin Goodman zum erstenmal am Tage ihrer Übersiedlung nach Kings's Neck bemerkt. Er hatte gerade in der Security National Bank zu tun, als sie und Bill dort ein Konto eröffneten. Er war nicht zu übersehen gewesen, denn er hatte mit einem Angestellten der Bank eine heftige Auseinandersetzung, offenbar wegen eines überzogenen Kontos. Das nächste Mal hatte sie ihn auf einer Party gesehen. Bei jener Gelegenheit hatte er seiner Frau klargemacht, daß keine der anderen anwesenden Frauen es sich leisten könnte, 75 Dollar pro Woche allein für Lebensmittel auszugeben. (Seine Frau, erinnerte sich Gillian, hatten diese Vorhaltungen völlig kalt gelassen, und es schien, als kenne sie den Einsatz von Sex als Waffe sehr gut.) Und dann waren sie sich beim Treffen der Hausbesitzer wiederbegegnet. Somit war dies also das vierte Mal, daß das Schicksal ihre Wege sich kreuzen ließ. Und von Mal zu Mal war Marvin Goodman für Gillian zu einem Gegenstand von wachsender Bedeutung geworden.

Geld. Runde 1500 Dollar in bar war der geforderte Preis. Sie wußte, daß er hoch war, aber sie wußte auch, daß sie das Geld beschaffen mußte – und zwar schnell. Die Anforderungen ihres Berufes schlossen eine Reise nach Japan oder Puerto Rico aus, ihr Status als Rundfunkstar ließ einen unzuverlässigen Arzt zu einem Risiko werden. Der einzige Arzt, dem sie vertrauen konnte, war ein vielgerühmter Neuro-Chirurg mit einem hübschen Nebeneinkommen als Abtreiber des ungewollten Nachwuchses der Reichen und Prominenten. Er verlangte ein einmaliges Honorar von 1500 Dollar.

Gillian sah an Marvin vorbei auf die Fensterscheibe und bemerkte Regentropfen auf ihr.

»Verdammt!« rief sie aus. »Das verdirbt natürlich alles.«

»Was ist los?« fragte Marvin.

»Der Regen«, erwiderte sie. »Ich hatte mir eingebildet, ich könnte ein paar Häuserblocks mit Ihnen gehen und Sie eventuell dazu überreden, mich zu einem Drink einzuladen. So ein verdammter Regen!«

»Aber gar nichts muß dadurch verdorben sein«, sagte Marvin. Aus längst vergangenen Tagen fühlte Marvin eine gewisse Erregung in sich aufsteigen, die er kurz nach der Hochzeitsnacht stillschweigend bis auf weiteres unterdrückt hatte. Nicht einfach die Tatsache, daß diese Frau ihm begehrenswert schien, fesselte ihn. Auch nicht, daß sie offenbar zu haben war. Ihn begeisterte vielmehr, daß er, Marvin, *sie* aufregte, daß *sie ihn* haben wollte. Schuldgefühle? Ach was, davon konnte nicht die Rede sein, zog man Helenes Falschheit in Betracht. Jawohl, Helene mußte einen Denkzettel bekommen. Und er hatte alle Trümpfe in der Hand.

»Es ist jetzt dreiviertel eins«, sagte er. »Warum springen wir nicht in meinen Kombi – er steht unten – und genehmigen uns einen kleinen Ausflug? Wir können irgendwo zu Mittag essen ... Ich, für meinen Teil, bin frei für den Rest des Tages. Und gerade hatte ich mir gedacht, ich könnte eine kleine Abwechslung ganz gut gebrauchen.«

»Ich weiß, was Sie meinen.«

Sie legte ihre Hand um seinen Ellbogen und drückte ihn. Marvin blickte sich verstohlen im Geschäft um. Die Filiale von Saks, in der sie sich befanden, lag in der Wohngegend und dem Einkaufszentrum der oberen Mittelklasse, fünfundvierzig Autominuten von King's Neck entfernt. Man konnte hier durchaus einem Nachbarn begegnen. Na und? Er führte Gillian gelassen zum Parkplatz, wo sie sein dezentes weißes Kabrio bestiegen und losfuhren. Marvin fühlte den leichten Druck von Gillians linkem Schenkel und wußte in diesem Augenblick, daß sein Glück im Wachsen begriffen war.

Sie waren nicht lange unterwegs, als er sah, daß die Nadel der Benzinuhr auf L wie leer stand. Er biß sich auf die Lippen und nahm den Fuß vom Gaspedal, bis die Geschwindigkeit auf 55 Meilen pro Stunde heruntergegangen war. Als er endlich eine Tankstelle gefunden hatte, war der Zeiger der Benzinuhr schon unterhalb von L angekommen. Marvin ließ volltanken. Fast vierzig Liter gingen rein.

»Sie hätten es beinahe nicht mehr geschafft«, sagte der Tankwart.

»Stimmt«, erwiderte Marvin. »Aber ich habe so das Gefühl, daß heute mein Glückstag ist.«

Die Tankstelle war eine der wenigen im Nordosten der Vereinigten Staaten, für die Marvin keine Kreditkarte besaß. Nachdem er bezahlt hatte, waren in seiner Brieftasche etwa noch fünfzig Dollar. Fünfzig in der Brieftasche und nicht viel mehr insgesamt. Gillian saß schweigend neben ihm. Sie fuhren weiter und bogen dann ab in Richtung Throg's-Neck-Brücke.

»Wie geht es Ihnen, Gillian?«

»Ein wenig nervös, Marvin«, sagte sie, und sie meinte es ehrlich. »Ich möchte nicht, daß Sie glauben, ich mache derartige Spritztouren mit jedem.«

»Ich glaube es auch nicht«, sagte er. Und er hatte tatsächlich keinen Grund, das anzunehmen. Zweifellos machte sie es wegen seiner speziellen Qualitäten. »Aber was würden Sie zum Beispiel jetzt gern machen? Wo fehlt's denn?«

»Ich fühle mich durstig, hungrig und – sexy. Und nicht notwendigerweise in dieser Reihenfolge.«

»Wir können Ihre Liste Punkt für Punkt durchgehen«, murmelte er. »Und nicht notwendigerweise in dieser Reihenfolge.«

An der Throg's-Neck-Brücke durchsuchte Marvin seine Taschen nach einem Fünfundzwanzigcentstück, fand aber keins.

»Tut mir leid«, sagte Gillian. »Ich kann Ihnen leider nicht helfen. Ich habe nur meine Kreditkarte von Saks und meinen guten Namen bei mir. Wenn ich Ihnen einen Rat geben darf: Nehmen Sie die Kreditkarte, wenn Sie jemals vor die Wahl gestellt sein sollten.«

Er wechselte einen Zehndollarschein, bezahlte das Brückengeld, und weiter ging es in Richtung Norden. Er entrichtete die Maut für den Hutchinson River Parkway, nahm dann die nächste Abfahrt und parkte den Wagen vor dem Country Inn. Das Lokal war im Stil französischer Provinzrestaurants aufgemacht, ein Umstand, der den größten Teil der finanzstarken Gäste fernhielt. Marvin führte Gillian an die schwere Eichenbar.

»Zuerst«, sagte er, »lassen Sie uns was gegen den Durst tun.«

»Martini«, sagte Gillian.

»Zwei Martini«, rief er dem Barkeeper zu. »Knochentrocken.«

»Mit Eis oder gespritzt?« fragte der Barkeeper zurück.

Marvin sah Gillian an, die mit ihrem aufgerichteten Daumen »Eiswürfel« signalisierte. Marvin tat dasselbe, und Gillian benutzte die Gelegenheit, ihre Hand zärtlich um seinen Daumen zu legen.

»Da habe ich einen Lover gefunden«, sagte sie mit leiser Stimme. Marvin begann als Antwort auf ihre Worte, seinen Daumen in ihrer Hand langsam auf und ab zu bewegen.

»Hmmm. Ich wette, man nennt Sie Marvin den Großen.«

»Nein«, sagte er. »Nein. Das hat bisher noch niemand getan.«

»Vielleicht hat noch niemand gesehen, was ich sehe«, gab Gillian zu bedenken.

»Vielleicht«, sagte er. »Und vielleicht ist es das, was mich ärgert. Derartige Dinge passieren mir nicht. Sie passieren mir *niemals*. Warum auch mir? Warum sollte mir so etwas plötzlich passieren?«

»Trinken Sie aus, Marvin der Große«, sagte sie. »Vielleicht haben Sie etwas, was ich haben möchte. Vielleicht ist mir so etwas ja auch noch nie passiert.«

Sie blieben noch auf einen zweiten Martini. Marvin, euphorischer Stimmung durch die Kombination von Alkohol und der

Aussicht auf Gillian, gab dem grinsenden Barkeeper einen Dollar Trinkgeld. Sie stiegen wieder in den Cadillac und setzten ihren Weg in Richtung Norden auf dem Hutchinson River Parkway fort. Als Marvin zwischendurch auf seine Uhr mit dem goldenen Armband blickte, war es kurz vor drei, und ihm fiel ein, daß sie noch gar nicht zu Mittag gegessen hatten. Sie verließen zum zweitenmal den Parkway und fuhren bis zum Restaurant »La Cremaillère« weiter, das in irgendeinem Snob-Magazin als »distinguiert« bezeichnet worden war. Helene hatte ihn oft gebeten, mal mit ihr hinzufahren. Zum Teufel mit Helene.

Das Essen, obgleich zu große Portionen, war wirklich »distinguiert«. Nach der halben Flasche Chablis, die seine Sinne eingelullt hatte, vergaß Marvin, die Rechnung nachzuprüfen, die – wie er benommen registrierte – etwa 25 Dollar ausmachte. Und fünf Dollar für die junge Dame, deren Service ohne Fehl gewesen war. Und einen weiteren Schein für den netten jungen Mann, der ihnen den Wagen holte.

»Wie fühlen Sie sich jetzt?« fragte er Gillian.

»Ich bin nicht mehr durstig«, sagte sie. »Und ich bin auch nicht mehr hungrig. War denn da nicht noch was?«

»Ich werde zu dir kommen.« Marvin strich ihr mit der freien Hand über die Seite und ließ sie dann auf ihrer Hüfte ruhen. »Was du brauchst, ist eine nette Atmosphäre. Ich glaube, wir sind an etwas in der Art vorbeigefahren.«

»War es das mit dem Schild ›Zimmer frei‹?«

»Das war es.«

Die Sache läuft ja unglaublich gut, fand Marvin. Fast zu gut. Für einen Augenblick überkam ihn Panik, als er daran dachte. Irgend etwas mußte doch schiefgehen. Irgend etwas würde bestimmt schiefgehen. Hör auf damit. Hör auf, wie ein Verlierer zu denken. Das ist jetzt vorbei. Alles hat geklappt, und es wird weiterhin klappen.

Die Panik klang ab, als Gillian ihren Kopf an seine Schulter legte und mit den Fingern an seinen Bügelfalten entlangfuhr. Sie begann an den Knien und setzte beharrlich ihren Weg aufwärts fort. Die Berührung erregte Marvin augenblicklich. Gillian zeichnete die anschwellende Erhebung nach, zart, ganz zart, bis Marvin fühlte, wie ihm das Blut in den Schläfen hämmerte.

»Marvin der Große«, sagte Gillian. »So voller Überraschungen.«

Als sie am Motel ankamen, bemerkte Marvin dankbar, daß er, um sich anzumelden, den Wagen nicht zu verlassen brauchte. Das wäre im Augenblick unter gar keinen Umständen möglich gewesen. Seine Hose war noch immer ausgebeult von Gillians zarter, gewandter und beharrlicher Manipulation. Der Eigentümer des Motels, ein leisesprechender Landbewohner mit Lederflecken an den Ellenbogen seiner Tweedjacke, warf nur einen kurzen Blick auf die Wagenpapiere, die auf den Namen »Milton Silver« ausgestellt waren.

»Macht zwanzig Dollar für ein Doppelzimmer«, sagte er. Marvin griff zur Brieftasche, entnahm ihr die einzige noch darin verbliebene Banknote und gab sie ihm.

»Und noch zehn, junger Mann«, sagte der Eigentümer.

Marvin starrte auf den Geldschein und erbleichte. Es war eine Zehndollarnote. Er hatte dem jungen Mann auf dem Parkplatz zehn Dollar gegeben und nicht einen! Mein Gott – das mußte ja passieren!

»Ich habe anscheinend kein Geld mehr bei mir«, sagte er. »Sie haben nicht zufällig auch ein Zimmer für zehn Dollar?«

»Für Sie allein schon«, sagte der Mann. »Aber das Billigste, was ich Ihnen und Ihrer Freundin anbieten kann, kostet sechzehn Dollar.«

Marvin nahm ihm den Geldschein wortlos wieder ab, setzte den Wagen zurück und raste aus der kiesbestreuten Parkzone heraus.

»Verdammt«, sagte er. »Verdammt – ich *wußte* es!«

»Sei doch nicht so, Marvin«, sagte Gillian. Ihre Finger nahmen ihre sanfte, erregende Tätigkeit wieder auf, aber es rührte sich nichts bei ihm. Die Sache mit dem Zehndollarschein hatte ihn frustriert.

»Wir können es ja woanders versuchen, wo du mit einem Scheck bezahlen kannst«, schlug Gillian vor.

»Jeder Scheck, den ich einzulösen versuchte«, sagte Marvin bitter, »würde von hier bis nach King's Neck sausen und als Bumerang wieder zurückkommen.«

»Aber du könntest am Montag zur Bank gehen und ihn decken.«

»Du verstehst mich nicht, Gillian«, sagte er gefaßt. »Ich kann als Gegenwert allenfalls einen Haufen unbezahlter Rechnungen vorweisen. Ich bin pleite. Ich bin wirklich vollkommen pleite.«

Jetzt, nachdem es passiert war, wollte Marvin es nicht akzeptieren. Seine Eroberungsfahrt, die so zufällig begonnen und sich so großartig entwickelt hatte, schien wie ein Ballon, aus dem die Luft entwich, in sich zusammenzufallen. Wieder einmal war Marvin ein Verlierer, wieder einmal und für immer. Nein, nicht *ein* Verlierer schlechthin, die Nummer eins aller Verlierer der Welt. Aber was zu akzeptieren ihm im Augenblick die größte Schwierigkeit machte, war die Tatsache, daß Gillian Blake sich nicht mehr in der Gewalt hatte und sich unter einem Anfall wilder Lachkrämpfe wand.

»Du bist pleite?« prustete sie schließlich.

»Ich fahre von hier aus direkt ins nächste Armenhaus«, sagte er.

»Aber der Wagen?«

»Ich besitze von ihm genau 1350 Dollar. Bei den heutigen Preisen sind das etwa die vier Räder und die Windschutzscheibe.«

»Und das Haus?«

»Es wird mir gehören, wenn ich in den nächsten achtundzwanzig Jahren weiterhin monatlich 325 Dollar zahle.«

»Armer Marvin«, sagte Gillian. »Armer Marv.«

Sie fuhren schweigend weiter, jeder dachte über sein persönliches Mißgeschick nach. Endlich, mehr um die Luft zu klären als aus irgendeinem anderen Grund, erzählte Gillian ihm, daß sie die Absicht gehabt hatte, ihn anzupumpen. Um genau 1500 Dollar. Sie hätte mit der Summe eine Abtreibung bezahlen wollen, denn sie trüge in ihrem Leib den Keim eines Beatniks, einen Embryo, den sie bei einem allzu hastigen Seitensprung empfangen hatte.

»Du wolltest Geld von mir?« fragte Marvin irritiert.

»Versteh mich nicht falsch«, sagte sie. »Ich wollte natürlich dich, Marvin. Aber das hätte mich nicht davon zurückgehalten, gleichzeitig auch dein Geld zu wollen. Aber nicht geschenkt, ich wollte es nur leihen. Und, ehrlich, ich hätte das jetzt nicht einmal erwähnt. Aber du mußt zugeben, es handelt sich um einen sehr dringenden Fall.«

»Wir haben alle unsere dringenden Fälle«, sagte Marvin.

»Armer Marvin«, wiederholte Gillian.

Sie näherten sich einer Mautstelle. Marvin kramte wieder in seinen Taschen nach einer Münze. Er fand zwei Fünfzigcentstücke und ein Zehncentstück. Verzweifelt suchte er weiter und fand schließlich doch noch ein Fünfundzwanzigcentstück. »Damit wir weiterkommen«, sagte er. Seine Worte gingen unter, denn Gillian küßte gerade sein rechtes Ohr.

»Armer, armer Marvin«, murmelte sie.

Dann steckte sie ihre Hände in sein Hemd und fuhr an seinen Rippen entlang. Marvin zuckte zusammen. Langsam und methodisch öffnete sie den Hosengürtel und zog den Reißverschluß auf. Der Verkehr wurde dichter.

»Vielleicht bist du doch nicht so arm«, fuhr Gillian in ihrer Betrachtung fort und streichelte ihn in eine volle Erektion.

»Um Himmels willen, Gillian«, rief Marvin. »Man kann es von den anderen Autos aus sehen.«

»Laß sie, Marvin. Es gibt nichts, weshalb du dich schämen müßtest. Laß sie doch gucken. Laß die ganze Welt zuschauen.«

»O Gott«, stöhnte er. »O Gott, das tut gut.«

In der Ferne tauchte die Throg's-Neck-Brücke auf. Alle Fahrspuren zur Mautstelle waren stark befahren. Marvin hielt sein letztes Fünfundzwanzigcentstück in der Hand, und Gillian legte ihren Kopf in seinen Schoß. Marvin begann auf seinem Sitz auf und ab zu hüpfen und rief »Mein Gott, o mein Gott!« Plötzlich unterbrach Gillian ihre Bemühungen für einen Moment und strich sich das Haar aus der Stirn.

Marvin keuchte. »Nein, bitte!« flehte er. »Hör jetzt bitte nicht auf!«

»Marvin, du könntest mir das Geld immer noch leihen.«

»Wie denn?« rief er. »Ich hab doch nichts.«

»Du könntest es beschaffen«, sagte sie. »Du kannst alles beschaffen, Marvin.«

»Hör bitte jetzt nicht auf!« bettelte er.

Gillian beugte sich wieder über seinen Schoß. Ein Lastwagenfahrer auf der Nebenfahrbahn blickte in stummer Faszination auf sie herunter. Auf der anderen Fahrbahn hopste ein kleiner Junge auf seinem Sitz herum und deutete mit dem Finger auf sie. Seine Eltern verstanden nicht. Sie sahen nur einen Mann hinter seinem Steuer seltsam lächeln. Wieder legte Gillian eine Pause ein.

»Bitte«, stöhnte Marvin. »Bitte!«

»Tausend«, erwiderte sie. »Du könntest wenigstens tausend auftreiben.«

»Fünfhundert höchstens.«

Oh, oh, oh, oh, oh, oh! Der Fahrer hinter ihnen hupte wütend, weil der Abstand zwischen dem Kabrio vor ihm und dem Wagen davor ständig größer wurde. Marvin trat kräftig aufs Gaspedal. Auf der Nachbarfahrbahn raste der Lastwagenfahrer, in der Absicht, mit dem interessanten Cadillac auf einer Höhe zu bleiben, in einen Chevrolet, in dem eine Horde Jungen und eine Art Herbergsmutter saßen.

»Siebenhundertfünfzig«, seufzte Marvin.

Er fühlte, wie er in einen Abgrund stürzte. Die Muskeln, eben noch aufs äußerste gespannt, erschlafften. Er fürchtete, in Ohnmacht zu fallen, und klammerte sich mit beiden Händen verzweifelt ans Lenkrad. Zum Glück befand er sich auf der richtigen Fahrspur. Er brauchte an der Brücke nicht auszusteigen, denn die Abfertigung erfolgte auf dieser Bahn automatisch.

Neben ihm klopfte jemand ans Fenster. Es war die Herbergsmutter, die fragte, ob er gesehen hätte, was da draußen geschehen war. Doch nun sah sie, was drinnen geschehen war, und wandte sich schnell wieder ab.

Endlich waren sie am Mauthaus. Der Fahrer hinter ihnen hupte nervös. Marvin ließ das Fenster herunter. »O Gillian, Gillian –« Mit zittrigem Arm warf er die Fünfundzwanzigcentmünze in Richtung Zahlkorb. Sie verfehlte ihn, fiel zu Boden, beschrieb, auf der Kante rollend, einen großen Bogen und blieb schließlich unter dem linken Vorderrad des Wagens liegen.

Der Mautwart bemerkte das Durcheinander. Er rief einen Streifenfahrer herbei, der mit seinem Motorrad herangebraust kam. Die Tür auf der Beifahrerseite war offen. Der einzige Insasse des Wagens schien betäubt. Über sein Gesicht zog sich schief ein verklärtes Lächeln. »Hallo, Sie!« rief der Polizist, und mit »Heiliger Jesus!« wandte er sich erschrocken ab.

Der Mann am Steuer schien erfüllt von überirdischer Seligkeit, umstrahlt von einer seltsamen Aura. Im Augenblick wenigstens war Marvin Goodman ein Sieger.

BILLY *Ja, Gilly, Abtreibung ist ein ziemlich heikles Thema. Da
gibt's eine ganze Menge dafür und dagegen zu sagen.*

GILLY *Selbstverständlich. Mir ist klar, daß da auch die Frage der
Moral eine Rolle spielt. Doch sollte man darüber die menschliche
Seite nicht vergessen.*

BILLY *Die Umstände sind doch ganz unwichtig, Gilly. Du zer-
störst ein Leben, wenn du eine Abtreibung vornimmst. Das ist
es!*

GILLY *Ich weiß, Billy, aber nehmen wir doch mal an, die
Schwangerschaft gefährdet das Leben der Mutter. Oder die
Mutter ist ein vergewaltigtes junges Mädchen. Das sind nur zwei
Beispiele, und es gibt eine Menge anderer.*

BILLY *Ja, so was ist nicht leicht zu entscheiden.*

GILLY *Ich will damit sagen, daß ich mit diesen armen Frauen,
über die man manchmal liest, mitfühle. Sie müssen zu irgendeinem windigen Arzt gehen – jemand, der das nebenbei macht, mit
allen diesen schmutzigen Instrumenten und so.*

BILLY *Es ist doch wohl keine Frage, glaube ich, daß die Gesetze
gelockert werden müssen. Das Problem ist bloß: wie – und wie-
weit?*

GILLY *Du hast eine richtige Begabung, das Wichtigste zusam-
menzufassen, Billy.*

BILLY *Danke, mein Herz. Eine deiner unbezahlbarsten Eigenschaften ist deine Fähigkeit, einem Mann das Gefühl zu geben,
daß er bedeutend ist.*

GILLY *Weißt du, Billy, eine Diskussion über Abtreibung könnte
wirklich eine sehr interessante Sendung abgeben. Die Sache hat
nur einen Haken.*

BILLY *Und der wäre?*

GILLY *Ich fürchte, es wird schwer sein, einen Abtreiber aufzu-
treiben.*

»Alan Hetterton ist ein schöner Name« – die Worte gingen Gillian wie ein Schlager durch den Kopf, als sie unter der Dusche hervorkam. O ja, Alan Hetterton ist ein hübscher Name – sie sang das Lied, als sie sich im Schlafzimmer abtrocknete, sie sang es, als sie am Schlafzimmerfenster stand und einer Düsenmaschine nachträumte, die durch den Nachthimmel kurvte. Kurz und gut, Alan Hetterton war der Name, den Maxine von Maxine's Schönheitssalon bei einer zufälligen Unterhaltung über Abtreiber, die sie kannte, erwähnt hatte. Dr. Alan Hetterton ist ein hübscher Name – tralala – und das Telefon im Schlafzimmer mußte zweimal läuten, bevor Gillian ranging.

»Hallo«, sagte sie.

»Sie haben ganz schön große Titten«, sagte die Stimme.

»Wer spricht denn da?« fragte sie.

»Ich hab gesagt, Sie haben ganz schön große Titten.« Wer immer das war, jedenfalls gab er sich keine Mühe, seine Stimme zu verstellen. »Große Titten, und kümmern Sie sich nicht darum, wer hier spricht.«

Nach dem ersten Anruf neulich hatte Gillian seelenruhig den Hörer aufgelegt, eine Sekunde gewartet und dann die Polizei angerufen. Die Polizei hatte ihr mitgeteilt, daß da im Augenblick nichts zu machen wäre, doch wenn das mit den Anrufen so weiterginge, dann würden sie von der neuen automatischen Aufspürvorrichtung Gebrauch machen. Das kam ihr alles sehr umständlich vor.

»Wollen Sie nicht zur Sache kommen?« fragte sie.

»Ich komme schon zur Sache«, sagte er. »Da seien Sie man unbesorgt. Ich komme, ich komme wie jeder andere auch.«

Jetzt hätte sie auflegen sollen. Scheiß drauf, dachte sie, diesmal nicht. Es war das erste Mal seit einer Woche, daß sich ihre Gedanken nicht um das Gammlerbalg in ihrem Bauch drehten.

»Warum sagen Sie mir denn nicht, wie Sie heißen?« fragte sie.

»Wann gehen Sie denn nun mit mir ins Heu?« sagte die Stimme. »Wann steigen Sie endlich aus Ihren Schlüpfern und schlüpfen mit mir ins Heu?«

»Bitte, warum wollen Sie mir nicht Ihren Namen sagen?« fragte sie. »Kann ja sein, daß ich was für Sie tun kann.«

»Schon mal was von Jack dem Bauchaufschlitzer gehört?« sagte er. »Ich bin sein Vetter, Jack der Ficker.«

»Das ist ein sehr vielversprechender Name. Wenn Sie mir Näheres über sich erzählen, kann ich Ihnen vielleicht sogar behilflich sein«, sagte Gillian.

»Du Huuuuuuure!« brüllte er. »Du willst mich in 'ne Falle lokken. Du willst mich am Apparat halten, damit ich in die Falle gehe.«

»Vielleicht will ich mich nur mit Ihnen unterhalten?«

Klick. Gillian brauchte eine Weile, bis sie begriff, daß *er* aufgelegt hatte und nicht sie. Er hatte getan, was sie eigentlich hätte tun müssen. Gillian gluckste vor sich hin – sie hatte das Gefühl, daß sie eben vielleicht eine sehr bedeutende Erfahrung gemacht hatte. Vielleicht war das der einzig sichere Weg, all die Verrückten in der Welt loszuwerden: Versuche, sie zu verstehen. Sie legte sich auf ihrem Bett zurück und stellte überrascht fest, daß der Anruf eine eigenartige Wirkung auf sie gehabt hatte: Er hatte sie erregt. Sie bemerkte, daß sie sexuell erregt war, sonderbar warm, und vielleicht hatte sie da ebenfalls eine neue Erfahrung gemacht. Gillian ging dem jedoch nicht weiter nach.

Statt dessen griff sie nach dem Telefonbuch. Hetley... Hetterich... da, Hetterton, Alan, Arzt – Praxis Thompson Lane 131 – KI 1-1377. Diesmal war es die Stimme am anderen Ende der Leitung, die die Fragen stellte. Einen Eingriff? Würde sie vielleicht die Güte haben zu erklären, was für eine Art von Eingriff? Nein? Hätte sie vielleicht die Güte zu sagen, wer sie an ihn empfohlen habe? Nein? Maxine Schwartz? Oh, das sei etwas anderes. Ob denn Freitagabend recht wäre?

Es war kein leichter Weg gewesen, den Alan Hetterton genommen hatte. Der Weg nach King's Neck ging immer bergauf und war ziemlich holprig. Schon auf der Fakultät war es ihm klar geworden, daß er vom Schicksal nicht zum großen Arzt ausersehen war. Der Anblick von Blut deprimierte ihn, manchmal rührte er ihn sogar zu Tränen. Bis auf diesen Tag war er noch nicht dahintergekommen, was nun das Schienbein und was das Wadenbein war. Aber irgendwie hatte er die Prüfungen bestanden und schließlich sogar den Dr. vor seinem Namen – den Dr., dem seine Eltern immer eine viel zu große Bedeutung beigemessen hatten. Die meisten von Alans Kommilitonen bildeten sich auch nach dem Studium weiter, aber Alan gehörte nicht zu denen, die ihr Glück überfordern. (Manchmal, schon damals, dachte er, er könnte ja immer noch in Vaters Büstenhaltergeschäft einsteigen.) Indessen ließ er sich als praktischer Arzt nieder. Er war einer von den wenigen auf Long Island, die es aus wirtschaftlichen Erwägungen heraus für notwendig hielten, Hausbesuche zu machen. Und Abtreibungen vorzunehmen.

Während seiner Assistenzzeit lernte Alan Gerda kennen, eine Krankenschwester. Gerda, zierlich und mit zarten Knochen, bläßlicher Haut und einem breiten Mund, war all das, was Alan nicht war: extrovertiert, abenteuerlustig und überschäumend von nichtigem Geschwätz. Sie war es, die den Anfang gemacht hatte, die den empfängnisverhütenden Gummi zu ihrer ersten Fummelbegegnung beigesteuert hatte. Aber selbst dabei hatte er versagt. Vier Wochen später verkündete Gerda mit Tränen in den Augen, daß er sie »angebufft« hätte – um ihren unvergeßlichen Ausdruck zu gebrauchen. Sechs Wochen danach waren sie verheiratet ... Achtzehn Jahre lang waren sie es nun schon, achtzehn finanziell verhältnismäßig bescheidene Jahre (wann immer Alan auf eine statistische Untersuchung über das Durchschnittseinkommen von Ärzten in den Vereinigten Staaten stieß, schüttelte er traurig den Kopf und wunderte sich), und die Frucht ihrer Verbindung war ein achtzehnjähriger Junge, der ernsthaft an ein Leben als Western-Sänger dachte, und ein Haus, das eine Meile vom Wasser entfernt in einem der weniger anspruchsvollen Viertel von King's Neck lag.

Alan hatte es niemals wirklich bedauert, Gerda geheiratet zu haben – aber es gab da so Augenblicke. Augenblicke, in denen er ein häßliches Furunkel aufschnitt oder ein Klistier verabreichte und dabei über seine Ehe sinnierte. Was hatten sie denn gemeinsam? Außer einem geistig trägen, aber langhaarigen Sohn, der sich in Cowboystiefeln mit silbernen Sporen gefiel – und dessen Existenz vielleicht ausschlaggebend gewesen war für Alans Entschluß, die erste Abtreibung vorzunehmen. Was hatten sie also gemeinsam? Gerdas nie enden wollendes Verlangen nach Louis-XV-Spiegeln langweilte und ruinierte ihn. Gerda für ihr Teil akzeptierte mißmutig seine Weigerung, ihren Rambler für einen Jaguar XKE in Zahlung zu geben. Gerda hätte nahezu alles akzeptiert, weil Alan einen Sohn gezeugt hatte, den sie überaus schön fand.

Am Freitag kündigte Bill eine Wochenendreise nach Chicago an, zur Verhandlung mit einem Radioboß, und Gillian war eigentlich dankbar. Sie beschloß, nicht das Risiko einzugehen und selbst zu fahren, und bestellte ein Taxi. Der Taxifahrer setzte sie ein paar Häuserblocks vor Dr. Hettertons Praxis ab, und sie ging bis dorthin zu Fuß. Ein kleines unauffälliges Schild neben einer Straßenlaterne wies auf die Praxis hin. Der niedrige Ziegelbau lag weit vom Weg ab und war bescheiden in Grün gebettet. Ein Rambler, sein Chrom ging in Rost über, parkte neben dem Gebäude. Der Wagen hatte ein »Arzt«-Schild.
Die Diele war schwach beleuchtet. Zu ihrer Rechten lag das Wartezimmer. Gillian setzte sich gegenüber der Tür zum Behandlungsraum hin. Amüsiert betrachtete sie die Reihe von Bildern, die über der tiefgrünen Couch angebracht waren und die einander Stimmung, Farbe und Stil streitig machten. Die Einrichtung des Zimmers war weniger aufwendig, als man es von einer guten Praxis in King's Neck erwartet hätte, und die Geschmacklosigkeit war beunruhigend.
»Guten Tag, ich bin Dr. Hetterton. Und Sie sind Mrs. Brown, nehme ich an.«
»So ist es.«
Gillian sah in das volle Gesicht eines Mannes, der mittelgroß war, vielleicht einssiebzig und untersetzt. Er trug sein ergrauen-

des Haar in einem etwas abgewandelten Bürstenschnitt, und Gillian vermutete, daß er die fünfundvierzig bei weitem überschritten hatte. Er erwiderte den Blick und ließ sich seine Gedanken nicht anmerken.

»Mrs. Brown, nicht wahr?« wiederholte er.

»Ja, Herr Doktor«, sagte sie.

»Ich habe eine bemerkenswerte Zahl von Mrs. Browns auf Lager«, sagte er.

»Ich habe aber keine Verwandten hier«, sagte Gillian.

»Ich meine auch nur so«, sagte er.

»Wollen Sie mich nicht reinbitten?«

Der Doktor räusperte sich und ging kurz in sein kleines Büro, dann führte er sie in das Behandlungszimmer zur Linken. Er drückte ihr einen weißen Kittel in die Hand und schob sie in die durch einen Vorhang abgetrennte Ecke des Raums. Gillian war ihm dankbar, daß er seine Sprechstundenhilfe nach Hause geschickt hatte. Schnell zog sie sich aus und streckte ihren Kopf aus dem Vorhang.»Kommen Sie ruhig raus«, sagte der Doktor. »Ich beiße nicht.«

Gillian befolgte seine Anweisungen und kletterte auf den Behandlungstisch. Der Doktor rollte eine große Maschine an den Tisch heran. Er drapierte ein Tuch über Gillians Beine und steckte ihre Füße behutsam in die Steigbügel an beiden Seiten des Tisches. Dann schob er – weniger behutsam – ein Speculum in sie hinein. Schweigend führte er die Untersuchung aus, dann lehnte er sich an die Wand und zündete eine Zigarette an.

»Im zweiten Monat«, sagte er. »Sie sind im zweiten Monat.«

»Das stimmt – fast auf den Tag genau. Habe ich Ihnen das nicht am Telefon gesagt?«

»Wissen Sie«, es schien so, als ob er ihr gar nicht zuhörte, »die Frauen in Frankreich kriegen ihre Kinder draußen auf dem Feld und gehen dann gleich wieder an die Arbeit.«

»Na, toll.« Wenn ihr dieses Ding da drinnen nicht weh getan hätte, wäre sie aufgestanden und rausgegangen.

»Ich will nur sichergehen«, sagte der Doktor. »Ich will nichts machen, was Sie nachher bereuen könnten.«

»Wie lange wird das dauern?« fragte Gillian. »Ich hoffe, daß wir schnell damit fertig werden.«

Dr. Hetterton trat das Fußpedal runter, das den Sterilisator öffnete. Dampf wogte die Wand hoch. Er langte zu einem Plastikbehälter rüber, in dem Zangen in Alkohol lagen. Dann schien er sich die Sache reiflich zu überlegen.

»Strecken Sie ihre Arme nach unten geradeaus und halten Sie sich an der Tischkante fest. Es ist gleich vorbei.«

Er schaltete den Diathermie-Apparat ein und nahm die Ätzflinte fest in den Griff. Intensive Hitze durchdrang Gillian jetzt. Sie biß die Lippen zusammen, um einen Schrei zu unterdrücken, und kämpfte gegen den Ekel an, der ihr in der Kehle aufstieg.

»So«, sagte er. »Das hätten wir.«

»Sie meinen, es ist alles vorbei?«

»Ja, alles vorbei.« Dr. Hetterton reichte ihr einen Attestblock und einen Bleistift. »Schreiben Sie hier Ihren Namen, die Adresse und die Telefonnummer auf. Ihren richtigen Namen! Es könnte sein, daß Sie mich noch brauchen; deshalb muß ich die richtigen Angaben haben. Es könnte höchstens innerhalb der nächsten vierundzwanzig Stunden passieren. Rufen Sie mich dann sofort an. Wenn Sie mich nicht nötig haben, kommen Sie doch gelegentlich zur Nachuntersuchung.«

Gillian machte, was der Doktor von ihr verlangte, genau was er von ihr verlangte. Ohne den Zettel eines Blickes zu würdigen, steckte er ihn in die Hosentasche und rief ein Taxi. Dann saßen sie da in seinem Büro und warteten, ohne ein Wort zu reden, und Gillian fiel, zum Teufel, einfach nichts ein, was sie hätte sagen können. Diesmal war sie sprachlos. Auf Partys hatte sie stets eine ganze Auswahl von Gesprächs-Eisbrechern auf Lager, die selten ihre Wirkung verfehlten. Glauben Sie nicht, daß Sartre *der* Mann des zwanzigsten Jahrhunderts ist? pflegte sie zu fragen. Ich finde, Kierkegaard hatte einen herrlichen Todessehnsuchtskomplex, pflegte sie zu sagen. Sie meinen doch gewiß auch, daß Sex einfach die letzte Zuflucht ist für Leute, die sich nichts weiter zu sagen haben? pflegte sie zu unterstellen.

Aber nichts dergleichen – nichts schien ihr für diesen Augenblick geeignet. Der Doktor sah aus wie der Typ von Mann, der ständig vergißt, seine Hose zuzumachen, ein Mann, der von nun an an Kraft und Leistungen nachläßt.

»Warum machen Sie so was?« fragte sie.

»Ich bin Arzt«, sagte er. »Ich helfe den Menschen.«

»Nun seien Sie mal ehrlich«, sagte sie.

»Ehrlich gesagt, ich brauche das Geld. – Und warum machen Sie das?«

»Ehrlich gesagt, ich kann das Baby nicht brauchen«, sagte sie.

»Sie sehen nicht aus, als ob Sie darunter leiden«, sagte er. »Sie sind verheiratet, nicht wahr? Ist das Kind von Ihrem Mann?«

»Nein«, sagte sie. »Und wenn ich ehrlich sein soll: Ich habe nicht die geringste Ahnung, wer der Vater sein könnte.«

»Keine Ahnung?« sagte er.

»Ich ahne wohl was«, sagte sie, »aber ich kann mich da auch täuschen.«

»Es spielt jetzt auch keine Rolle mehr«, sagte er.

Beide hörten das Taxi vor dem Haus halten. Gillian nickte dem Doktor zu und öffnete die Tür.

»Übrigens, Sie sind eine sehr schöne Frau, Mrs. Brown.«

Das ist eine seltsame Art, der Sache einen würdigen Abschluß zu geben, dachte Gillian, als sie die Tür hinter sich zumachte. Sie konnte nicht mehr sehen, daß Dr. Hetterton nun mit ausgestreckten Armen dastand und auf seine Hände starrte, die kaum wahrnehmbar zitterten. Das Telefon läutete.

»Ich hab dir doch gesagt, ich muß ein paar Telefongespräche führen«, sagte er. »Ja, ja, ich weiß, wie spät es ist. Warum ich immer noch in der Praxis bin? Mein Gott, ich hatte in der Gegend zu tun und mußte mal. Ob das wirklich notwendig war? Ich denke, Gerda, daß ich in der Lage bin, das selbst zu entscheiden!«

Er legte auf und saß zehn Minuten oder länger da und starrte auf das Telefon. Als er es nicht länger aushalten konnte, ging er zu dem verschlossenen Wandschrank, öffnete ihn und holte das Glas mit dem Morphium raus. Zwei von den kleinen weißen Pillen, ein halbes Gramm das Stück, legte er auf einen Teelöffel, spritzte ein wenig destilliertes Wasser darüber und beobachtete, wie sich die Tabletten auflösten. Und während er seinen linken Ärmel aufrollte, suchte er schon nach der Vene und tupfte die Stelle mit Alkohol ab. Gleich, gleich. Nachdem er das kostbare Naß in eine Spritze aufgezogen hatte, stach er die Nadel dort ein, wo sie hingehörte. Eine Stunde. Eine Stunde, um nach Hause zu fahren und zu duschen, bevor ihn die Euphorie packen würde.

Die Krämpfe begannen am anderen Morgen, und gegen Mittag hatte sie die Sache hinter sich. Die Blutungen waren nicht sehr stark. Aber es vergingen doch ein paar Tage, bis sich Gillian wieder ganz okay fühlte. Sie ging nicht mehr zur Nachuntersuchung. Ein paar Wochen lang nicht. Einen Monat nicht. Und dann, an einem Donnerstag im Februar, betrachtete sie sich nackt und in voller Lebensgröße im Spiegel. Was sie sah, beruhigte sie, und sie sagte sich, daß es an der Zeit sei . . . Donnerstagnachmittag ging sie in seine Praxis. Diesmal, in dem fahlgrauen Dämmerlicht, das durch die Fenster eindrang, nahm sie von den nicht zusammenpassenden Farben des Wartezimmers keine Notiz. Und diesmal war auch die Sprechstundenhilfe da – ein zierlicher Spatz von einer Frau, sagte sich Gillian, ja, ein breitschnabliger, schmalbrüstiger Spatz.
»Sind Sie bei Dr. Hetterton angemeldet?«
»Eigentlich nicht«, sagte Gillian. »Der Doktor bat mich bloß, mal zur Nachuntersuchung vorbeizukommen.«
»Ich muß erst sehen, ob Sie der Doktor rannehmen kann«, sagte die Sprechstundenhilfe. »Ihr Name, bitte.«
»Mrs. Brown«, sagte Gillian.
»Ich seh mal nach, ob er Sie rannehmen kann«, sagte sie. Gillian mußte über dieses »ob er Sie rannehmen kann« lächeln – das Wartezimmer war leer, und auf dem Zeitschriftenständer lag Staub. Diese Sprechstundenhilfe war so trist wie alles hier.
»Mrs. Brown«, sagte der Doktor, »ja, natürlich. Wollen Sie nicht gleich reinkommen? Stimmt was nicht, irgendwas –«
»Ich habe so ein schrecklich ziehendes Gefühl«, sagte Gillian, als sich die Tür hinter ihnen schloß und die sterile kleine Sprech-

stundenhilfe in dem sterilen kleinen Vorzimmer zurückgeblieben war.

»Gillian Blake«, sagte er. »Sie wissen, daß ich keine Ahnung hatte, wer Sie sind, bis ich den Zettel angesehen habe, den Sie ausgefüllt hatten. Ich höre öfter mal Ihre Sendung. Ich dachte auch, daß Sie eine Idealehe führen... Aber wo haben Sie Schmerzen?«

»Quatsch«, sagte Gillian. »Ich fühle mich bumsfidel. Aber Sie sagten doch, ich sollte mal zu einer Nachuntersuchung vorbeikommen.«

»Stimmt, stimmt«, sagte er. »Und ich muß sagen, ich bin sehr froh darüber, daß Sie gekommen sind. Irgendwelchen Ärger zu Hause? Irgendwelche – Komplikationen?«

»Kein Stück«, sagte Gillian. »Natürlich habe ich nichts gemacht, was riskant gewesen wäre. Enthaltsamkeit – Sie verstehen –«

»Ich verschreibe Ihnen was«, sagte er. »Das wird Sie wieder aufmöbeln. Ich glaube nicht, daß ich etwas anderes für Sie tun könnte.«

»Wollen Sie mich denn nicht noch einmal untersuchen?« fragte Gillian. »Schließlich sind Sie Arzt.«

»Das könnte ich natürlich tun«, sagte er, »nur um ganz sicher zu sein. Gehen Sie schon ins Zimmer, ich werde meine Assistentin –?«

»Das wird nicht nötig sein«, sagte Gillian. »Ich denke, ich kann Ihnen jetzt vertrauen.«

Als Dr. Hetterton zu Gillian in das kleine Untersuchungszimmer trat, stand Gillian schon nackt vor dem Umkleide-Wandschirm. Sie hatte den weißen Kittel zu ihren Kleidern auf den Stuhl gelegt. Ihr Haar fiel locker über beide Schultern. Ihre Brust, die jetzt entfesselt war, schien die Gesetze des Falls und der Wahrscheinlichkeit herauszufordern. Sie drehte sich ruhig ihm entgegen – und bemerkte nun zum erstenmal, daß seine Hände zitterten.

»Sind Sie so weit?« fragte sie.

»Ja«, sagte er, »in einer Minute.«

»Gehen Sie nicht fort«, sagte sie. »Ich meine, jeder Künstler sollte sich an seinem Werk erfreuen können... Ich habe mich noch nicht richtig bei Ihnen bedankt, Doktor. Und der einzige Grund, warum ich mich noch nicht richtig bedankt habe, ist, daß ich nicht in der Lage gewesen bin, Ihnen richtig zu danken. Aber jetzt bin ich doch wieder in der Lage, nicht wahr?«

»Mrs. Blake, Sie sind jetzt wieder zu allem in der Lage. Sie brauchen mich nicht mehr.«

»Wie Sie sich irren – darf ich Sie Alan nennen? Ja, Sie irren sich, Alan. Wenn ich erst in der Lage bin, brauche ich Sie natürlich dringend.«

»Aber die Sprechstundenhilfe –«

»Die Sprechstundenhilfe ist doch draußen«, sagte Gillian.

»Diese Sprechstundenhilfe ist meine Frau; es ist Gerda.«

»Komm, Alan.«

Er blieb wie angewurzelt stehen, und Gillian ging die drei kurzen Schritte auf ihn zu. Zögernd nahm er sie in die Arme, und sie umfaßte mit den Händen seinen Nacken und streichelte sanft sein Haar. Dann drängte sie ihn mit einem kräftigen Schenkeldruck, ihr zum Untersuchungstisch zu folgen. Sie ließ sich rücklings auf den Tisch fallen, und er beugte sich über sie. Gillian knabberte an seinem Ohrläppchen, dann glitten ihre Lippen fieberhaft über seinen Hals. Sein Mund tappte auf dem ihren herum, bevor er sich auf den Weg zu ihrer Brust machte.

Als er ihre Brust küßte und sich dann zu ihrem Bauch vorwagte, ließ es Gillian kalt. Sehr komisch. Sie fühlte sich körperlich nicht angezogen von diesem sonderbaren Mann mit dem Mondgesicht, der sich mit wachsender Gier über sie hermachte. Sie stand nicht gerade auf diesen Typ. Sein Herumgefummel machte sie bestenfalls verlegen. Und doch, selbst er – selbst dieses mißlungene und kaputte Exemplar von einem Mann – konnte sie erregen, konnte am Quell ihrer Leidenschaft saugen, konnte sie vielleicht sogar befriedigen.

Sie schob den Doktor etwas zurück und griff nach seinem Gürtel. Geschickt öffnete sie ihn, dann den Reißverschluß und lächelte, als ihm die Hose bis auf die Knöchel sank. Er bestieg sie, drang in sie ein, sondierte mit seinem steifen Glied, wo er schon einmal mit einem Speculum herumgestochert hatte. Gillian stellte mit gewissem Stolz fest, daß sie nie zuvor in dieser Stellung geliebt hatte. Seine Leidenschaft entzündete ihre, der Höhepunkt des einen führte zum Höhepunkt des anderen, seine Stöße brachen die Wellen ihrer rhythmisch arbeitenden Muskeln.

»Alan!«

Die beiden sahen zur Tür, zu der kleinen Frau in der gestärkten weißen Uniform. Ihr Mund sah plötzlich kleiner aus, vielleicht weil jetzt ihre Augen besonders groß wirkten. Gerda war in einem ungünstigen Augenblick gekommen. Für ihren Mann gab es keine Möglichkeit, innezuhalten, die Bremsen zu ziehen, sich umzudrehen, etwas zu erklären. Unter dem starren Blick seiner fassungslosen Frau fuhr er fort, mit kräftigen Bewegungen ins Ziel zu stoßen.

Selbst später bemühte er sich nicht, das Unheil ungeschehen zu machen. Die Hosen fesselten seine Knöchel, und Gillians Beine hielten ihn in der Zange. Er sah seine Frau an – hilflos und hoffnungslos –, und alle drei schienen in ihren bizarren Stellungen erstarrt zu sein.

»Alan, komm sofort aus ihr raus!«

»Geh lieber, mein Spatz«, sagte Gillian. »Mach, daß du wegkommst, wenn du deinen Mann nicht von einer neuen Seite kennenlernen willst.«

»Ja, hau ab, Gerda«, sagte der Doktor. »Das geht dich nun wirklich ganz und gar nichts an.«

»Mach weiter, Doc. Beim zweitenmal ist es noch schöner« – Gillian sprach absichtlich so laut, daß Gerda jede Silbe hören konnte – »das zweite Mal ist es immer noch schöner, Darling.«

»Alan«, sagte Gerda, »das ist das letzte Mal, daß ich dich auffordere, da rauszukommen.«

Alan sah sich noch einmal nach Gerda um, dann wandte er sich von ihr ab und preßte seinen Mund auf Gillians Hals. Keiner von beiden nahm Notiz davon, als Gerda die Tür hinter sich zuwarf. Doch gleich danach empfand Gillian ein Gefühl der Enttäuschung. Das Verschwinden des Publikums, zumal eines ganz und gar nicht geneigten Publikums, nahm der Sache etwas von ihrem Reiz. Man lernt eben nie aus. Immerhin ließ sie ihre Enttäuschung den Doktor nicht merken – sie entspannte sich und stieg und fiel mit seiner Ebbe und Flut. Sie preßte ihn ein zweites Mal aus, ermattete und besänftigte ihn.

»Das mit deiner Frau tut mir leid«, sagte sie schließlich. »Ich wollte deine Ehe nicht kaputtmachen – im Ernst, dazu bin ich nicht hierhergekommen.«

»Die war schon lange vorher kaputt«, sagte der Doktor. »Aber ganz was anderes – hast du diesmal irgendwelche Vorsichtsmaßnahmen getroffen?«

»Ja«, sagte sie. »Aber nett, daß du gefragt hast, Alan.«

»Ich war bloß neugierig«, sagte er.

Bevor sich Hetterton Gerda stellte, ging er wieder zu dem verschlossenen Schrank. Diesmal ließ er vier von den winzigen Pillen auf den Teelöffel fallen. Dann setzte er sich in sein Büro hin und wartete darauf, daß die Droge zu wirken anfing. Als seine Hände zu zittern aufhörten, ging er ins Haus rüber und stellte sich einer merkwürdig ruhigen Gerda. Zu seiner Überraschung sagte sie, daß sie keine Scheidung wünsche. Sie sagte, daß sie ihn noch immer liebe und unter zwei Bedingungen bei ihm bleiben würde. Alan versprach, daß er Mrs. Brown nie wiedersehen werde. Er willigte auch ein, seinem Sohn eine elektrische Gitarre für 545 Dollar zu kaufen.

Gillian sah Alan Hetterton nie wieder – was sie weder überraschte noch enttäuschte. Jedoch hörte sie von Zeit zu Zeit Gerüchte. Gerüchte, die Alan Hetterton mit Maxine in Verbindung brachten, Alan Hetterton mit einem Schulmädchen vom Lolita-Typ, Alan Hetterton mit einer vierundsechzigjährigen altjüngferlichen Lehrerin. Und dann im Juni las sie das Schlußkapitel in der Klatschspalte einer Boulevardzeitung:

»Die Leute von North Shore reden immer noch über den Skandal, in den ein bis vor kurzem dort ansässiger Arzt verwickelt war, der nebenher Abtreibungen vorgenommen hat. Seine Frau soll ihn in den Armen einer Schauspielerin ertappt haben, woraufhin sie beschloß, an den beiden ein bißchen Gehirnchirurgie vorzunehmen – mit einer zweischneidigen Axt. Die Polizei konnte gerade noch rechtzeitig einschreiten. Die Sache ist von der zuständigen Revierwache sehr diskret behandelt worden, doch haben der Doktor und seine Frau die Stadt verlassen. Es heißt, sie wollen sich scheiden lassen.«

BILLY *Heute siehst du besonders heiter und unternehmungslustig aus, meine Liebe.*

GILLY *Kein Wunder bei dem herrlichen Wetter – jedenfalls für diese Jahreszeit –, und im übrigen hatte ich gestern ein Rendezvous mit meinem Arzt.*

BILLY *Davon hast du mir ja noch gar nicht erzählt.*

GILLY *Nichts von Bedeutung, mein Schatz. Nur die jährliche Routine-Untersuchung.*

BILLY *Und wie war das Ergebnis?*

GILLY *Das ist es ja gerade! Der Doktor meint, ich sei in glänzender Verfassung. Unglaublich gesund.*

BILLY *Ich weiß nicht, was er dir verschrieben hat, aber du siehst wirklich strahlend aus.*

GILLY *Gar nichts. Das ist rein psychologisch. Ich fühle mich daraufhin einfach in Hochform.*

BILLY *Pardon, aber ich finde, du bist immer in Hochform, meine Liebe.*

GILLY *Sehr freundlich, mein Herr. Du bist heute wirklich ein Schatz, Billy.*

BILLY *Das ist nur mein natürlicher Charme. Aber im Ernst, ich habe dein Talent, dich in Form zu halten, stets bewundert. Natürlich gibt es auch Leute, die schon von Natur aus kerngesund sind.*

GILLY *Ja, zum Beispiel manche Athleten.*

BILLY *Richtig. Aber es gibt auch solche, die, sobald sie mit dem Training aufhören, aus den Nähten platzen. Es gibt doch nichts Traurigeres als einen ehemaligen Preisboxer, der fett geworden ist. Manche gehen auf wie Hefeklöße.*

GILLY *Ja, es ist eine Schande, wenn man bedenkt, daß diese Athleten mal einen traumhaften Körperbau hatten: breite Schultern, muskulöse Arme und herrlich schmale Hüften.*

BILLY *Ich erinnere mich noch an die Zeit, als ich selbst schmale Hüften hatte.*

GILLY *Sie sind noch immer ganz schön schmal, dank deiner sportlichen Betätigung. Du spielst ja Tennis, Federball und so weiter.*

BILLY *Nun muß ich schönen Dank sagen, Gilly.*

GILLY *Ich finde, ein kräftiger Bizeps ist ein herrliches männliches Attribut.*

BILLY *Ich dachte immer, die Frauen interessieren sich mehr für einen Mann mit Geist als für einen mit Muskeln. Meinst du nicht, daß es beim Mann mehr auf Persönlichkeit, Intelligenz ankommt?*

GILLY *Gewiß, auf die Dauer gesehen. Aber es schadet nichts, wenn er obendrein noch gut aussieht. Es gibt nichts Schlimmeres als dürre Schultern und einen Schmerbauch. Wenn du mich fragst, ich finde Muskelmänner sehr anziehend. Aber bei euch ist es doch auch so. Was hältst du von Pinup-Girls? Du wirst mir doch nicht erzählen wollen, daß ein Mann, der ein Girl mit der Figur von Sophia Loren trifft, darüber nachdenkt, ob sie Geist hat.*

BILLY *Eins zu null für dich, meine Liebe.*

GILLY *Und genauso ist es eben bei uns Frauen. Man möchte vielleicht nicht sein ganzes Leben mit einem Herkules verbringen, aber man sieht ihn doch ganz gern Gewichte heben. Oder irgend etwas anderes.*

BILLY *Ich glaube: besonders etwas anderes.*

GILLY *Du bist abscheulich, Billy.*

BILLY *Also zugegeben, eine Sophia-Loren-Figur im Bikini – da kann man schwer widerstehen.*

GILLY *Das meine ich auch. Der schöne Körper in Aktion, das ist es! Ich glaube, jede Frau sieht gern einen Pancho Gonzales Tennis spielen oder einen Cassius Clay boxen. Diese konzentrierte Kraft. Sie wirkt auf Frauen so herrlich spontan, so wunderbar – brutal.*

BILLY *Ich hoffe, das empfindest du auch, wenn du Billy Blake Federball spielen siehst.*

GILLY *Natürlich, das ist die Erfüllung, du!*
BILLY *Du weißt, was einem Mann guttut, Darling.*
GILLY *Und seinem Bizeps!*

Der Wind aus Richtung Kanada, der nur noch einen Hauch seiner ursprünglichen Kraft hatte, blies die letzten Blätter von den beiden Eichen im Hof und schüttete sie vor der Ligusterhecke an der Südwestgrenze von Agnes Madigans »Besitz« zu einem braunen Wall auf.

Alles um sich herum betrachtete Agnes als ihren »Besitz«, auch die Nachbarn und selbst die Passanten auf der Straße vor dem Haus. Wenn sie mit ihrem Mann Paddy allein war, nannte sie auch ihn ihren »Besitz«. Und sie konnte es sagen, weil es stimmte.

Zwar hatte Paddy das Geld in die Ehe mitgebracht, aber schon vor Jahren war ihm klargeworden, daß sie ohne Agnes' Kassenführung längst keinen Dollar mehr gehabt hätten. Alles, was er war, verdankte er Agnes. Sie hatte es ihm immer wieder gesagt, und er wußte, daß sie recht hatte. Er hatte sich ihr mit Leib und Seele ergeben und sich damit den Anspruch auf einen Platz in ihren Mutterarmen erworben.

An diesem milden Wintertag beschäftigte Paddy sich damit, mit einem eisernen Rechen die Blätter zusammenzuharken. Er stellte fest, daß es eine völlig sinnlose Arbeit war, aber auf diese Weise hatte er wenigstens etwas zu tun. Die Zinken der Harke verfingen sich im Gestrüpp der Hecke, und Paddy fluchte vor sich hin. Dabei blinzelte er instinktiv zum Haus hinüber, obwohl er wußte, daß Agnes zum Frisör gegangen war. Agnes mochte es nicht, wenn er fluchte. Sie hatte etwas gegen Fluchen, Schlafen in der Kirche oder Biertrinken in der Kneipe an der Ecke, und wenn Paddy gegen eines dieser Verbote verstoßen hatte, mußte er sich in acht nehmen.

Der Rechen hakte sich an einer Wurzel fest und blieb stecken. Paddy sagte »Scheiße«. Er sah sich wieder nach dem Haus um und zuckte die Achseln. Plötzlich hörte er aus dem Garten jenseits des alten Lattenzauns ein Lachen. Es kam von der Seite, wo die Blakes wohnten und die Earbrows.

»Hallo, mein Lieber«, rief die Stimme. »Ich finde es herrlich, daß solche Kleinigkeiten Sie bereits so in Rage bringen können.«

Paddy schaute herum, um ausfindig zu machen, woher die Stimme kam. Frauen verwirrten ihn leicht, und solche mit der rauchigen Stimme einer Bardame erschreckten ihn sogar. Agnes hatte recht, daß sie diese Frauen verachtete. Agnes hatte immer recht.

Schließlich sah er die Besitzerin der Stimme. Sie stand an eine Birke gelehnt und trug einen ponchoartigen Überwurf mit einem tiefen Ausschnitt und darunter nur eine dünne Bluse, in der ihre Brüste scheinbar wie Glocken hin und her schwangen.

Paddy schluckte ein paarmal und merkte, daß ihm der Schweiß auf die Stirn trat. Wieder blickte er sich verstohlen zu seinem Haus um. Agnes würde ihn umbringen, wenn sie sähe, wer da mit ihm sprach. Er hätte einfach weiterharken sollen, aber er blieb wie angewurzelt stehen und starrte auf die Brüste hinterm Zaun. Er trug Jeans, Segeltuchschuhe und ein knapp sitzendes Unterhemd, das dem Spiel seiner Muskeln jede Freiheit ließ. Im Grunde war es viel zu kalt, um nur mit einem Hemd draußen herumzulaufen, und Agnes hätte ihn bestimmt ausgeschimpft, aber er fühlte sich in der Kühle ganz wohl. Die leichte Brise kräuselte die grauroten Härchen auf seinen Armen und Schultern, aber innerlich war er aufgewühlt, als wären seine Eingeweide das Zentrum eines Hurrikans.

»Ach Sie sind's. Mrs. Blake«, sagte er.

»Nennen Sie mich ruhig Gilly«, antwortete sie lachend, erstickte ihr Lachen aber gleich wieder. Sie hatte zunächst geglaubt, daß ein Überraschungsangriff gegenüber Paddy die beste Strategie wäre, aber nun war sie sich dessen nicht mehr so sicher. Sie hatte Paddy Madigan in geistiger Beziehung der gleichen Kategorie zugeordnet wie Ernie Miklos – den alten Ernie Miklos –, nämlich den Muskelmännern. Jetzt kamen ihr gewisse Zweifel.

Paddy konnte die Augen nicht von ihren Brüsten abwenden. Sie wippten, wenn sie lachte, und blieben steil in die Höhe gerichtet stehen, sobald Gillian zu lachen aufhörte. Dieser Busen erinnerte

Paddy an ein bestimmtes Pinup-Girl, das er im *Playboy* gesehen hatte. Agnes hatte das Heft gefunden und ins Feuer geworfen. Im Geist durchdrangen Paddys Blicke den Stoff über Gillians Brüsten, und er glaubte das wohlgeformte rosafarbene Fleisch, die kräftigen Titten vor sich zu sehen. Überwältigt hielt er sich am Stiel seiner Harke fest. Hoffentlich krieg ich keinen Steifen, dachte er.

»Ich bin schon lange scharf darauf, Sie kennenzulernen«, sagte Gillian. Ihre Augen strahlten wie Brillanten und nahmen einen katzenhaften Ausdruck an, als sie es jetzt mit einer kleinen Schwindelei versuchte. »Wirklich, ich habe mir seit Jahren gewünscht, Ihnen mal zu begegnen. Sie sind immer mein Held gewesen.«

Paddy vergaß zu schlucken. Hatte er richtig gehört: Held? Ja, es hatte eine Zeit gegeben, da er tatsächlich als ein großer Held galt. Er war der Stolz seiner Stammkneipe gewesen, und sein Ansager hatte ihn immer mit den Worten angekündigt: »... und nun *die* Attraktion des Abends. Der Star aller Stars, unser Held Paddy Madigan.« Er war der Champion, der sich systematisch hochgekämpft hatte bis zu einem sensationellen Match mit dem Weltmeister der Halbschwergewichtsklasse. Er war der kräuselhaarige Linkshänder, der das Publikum zu Begeisterungsstürmen hinriß – wenn er sich erst einmal in die notwendige schäumende Wut hineingesteigert hatte.

Paddy stellte sich in Positur. Er ließ die Muskeln seiner Schultern und Oberarme zu wahren Prachtexemplaren anschwellen, zog den Bauch ein und wölbte tief einatmend die Brust. In Gedanken schlug er einen imaginären Gegner mit einem linken Haken k. o.

»Übernehmen Sie sich nicht«, sagte Gillian. »Vergeuden Sie nicht Ihre Muskelkraft, bevor ich rüberkomme, mein Lieber.« Nun ging sie zum Nahkampf über. Feingefühl, wußte sie, würde nur Zeitverschwendung sein. Sie setzte wie zu einem Hürdenlauf an, sprang über den Zaun – und fiel auf der anderen Seite sehr geschickt hin, direkt vor Paddys Füße. Verdutzt schaute er auf sie herunter, ohne sich zu rühren.

»Um Himmels willen, nun helfen Sie mir doch schon«, explodierte sie, hielt es aber gleich darauf taktisch für richtiger, zu jammern, statt zu schimpfen. »Bitte, mein Lieber, geben Sie mir Ihre Hand«, bat sie kläglich.

Paddy streckte ihr eine Hand hin, und Gilly griff zu. Als er sie hochzog, strich ihre freie Hand wie zufällig über seinen Oberarm, so daß er sich im Nu mit Gänsehaut überzog.

»Sind Sie verletzt, Missus?«

Mit Genugtuung stellte sie fest, daß in seiner Stimme Sorge mitschwang. Als sie nicht gleich antwortete – sondern ihm statt dessen mit dankbarem Blick nochmals ganz sanft über den Arm strich –, wiederholte er seine Frage mit gesteigerter Besorgnis.

»Mein Gott, sind Sie stark«, sagte Gillian. »Man ist ja ganz elektrisiert, wenn man sie berührt.«

Ihre Handflächen fuhren seine Arme hinauf, über die Schultern und die Brust. Paddy blickte sich wieder verstohlen zum Hause um. Wie gut, daß Agnes beim Frisör war. Er umfaßte Gillian mit beiden Armen, legte seine Pranken um die beiden Halbkugeln am unteren Ende ihres Rumpfes und hob sie so in die Höhe. Dann küßte er sie hastig, erreichte aber nur den letzten Millimeter ihres rechten Mundwinkels.

»Sie haben sicherlich schon viele Frauen den Boden unter den Füßen weggezogen«, sagte Gillian.

»Aber Missus –«

Paddy mußte wieder krampfhaft schlucken. Er wollte ihr sagen, daß es ihm leid tue, aber er fand keine Worte und stammelte nur Verworrenes vor sich hin. Gillian beendete die Verlegenheit mit einer langsamen, kreisenden Bewegung ihrer Hand über seine Brust bis zur Gürtelschnalle hin.

»Vielleicht ist es nicht richtig«, sagte sie zögernd – wobei sie sich Mühe gab, die Worte wie schweratmend herauszubringen –, »vielleicht ist es nicht richtig, das zu sagen, aber ich könnte meine Hände immerzu über Ihren Körper kreisen lassen.«

Du Sexbestie, dachte sie, du unverbesserliche alte Sexbestie. Sie schloß die Augen und lehnte den Kopf an Paddys Brust. Paddy blieb fast die Luft weg, als sich Gilly plötzlich an seinen Hals klammerte, einen schwachen Schrei ausstieß und den Halt verlor. Paddy fing sie im Fallen auf.

»Was ist los, Missus?« fragte er erschrocken. »Hab ich Ihnen was getan?«

»Oh, mein Knöchel« – Gilly setzte ihren Betty-Davis-Blick auf – »ich glaube, ich werde ohnmächtig. Es wäre vielleicht besser, wenn – wenn Sie mich hineintragen würden.«

Er hob sie vorsichtig auf und trug sie in kleinen Schritten über den Hof, die Hintertreppe hinauf, durch die Küche und ins Wohnzimmer. Fast ausgestreckt lag sie in seinen Armen. Sie schien Schmerzen zu haben, und Tränen traten in Paddys Augen. Er kniete vor der Couch nieder und legte sie behutsam auf Agnes' Spitzendeckchen und Schonbezüge.

Er kauerte vor Gilly, und ihre Hand wanderte seine Schenkel hinauf. Sie hoffte, daß ihre Augen jetzt den richtigen glasigen Blick hatten.

»Ich hatte ja keine Ahnung, daß Sie *so* stark sind«, sagte sie und suchte an seinen Schenkeln nach einem Halt.

Paddy wollte ihr in die Augen schauen. Um gegen diese Versuchung anzukämpfen, ließ er seine Blicke durch den Raum wandern. Da waren die Lampen, die Agnes gleich nach der Hochzeit gekauft hatte, die Buchstützen, das Hochzeitsgeschenk ihres Bruders, die Veilchentapete – Paddy hatte sie zuerst nicht gemocht, aber Agnes hatte ihn überzeugt, daß dieses Muster vornehm wirke. Und an der gegenüberliegenden Wand das dreißig Zentimeter hohe Kruzifix, das Agnes von den Barmherzigen Schwestern gekauft hatte. Und hinter ihm – er brauchte nicht erst hinzusehen – die Farbfotografie von Agnes in silbernem Rahmen.

Was mochte *der* für einen Komplex haben? fragte sich Gillian. Sie wand und krümmte sich und nahm ihre bewährte Katzenstellung ein. Wenn auch das nichts nutzt, ist ihm nicht zu helfen, dachte sie. Mit einem Seufzer nahm sie seine Hände und legte sie so, daß seine Fingerkuppen ihre Brüste berührten. Paddy dachte nicht mehr an die Zimmereinrichtung.

»So kann ich spüren, wie Ihre Kraft in mich übergeht«, sagte sie und preßte seine Hände gegen ihre Brust.

»Oh, Missus!« sagte er. »Agnes wird –«

»Stärker«, sagte sie und drückte seine Handflächen noch fester an sich. »Stärker!«

Seine Hände waren schwielig und rauh, Hände, die mehrmals gebrochen und wieder zusammengeflickt worden waren. Sie rieb ihre Finger an seinem deformierten Handrücken, während er mit dem Daumen ihre Brüste massierte. Plötzlich fuhr Gilly hoch. »Ich brauche Luft. Mir wird alles zu eng«, sagte sie. »Ich möchte mich frei fühlen. Komm, zieh mich aus.«

Sie hob ihre Jerseybluse hoch, damit Paddy an die Spangen herankommen konnte, die ihren Büstenhalter hielten. Paddy löste zwei von ihnen, aber die dritte widersetzte sich seinen klobigen und auf einmal zitternden Fingern. Schließlich steckte er einfach die Hand zwischen ihren Rücken und das elastische Band. Eine zuckende Bewegung, und der BH sprang auf. Verwundert betrachtete er das Ding, daß er da plötzlich in der Hand hielt.

»Nicht zu fest, mein Schatz«, sagte Gillian.

Seine Hände, die eben noch so unbeholfen gewesen waren, gingen nun zielstrebig und rücksichtslos vor. Gillys Protest blieb in der Kehle stecken. Paddy hob sie auf, seine linke Hand umschloß ihre rechte Brust und ein Teil der anderen; seine Rechte griff in ihren Hosenbund und riß die beigefarbenen Jeans mit einem Ruck bis zu den Waden runter. Er streifte sie ganz ab und ließ sie als einen kläglichen Haufen am Fußende der Couch liegen. Dann hob er Gilly hoch. Einen Augenblick sah er auf sie herab, als habe er sie soeben geraubt, und Gillian entdeckte Bewunderung in seinem Blick. Er trug sie quer durch den Raum und stieß mit dem Fuß die Tür zum Schlafzimmer auf. Auf einmal war es vorbei mit der Behutsamkeit. Er warf sie auf das breite Doppelbett. Gillys anfängliche Furcht wurde besiegt durch ein anderes Gefühl, ein Gefühl, das ihr in den letzten Wochen immer vertrauter geworden war. Die Erwartung des Unvermeidlichen und der Drang, es zu beschleunigen, ihm sozusagen den Weg zu bereiten. Sie wunderte sich kaum darüber, daß sie so bereit war für ihn, so begierig, ein paar Muskeln in sich aufzunehmen.

Gillian griff nach seinem Gürtel und wollte ihn öffnen, aber

Paddy stieß ihre Hand weg. Mit wildem Blick riß er sich runter, was er am Leib trug, und fiel über Gillian her, ohne ihr Zeit zu lassen, die Beine zu öffnen und es sich und ihm bequem zu machen. Paddy schnaufte und keuchte. Sein Körper krümmte und streckte sich. Doch nach ein paar Sekunden schien es, als ließen seine Anstrengungen nach. Mit einem tiefen Seufzer, der aus seinem Zwerchfell emporstieg, sank er zusammen und fiel entkräftet auf Gilly nieder.

»Weiter, mein Schatz, weiter.« Gilly konnte nicht länger warten. Sie fürchte auf dem Höhepunkt zu sein, bevor er überhaupt in sie eingedrungen war, wenn er es noch länger hinauszögerte. »Komm«, flüsterte sie. »Komm rein, um Himmels willen.«

Paddy schluchzte.

»Ich *war* drin«, wimmerte er. »Es ist schon vorbei... schon alles vorbei.«

Gillian fuhr hoch, fühlte nach und entdeckte, daß Paddy die Wahrheit gesagt hatte. Er war drin gewesen und, verdammt nochmal, schon fertig. Verständnislos schüttelte sie den Kopf. »Zeig mal«, sagte sie und tastete nach dem verschrumpelten Überbleibsel seiner kurzen Leidenschaft. Sie fand es und hielt es vorsichtig zwischen Daumen und Zeigefinger. Nie zuvor, auch nicht bei den Eskapaden in jüngster Zeit, war ihr ein so kümmerliches Ding vorgekommen. Ihre erste Reaktion war Mitleid.

»Da bist du ein bißchen zu kurz gekommen«, sagte sie. »Überall Muskelpakete, nur an dieser Stelle nicht.«

Paddy wandte sich ab, und Tränen rollten ihm über die Wangen auf die gestickte Bettdecke. Gillian wollte ein Experiment wagen. Sie zog das kleine Glied so weit es ging in die Länge, aber es schien, entmutigt, nur noch mehr zusammenzuschrumpfen. Sie spielte mit ihm, redete ihm gut zu, und es gelang ihr schließlich auch, es bis zu einer gewissen Größe zu entwickeln, aber selbst in diesem Stadium kam es ihr immer noch vor wie – wie ein Streichholz, entschied sie sich.

Das Komische an der Situation half ihr über ihren psychischen Schock hinweg, und sie lachte. Wie konnte sie nur Hoffnung haben, eine Ehe zu stören, die durch ein so schwaches Glied zusammengehalten wurde? Sie konnte ihr Gelächter einfach nicht mehr bremsen. Sie warf ihren Kopf zurück, und ihre Brüste, ihr ganzer Körper wogten und wackelten ihm Rhythmus ihres Lachens.

Paddy schluchzte währenddessen weiter.

»Bitte lachen Sie nicht«, bat er. »Sie dürfen nicht lachen. Agnes war die einzige, die nie darüber gelacht hat. Agnes sagt, daß Vögeln etwas Schmutziges ist und daß man es höchstens einmal im Monat tun darf, wenn es gar nicht anders geht. Vögeln ist der Fluch, den Gott uns auferlegt hat wegen unserer Urmutter Eva. Ja, Agnes ist die einzige, die mich nicht auslacht.«

»Ich wollte nicht lachen«, sagte Gillian.

Aber es fiel ihr schwer, sich zu beherrschen, besonders, solange Paddy über Agnes sprach, und noch schwerer, als er ihr erzählte, daß er im Krieg, noch als halbes Kind, zur Marine eingezogen worden sei; als er damals erfuhr, daß seine Einheit nach Guam kommen sollte, hatte er vor Angst ins Bett gemacht, obwohl Guam eine sichere Festung war.

Sein winziger Penis sei daran schuld, daß er furchtbar mädchenscheu gewesen sei. Ein Straßenmädchen in San Francisco hatte ihm einmal gesagt, sie habe bei ihm einen Vorschlaghammer erwartet und keine Reißzwecke. Daraufhin hatte er sie grün und blau geschlagen, und sein Manager mußte ihr tausend Dollar Schmerzensgeld zahlen.

Paddy begann wieder zu schluchzen.

Gillian streichelte ihm über die Schultern. Dann gewann die Lächerlichkeit der Situation wieder Oberhand. Gillian bemühte sich krampfhaft, das Kichern zu unterdrücken, aber dann platzte sie doch heraus.

Paddy holte aus und gab ihr ein paar Ohrfeigen. Das genügte. Gillians Kopf flog auf dem Kissen hin und her, als wäre er vom Rumpf getrennt, und nun begann *sie* zu heulen. Es war das erste Mal, daß sie von einem Mann geschlagen wurde. Aber es war nicht die Erniedrigung, die ihre Tränen hervorrief, sondern einfach der Schmerz. Paddy Madigan hatte wieder einmal zugeschlagen.

»Bitte hören Sie auf zu weinen«, bat er jetzt. »Bitte, Missus.«
Es war zwecklos. Er flehte sie an, nicht mehr zu weinen, aber seine Worte kamen wie aus einer großen Entfernung. Gillian versuchte, zu Paddy aufzusehen, doch sein Gesicht erschien ihr verschleiert, wie hinter einem Fenster bei strömendem Regen. »Bitte, bitte bitte«, wiederholte er. »Ich werde auch alles wiedergutmachen.«

Sie spürte, wie er einen Arm unter sie schob und mit der freien Hand ihre Brüste massierte. Erstaunt darüber, wie das wohl weitergehen würde, wehrte sie sich nicht. Sie erlaubte Paddy sogar, ihre Beine zu spreizen, und seine Finger fanden rasch den Weg in ihre feuchte Schlucht. Um ihnen den Weg zu erleichtern, öffnete sie ihre Schenkel noch ein wenig mehr. Nun näherte Paddy sein Gesicht dem dunklen Schlund. Gillian nahm seinen Kopf zwischen ihre Hände und dirigierte ihn, preßte ihn in die Tiefe, und die Tränen waren versiegt.

Es dämmerte bereits. Paddy erwachte wie aus einem langen Schlaf, dabei hatte er die Augen keine Minute geschlossen. Die Zeit war vergangen, er wußte nicht, wie. Gillian war längst gegangen, aber er hatte es nicht bemerkt.

Sein Manager allein kannte die Wahrheit über Paddy – nur er hatte herausgefunden, daß Paddy aus Verzweiflung kämpfte.

»Er hat ein Hasenherz«, hatte der Manager nach dem letzten Match zu Agnes gesagt. »Er fürchtet sich so, daß er wie der Teufel kämpft – und auf diese Weise hat er immer gesiegt.«

Agnes hatte diese Wahrheit ohne Kommentar aufgenommen. Ihre einzige Konsequenz war, daß sie sich einen kleinen japanischen Revolver anschaffte – zur Selbstverteidigung.

An diesen Revolver dachte Paddy, als er sich jetzt schwerfällig vom Bett erhob und die Decke mit zittrigen Händen glättete. Er spürte, daß ihn die Verzweiflung wieder überfiel. Er stolperte in den Flur und wühlte in dem Verschlag unter der Treppe herum, wo Agnes den Revolver versteckt hatte.

Paddy war fassungslos. Er sagte Worte vor sich hin, die nur er und sein Gott verstanden. Er warf einen Stuhl um, der ihm im Wege stand, und kniete vor dem Kruzifix nieder. Minutenlang starrte er es an, dann wandte er sich von ihm ab und blickte auf das Farbfoto von Agnes. Er bekreuzigte sich mit der Rechten, wobei er vergaß, daß er in dieser Hand den Revolver hielt.

»Vergib mir, Agnes. Ich habe gesündigt«, stammelte er.

Der Wind aus Richtung Kanada, der nur noch einen Hauch seiner ursprünglichen Kraft hatte, fegte Agnes Madigan die letzten Herbstblätter vor die Füße, als sie die Steinstufen zu ihrem Haus hinaufstieg. Während sie den Schlüssel ins Loch steckte, fiel ein Schuß. Den Polizeibeamten sagte sie, sie könne nicht verstehen, warum ihr Mann sich umgebracht habe. Ihre Ehe sei sehr glücklich gewesen.

GILLY *Dein Rücken scheint dir heute wieder zu schaffen zu machen, Billy.*

BILLY *Ja, das alte Leiden. Das Alter schleicht sich heran. Für eine Weile ist es jetzt aus mit Tennis und Federball, Billy Blake.*

GILLY *Du mußt eben vorsichtig sein. Du willst doch nicht, daß sich dein Zustand verschlechtert.*

BILLY *Ich komme mir vor wie von allen Seiten angebufft. Nicht nur, daß sich mein Rücken aufspielt – hast du heute morgen schon die* Times *gelesen?*

GILLY *Du meinst die Radiospalte?*

BILLY *Ja. Ich fürchte, der Kerl kann uns nicht leiden, Liebes.*

GILLY *War das nicht entsetzlich?*

BILLY *Reines Vitriol.*

GILLY *Ich will dir mal was sagen: Ich denke nicht daran, die Sache in der Sendung zu diskutieren. Der verdient gar nicht so viel Beachtung. Ich denke, die wunderbaren Leute, die uns zuhören, können durchaus selbst unsere Sendung beurteilen. Ganz sicher sind die nicht auf irgendeinen Querulanten angewiesen, der ihnen vorzuschreiben versucht, ob ihnen die Sendung gefällt oder nicht.*

BILLY *Ich muß schon sagen, Liebling, du bist besonders schön, wenn du dich ärgerst.*

GILLY *Danke, mein Herz, was würde ich bloß ohne dich machen.*

BILLY *Und was soll ich da sagen?*

GILLY *Auf mein Wort, Billy, du könntest für einen Herrn aus den Südstaaten durchgehen, so galant bist du.*

BILLY *Im Ernst, das scheint ein Charakterzug der Südstaatler zu sein, nicht wahr?*

GILLY *Hundertprozentig. Ich sag dir ganz ehrlich, ich finde, Südstaatler sind ziemlich sexy. Es liegt in der ganzen Art, wie sie*

*sich geben. Sie verstehen es halt, einer Frau das Gefühl zu geben,
sie wäre eine Königin.*

Von dort, wo er saß und die Abteilung »Forschung und Kosten« beaufsichtigte, konnte er in alle Richtungen sehen, nur nicht hinter sich. Hinter ihm war Wand, stahlgraue Wand, wie der Bug eines Kriegsschiffs. Taylor hatte lange Zeit gehofft, daß die Wand mit Zypressenholz getäfelt werden würde oder mit Leder bespannt oder vielleicht sogar mit grobem Leinen wie manche Büros in der City, aber er war doch zu ängstlich, um den Baron darum zu bitten. Glas zu seiner Linken und zwei Sekretärinnen; Glas zu seiner Rechten und drei Sekretärinnen; Glas vor ihm und der ausgedehnte Schreibsaal; lange gerade Reihen von Mädchen an Rechenmaschinen; Reihen von Mädchen an Schreibmaschinen; in den Nischen zwei Dutzend Buchhalter, die Telefonvermittlung der Abteilung und das dazugehörige Mädchen mit dem hübschen runden Hintern.

Taylor Hawkes konnte in alle Richtungen sehen, na schön, nur nicht hinter sich. An diesem Freitag, dem 27. Februar, hatte er um 16.20 Uhr bereits vier Beefeater Martinis und drei Wodka-Tonic hinter der Binde. Taylor Hawkes, noch immer die Sonnenbrille auf der Nase, blickte auf seinen Schreibtisch, wühlte in Briefen und Aktennotizen und las die gelben Mitteilungszettel, auf denen stand, wer angerufen hatte, während er Mittag gemacht hatte: die Zeit des Anrufs, der Grad der Dringlichkeit und, wenn möglich, um was es sich handelte. Ringold (Forschung), 14.10 Uhr ... »Leck mich am Arsch«, sagte Taylor laut, »der denkt wohl, ich brauche nicht zu essen?« Leonard (Buchhaltung der Duft-Abteilung), 15.30 Uhr. »Der kann mich auch mal.« Mrs. Grace Belcher (eine enge Freundin des Barons und seiner Familie; sie wollte, kostenlos natürlich, eine Werbeidee für das Institut für Familienplanung), 12.50 Uhr, 14.15 Uhr, 15.55 Uhr. »Zum Teufel mit Ihnen, Mrs. Belcher«, sagte Taylor und zerknüllte die Mitteilung.

Diese Mitteilungszettel waren richtiger Mist, am schlimmsten, wenn man gerade wiederkam. Immer nur Störungen. Das Telefon auf seinem Schreibtisch klingelte, und er nahm den Hörer ab. Er guckte wie gewöhnlich nach rechts und beobachtete Emily, die Gute, wie sie mit ihm sprach, während er ihre Stimme im Telefon hörte.

»Du, Taylor, da ist eine gewisse Mrs. Gillian Blake in der Halle.«

»Laß sie reinkommen, Emily.«

Er schwang sich mit seinem Drehstuhl herum und blickte über die Abteilung »Forschung und Kosten«, und Emily mußte das gleiche getan haben. Diesmal rief sie nicht an, sondern kam zu der Glastür seines Büros und öffnete sie.

»Der Baron, Taylor.«

»Seh schon, Emily.«

»Der kommt ganz schön schnell angerollt«, sagte Emily. »Mit 'nem Affenzahn.«

»Das kann man wohl sagen«, sagte Taylor. Er spürte, wie ihm am verlängerten Rückgrat der Schweiß ausbrach. »Der alte Scheißer kann wirklich rollen.«

»Und Mrs. Gillian Blake?« fragte Emily.

»Mensch, ja«, sagte Taylor, »halt sie auf, Emily. Hol ihr eine Tasse Kaffee. Zeig ihr die neue Computer-Anlage oder so. Halt sie auf, bis ich den Baron hier wieder raushabe.«

Der Baron hatte ungefähr ein Drittel des Weges durch den riesigen Raum zurückgelegt und rollte jetzt, wie Emily sagte, ganz schön schnell haran. Er jagte den Rollstuhl geschickt durch die Schneise zwischen den Buchhalternischen und den Rechenmaschinenmädchen und legte in dem breiten Streifen zwischen Taylors Büro und der ersten Reihe der Mädchen noch Geschwindigkeit dazu.

»Der ist doch nicht zu retten«, sagte Taylor zu sich selbst. »Der hört überhaupt nicht auf.«

Jetzt gibt's Ärger. Eine Ausgabe von *Ladies Home Journal* hüpfte auf dem Schoß des Barons, während er mit beiden Händen seinen Rollstuhl antrieb. Die spindeldürren Arme ruderten, und der kleine runde Silberkopf richtete sich starr auf Taylors Büro.

»Alte Mistsau«, sagte Taylor.

Meine Jacke kriege ich nicht mehr, dachte er, hat gar keinen Zweck, sie noch anzuziehen. Schlips geradeziehen, Papier auf dem Schreibtisch ordnen. Sonnenbrille absetzen, damit wir uns in die Augen sehen können. Sonnenbrille auflassen, sonst denkt er noch, ich sei betrunken. Telefon.

»Was ist denn los?«

»Taylor« – es war Emily – »Mrs. Blake will keinen Kaffee. Sie will auch nicht die Computer sehen. Sie will dich sehen. Sie –«

»Himmelherrgott, Emily, sag ihr –« Der Baron, nur noch viereinhalb Meter entfernt, drosselte die Geschwindigkeit und rollte auf Taylors Glastür zu.

»Halt sie ja auf, Emily.«

»Taylor, sie –«

Dann eine andere Stimme.

»Taylor«, sagte Gillian, »ich bin doch nicht irgendein gewöhnlicher, unzufriedener Kunde. Du weißt, Schatz –«

Und eine zweite Stimme direkt vor Taylor.

»Haben Sie das hier gesehen, Taylor?« Der Baron hielt ihm die Zeitschrift entgegen. »Soll das ein Scherz sein?«

Hier die Stimme des Barons, sehr scharf. Und am Telefon Gillian: »Wenn ich mir eine Computer-Anlage hätte ansehen wollen, wäre ich zu IBM gegangen.«

»Nein, Herr Baron«, sagte Taylor. »Ich hab mir die Zeitschrift noch nicht angesehen. Wenn es um die Honest-Anzeige geht, kann ich Ihnen erklären –« Er hielt das Telefon mit angezogener Schulter, es brach ihm den Arm, er fühlte, wie sich seine Hand verkrampfte. »Gillian, bitte, sieh dir die Computer an... Entschuldigung, Baron, aber die Zigarettenwerbeabteilung sagte, die Sache mit den Mikrofiltern würde nicht gehen... Mrs. Blake, die Computer werden Sie faszinieren...« Das Telefon hing wie ein großes schwarzes Flugzeug zwischen ihm und dem Baron. »Gillian... Mrs. Blake... bitte, sehen Sie sich die Computer an. Ich ruf Sie gleich zurück.« Telefon aufgelegt, endlich, und die Hand noch immer verkrampft.

»Mrs. William Blake?« fragte der Baron.

»Ja, Herr Baron«, sagte Taylor Hawkes. »Sie wohnt in King's Neck.«

»Ich weiß«, sagte der Baron. »Sie scheinen zu vergessen, daß die Blakes meine Kunden sind. Meine Kunden.«

»Ja, Herr Baron«, sagte Taylor.

»Die Honest-Anzeige habe ich bis jetzt noch gar nicht gesehen«, sagte der Baron. »Ich spreche von der Riechgut-Anzeige. Zwei Seiten in Farbe, Taylor, und was sehen meine Augen? Na?«

»Sie sehen die Riechgut-Forschungslabors«, sagte Taylor.

»Genau das sehen sie«, sagte der Baron. »Und sie sehen sechs Männer in weißen Kitteln, die sich um Spraydosen raufen. Was sie nicht sehen, ist Vivian. Sie sehen nicht Vivian Garland in einer Gondel in Venedig. Und ich sehe auch nicht den Werbeslogan, den ich persönlich kreiert habe – ›Heute nacht oder nie, Vivian, mit Riechgut!‹ Vielleicht frischt das Ihr Gedächtnis auf.«

»Ja, Herr Baron«, sagte Taylor. »Wir haben das ganz Ihrem Vorschlag gemäß aufgenommen. Und es sollte auch schon rausgehen, und dann ist die Sache gestorben.«

»Und wer, wenn ich fragen darf, hatte die Unverfrorenheit?«

»Die gnädige Frau«, sagte Taylor. »Sie sagte, sie dachte, das andere, das ›Heute-nacht-oder-nie‹-Ding wäre – ja, also sie sagte, es wäre sündig. Das war ihr Wort, Herr Baron. Sie sagte, wir sollten uns ein für alle Male einprägen, daß Riechgut ein Erzeugnis der modernen Chemie sei, ein wissenschaftlich hergestelltes Deodorant und nicht ein Aphrodisiakum aus der Alchimistenküche, wie es die Italiener benutzen.«

»Das hat sie gesagt, Taylor?«

»Sie waren da gerade auf der Farm« – Taylors Spannung löste sich etwas – »und wir dachten, wir sollten Sie wegen einer solchen Kleinigkeit nicht stören.«

»In Zukunft«, sagte der Baron, »rufen Sie mich an. Wenn irgend jemand jemals etwas ändern sollte, an Dingen, für die ich die schöpferische Verantwortung übernommen habe, rufen Sie mich an.«

»Ja, Herr Baron«, sagte Taylor.

»Und Taylor, wo Sie nun schon mal dabei sind«, fuhr der Baron fort, »ich möchte, daß Sie einen Brief an Vivian aufsetzen. An Vivian Garland. Ich möchte, daß Sie ihr erklären, wie das geschehen konnte. Der Brief hat morgen früh mit Ihrer Unterschrift auf meinem Schreibtisch zu liegen.«

»Ja, Herr Baron, selbstverständlich.«

»Taylor, wie lange sind Sie schon vom Mittagessen zurück?« fragte der Baron.

»Schon eine ganze Zeit«, sagte er. »Es war allerdings ein ziemlich ausgedehnter Lunch. Ich hatte ein geschäftliches Essen mit –« – er suchte einen Namen, irgendeinen Namen – »mit Mrs. Belcher, Mrs. Grace Belcher, Institut für Familienplanung. Tüchtige Frau. Die haben sich da viel vorgenommen.«

»Eine tüchtige Frau«, sagte der Baron. »Ich habe ihr geraten, Sie anzurufen. Aber alles, was Sie für diese Leute tun, Taylor, ist Ihre Privatsache.« Er bewegte seinen Rollstuhl einen halben Meter rückwärts, dann wieder vorwärts, um ihn für den Start in Schwung zu bringen. »Und bei der Besprechung morgen früh, Taylor, seien Sie darauf vorbereitet, mir ausführlich über die Honest-Anzeige referieren zu können. Ich werde mir heute abend noch die Zeit nehmen, sie genau anzusehen. Ich hoffe, daß Sie Ihre Entscheidung verteidigen können. Gute Nacht, Taylor.« Eine rasche Bewegung am linken Rad wirbelte den Rollstuhl herum, ein Schubs mit der rechten Hand brachte ihn in Fahrt. Dann steuerte der Baron, mit beiden Händen rudernd, durch Taylor Hawkes' Glastür hindurch und hinaus in die Arena der Büromaschinen.

Taylor beobachtete die Rückseite des kleinen runden Silberkopfes von Baron Morgan. »Gott im Himmel«, fluchte er vor sich hin, »will dieses verdammte alte Scheusal denn nie krepieren!« Eigentlich hatte er den Baron ganz gern, kam meistens gut mit ihm aus und bewunderte den scharfen Geist des alten Mannes, selbst wenn er im Unrecht war. Baron Edward Osborne Morgan ... hundertvier Jahre alt ... an den Rollstuhl gefesselt, seit er mit einundsiebzig beim Polospielen abgeworfen wurde ... fünfzigfacher, und mehr, Millionär und alleiniger Inhaber der Morgan-Werbung ... aber ... aber, und das war Taylor Hawkes' wunder Punkt: Taylors Frau, Sarah, war die Urgroßnichte des Barons, seine einzige lebende Verwandte, und wäre wohl Taylor heute Geschäftsführender Vizepräsident der Agentur, wenn dem nicht so wäre?

Taylor wußte es nicht. Er glaubte es nur. Er sagte sich immer, daß er es auch allein geschafft hätte. Er hatte in einer Reihe von Südstaaten-Agenturen gearbeitet, war in eine Werbefirma in New York eingetreten und hatte es hier bis zum Prokuristen gebracht, und, weiß der Himmel, all das *bevor* er Sarah heiratete, Urgroßnichte und Augapfel des Barons Edward Osborne Morgan. Zum Teufel noch mal, war er so weit gekommen, dann hätte er es auch noch ganz nach oben geschafft, zu einer Teilhaberschaft. Denn er verstand was von Werbung. Er verstand was vom Geschäft, und er verstand auch was von all dem anderen Scheißkram. – Aber Geschäftsführender Vizepräsident? Wäre er das geworden, wenn er nicht Sarah geheiratet hätte?

Taylor Hawkes beobachtete den kleinen runden Silberkopf, der sich dem äußersten Ende des Raums näherte, dann verschwand der Rollstuhl in dem Gang, der zum Büro des Barons führte, das am anderen Ende des Gebäudes lag.

Telefonläuten. Er griff nach dem Hörer.

»Taylor, ich komme sofort zu dir rauf«, sagte Gillian, »ob du nun fertig bist oder nicht.«

»Ja, komm, Gillian«, sagte er. »Ich warte schon auf dich.« Taylor hob die Sonnenbrille von seinem Nasenrücken, zwinkerte, rieb sich die Augen, setzte die Brille wieder auf. Seine Jacke zog er nicht an, sondern nur seinen Bauch ein, denn er sah schon, wie Emily Gillian Blake zu seinem Zimmer begleitete.

Sie sieht verdammt gut aus, dachte er. Nicht der umwerfendste Körper in der Welt, aber was Besonderes, und man sah, daß sie stolz darauf war.

Was wird sie wollen? Letzte Woche auf der Cocktailparty war Taylor seiner Sache nicht sicher gewesen. Sie hatte seine Hand berührt, als er ihr Feuer anbot, aber viele Frauen machen das. Und später hatte sie ihren niedlichen runden Hintern gegen seinen Unterarm gedrückt und hatte sich nicht beeilt, ihn wieder freizugeben. Offenbar hatte sie es doch ganz gern gehabt. Immerhin...

Doch Taylor war seiner Sache nicht sicher gewesen. Wenn er sicher gewesen wäre, hätte er schon mal nach einer Gelegenheit gesucht, sie wiederzusehen. Es hätte, falls er sich in ihren Absichten geirrt hätte, als reine Höflichkeit interpretiert werden können, die er einem Kunden erwiesen hatte, für dessen Werbung er verantwortlich war. Im übrigen war die Tatsache, daß sie in King's Neck Nachbarn waren, fast schon Grund genug, sich ihrer anzunehmen. Aber verdammt noch mal, wer würde ihm das glauben?

Sie war schon an der Glastür, kam herein, und Emily schritt davon.

»Hallo, Gilly«, sagte er.

»Gott im Himmel, *wie* nennst du mich?« sagte sie. »Das klingt ja wie der Name eines Fisches aus dem Michigan-See.«

»So wirst du doch im Radio genannt«, sagte Taylor.

»Das heißt noch lange nicht, daß du mich so nennen sollst«, sagte sie. »Das kostet 'ne Stange, daß man mich so im Radio nennen darf. Aber jetzt bin ich doch privat hier.«

Privat bei dir, mein lieber Taylor, dachte sie.

»Setz dich«, sagte er. »Trinkst du eine Tasse Kaffee?« Gillian stand noch immer, sie faßte in ihre Tasche und holte eine *New York Times* heraus und schob sie ihm hin, wie ihm der Baron *Ladies Home Journal* hingeschoben hatte.

»Hast du das gelesen?« fragte sie.

»Klar«, sagte Taylor. »Klar hab ich das gelesen. Welchen Artikel meinst du?«

»Diesen hier«, sagte sie. »Wo dieses Arschloch von einem Kritiker mir ein Ding verpaßt.«

»So weit bin ich noch gar nicht gekommen«, sagte Taylor.

»Fades Frühstück«, zitierte sie. »Die schlechteste Sendung im ganzen Morgenprogramm. Sie läßt dich an deinem Kaffee ersticken, so schlecht ist sie.«

»Hmmmmmmm«, sagte Taylor.

»Hmmmmmmm, Mist«, sagte Gillian. »Habt ihr Anzeigen in

dem Käseblatt?«

»Gillian, jeder hat in dieser Zeitung Anzeigen.«

»Schluß damit«, sagte sie. »Ich wünsche, daß du der *Times* die Anzeigen entziehst, bis sie diesen Kritiker gefeuert haben.«

»Ja, weißt du«, sagte Taylor, »das wird wohl nicht so leicht sein. Niemand kann den Kritikern vorschreiben, wie sie eine Sendung zu beurteilen haben.«

»Also gut« – Gillian stand noch immer und war sichtlich pikiert – »ich sehe, es ist das beste, wenn ich in dieser Angelegenheit Baron Morgan persönlich aufsuche.«

»Ich meine«, lenkte Taylor ein, »du solltest ihn heute wirklich nicht stören. Warum setzt du dich nicht erst einmal hin und trinkst einen Kaffee? Wir können doch über alles reden.«

Gillian setzte sich, schlug die Beine übereinander, ihr sandfarbenes Kleid rutschte hoch und gab entzückende zehn Zentimeter oberhalb des Knies frei.

Sie blickte über Taylors Schulter durch das Sekretärinnenbüro in Richtung auf die Auffahrt vor dem Haupteingang des Verwaltungsgebäudes.

»Was machen die denn da?« fragte sie. »Der Wagen da, das komische Ding –«

Taylor sah hinaus. »Ach, gleich wird er reinrollen. Hast du noch nie den Wagen des Barons gesehen?«

Taylor hatte das schon hundertmal beobachtet, ach Quatsch, tausendmal. Er hatte es schon so viele Male beobachtet, daß er sich dessen nicht einmal mehr bewußt war, wenn er es beobachtete. Louie, der Fahrer des Barons, war jetzt auch zu sehen. Er ließ die wie eine Auffahrtsrampe konstruierte Klappe am Heck des Spezialwagens runter, bis sie den Boden berührte und dabei einen Bums machte. Der Baron, mit seinem Rollstuhl noch ungefähr sechs Meter entfernt, setzte zum Endspurt an. Er mußte genügend Anlauf haben, um die Schräge in den Wagen hinaufzufahren. Und die alte Lady Minnie, seit einundvierzig Jahren Sekretärin des Barons, war auch da draußen. Mit den Armen fuchtelte sie wie ein trudelnder Drachen, um anzudeuten, daß sie dem Baron helfen wolle, aber wie immer winkte er ab und sagte vermutlich das Übliche, nämlich: »Geh weg, Minnie! Geh weg, Louie!« Niemand durfte Baron Edward Osborne Morgan schieben, er rollte selbst.

»Mein Gott«, sagte Gillian. »Der wäre ja beinahe über die Vordersitze gesegelt.«

»Nee«, sagte Taylor. »Der kann um Haaresbreite anhalten. Der alte Scheißkerl versteht mit dem Ding umzugehen. Er braucht nur genügend Geschwindigkeit, um die Rampe zu nehmen. Das ist sein Spezialantriebsrennrollstuhl.«

»Ach, du lieber Gott«, sagte Gillian.

»Er hat ungefähr fünf Rollstühle«, sagte Taylor. »Einen schwarzen drüben auf seiner Farm. Und einen silbernen für Partys. Und ein paar für hier. Einen kleinen Bürorollstuhl ... mit dem kommt er hier rein ... Das ist der schnellste kleine Rollstuhl, den ich je gesehen habe.«

Gillian klopfte eine Zigarette auf ihrem langen linken Daumennagel fest, und Taylor stand auf. Als er ihr ein Streichholz rüberreichte, legte sie ihre Hand über seine und ließ sie eine Weile dort ruhen, nachdem er die Flamme ausgeblasen hatte. So kam es ihm jedenfalls vor. Er sah in den großen Raum hinüber und stellte fest, daß sich drei der Mädchen zu ihnen umgedreht hatten und sie beobachteten.

»Du bist mit dem Baron verwandt, nicht wahr?« sagte sie.

»Nein«, sagte Taylor. Er sah in den anderen Raum hinüber. »Nicht ich, sondern meine Frau Sarah. Sie ist seine Urgroßnichte.«

»Ach ja, jetzt fällt mir alles wieder ein«, sagte Gillian. »Irgend jemand ... eine Frau ... die hatte ganz schön einen gehoben ... erzählte mal, daß der Baron Sarah vergöttert und daß du nicht hier wärst, wenn –«

»Also, das ist –«, Taylor unterbrach sich selbst. »Ich ... Verdammt, immer diese alten Klatschweiber.«

»Warum bist du denn so böse?« sagte Gillian. »Tut mir leid. Ich dachte, es wäre komisch.«

»Sehr komisch!« sagte Taylor.

Gillian stand auf und ging um Taylors Schreibtisch herum.

Langsam hob sie ihren Arm und streichelte mit ihren Fingerspitzen über seine Wange.

»Es tut mir wirklich leid«, sagte sie. »Du darfst nicht böse sein. Ich hab jetzt schon genug angerichtet. Ich will auch niemanden mehr belästigen mit diesem Arsch von einem Kritiker. Ruf mich mal an.«

»Nein«, sagte Taylor. »Das heißt, geh nicht weg. Wir können doch darüber reden.« Er fummelte in seiner Tasche herum, suchte eine Zigarette und nach einem Einfall, wie er Gillian helfen könnte. »Gillian, könnten wir nicht... Weißt du was, Gillian... laß uns in das Büro des Barons gehen!« Mit einer Handbewegung machte er sie auf die drei Glaswände aufmerksam. »Da ist es ruhiger. Er hat auch fabelhafte Bilder. Der Baron im Ersten Weltkrieg und beim Polospielen. Und bei einigen seiner erfolgreichsten Werbekampagnen.«

»Prima«, sagte Gillian. »Ich fürchte nur, du zeigst mir doch noch diese Computer, bevor wir mit der Sache fertig geworden sind.«

Sie verließen Hawkes' Büro. Taylor blieb an Emilys Schreibtisch stehen.

»Ich möchte durch keine Anrufe gestört werden, Emily«, sagte er.

»Ich verstehe, Mr. Hawkes.« Sie nannte ihn immer Mr. Hawkes, wenn andere dabei waren.

Taylor zeigte auf die Rechenmaschinen und sagte: »Die Rechenmaschinen.« Und weiter unten: »Die Buchhaltung.« Er versuchte weder schnell noch langsam zu gehen und gab sich ganz unbekümmert. Er fühlte, daß sich Augen in seinen Rücken bohrten, als sie an den Mädchen vorbeigingen, und er sah die, die ihnen noch bevorstanden, und wußte, daß sie nur darauf warteten, daß er mit Gillian Blake vorbeigegangen sein würde, damit auch sie den beiden nachstarren könnten. Und dann die Buchhalter, die aus ihren Schlupfwinkeln glotzten. Diese Augen, die damit beschäftigt waren, Gillians Waden aufzufressen und die hinreißenden Muskeln, die unter ihrem sandfarbenen Rock mahlten. So jedenfalls stellte Taylor Hawkes es sich vor.

»Unglaubliche Mengen von Werbefeldzügen sind dort ausge-

heckt worden«, sagte Taylor, »wirklich unglaubliche Mengen.«
Er bog ab. »Hier lang.«

Jetzt waren sie draußen auf dem großen Gang und standen dicht
beieinander vor den verschlossenen Türen, die in das Büro des
Barons führten.

Taylor griff in seine Tasche, holte ein Schlüsselbund raus und
fummelte mit den Schlüsseln herum, die zu jeder Tür seines Lebens paßten: Haustürschlüssel, Zündschlüssel zum Firmenwa-
gen, Büroschlüssel, Schlüssel für den Kofferraum seines Buick,
Garagentorschlüssel, Schreibtischschlüssel, Sicherheitsfach-
schlüssel, Zündschlüssel für den Buick... Er fürchtete, daß Gillian Blake sagen könnte, ach, laß doch, Taylor, mach dir bloß
keine Umstände... und dann fand er ihn und steckte ihn ins
Schloß, in das Schloß der Tür zum Büro des Barons.

»Bitte einzutreten«, sagte er und trat beiseite. Schnell schloß er
die Tür hinter sich und Gillian. Er zeigte zur Wand. »Das sind
die Bilder, von denen ich dir erzählt habe.«

»Ja«, sagte Gillian. »Und das ist eine Wand und das ist ein Stuhl
und das ist ein Teppich.« Sie sah ihn an. »Mein Gott, bist du nervös, Taylor.«

»Na ja, ich wollte doch, daß du die Bilder siehst«, sagte Taylor.
»Das also ist der Baron im Ersten Weltkrieg... und das da ist
an seinem hundertsten Geburtstag aufgenommen worden, als
wir im Vorgarten mit einer alten Kanone Salut geschossen haben... und das da... na ja, es gibt eben viele davon. Und dann
die von den großen Werbefeldzügen.«

Er zeigte mit einer Hand über sie hinweg; sein Arm lag auf ihrer
Schulter.

Gillian drehte sich zu ihm um, so daß sie ihn ansehen konnte.
Sie stand so nahe vor ihm, daß ihre Brustwarzen seine Brust berührten.

»Gibt es denn nichts anderes, was du mir mal zeigen möchtest,
Taylor?«

Er zog sie an sich und spürte ihren Bauch und ihre Oberschenkel,
die sich an ihn preßten. Seine rechte Hand war auf ihrem Rücken,
seine linke an den oberen Rundungen ihrer Pobacken, und sein

Mund im Begriff, über ihren Hals zu gleiten.

»Du zerknautschst mein Kleid, Taylor.«

»Himmelherrgott, Gillian, ich bin –«

»Aber ich kann's doch ausziehen«, sagte sie.

Mit der rechten Hand öffnete sie den Reißverschluß, und mit einer einzigen Bewegung, schien es, zog sie das Kleid über den Kopf. Schon stand sie nur mit einem winzigen Slip und Büstenhalter vor ihm. Indem sie ihm in die Augen sah, hakte sie den BH auf, und ihre Brüste, nicht sehr voluminös, aber fest und weiß, streckten sich ihm entgegen.

»Warum lockerst du nicht deinen Schlips?«

Taylor hörte auf, sie anzustarren, zog an seinem Schlips, und sie ging quer durch das Zimmer, als suche sie etwas. Am Schreibtisch des Barons blieb sie stehen, legte ihr Kleid darauf ab, wobei sie es sorgfältig glättete. Den Büstenhalter legte sie auf das Kleid, drüber den winzigen Slip. Sie stand splitternackt da und nahm zwei Bilder in die Hand, die in einem Rahmen zusammengefaßt waren.

»Ist das der Baron und deine Frau?« fragte sie.

»Ja«, sagte Taylor, »ja.«

Gillian stellte die Bilder wieder auf den Schreibtisch zurück, und zwar so, daß der Baron und Taylors Frau den ganzen Raum überblicken – und Gillian und Taylor sehen konnten.

»Taylor«, sagte sie, »liebst du deine Frau?«

»Meine Güte, Gillian, wie soll ich das wissen?«

Jetzt war auch er ausgezogen. Er ging quer durch den Raum auf sie zu, zog den Bauch ein und wünschte, er hätte noch die schöne Farbe vom Urlaub. Dabei sah ihn Gillian nicht einmal an.

»Und das ist der ... wie nennst du ihn? ... der Bürorollstuhl des Barons? Der schnelle?« Unbekümmert stand sie in ihrer Nacktheit da, als probiere sie in einer Boutique ein neues Kleid an. Sie nahm ihren Büstenhalter wieder vom Schreibtisch weg und hängte ihn über die linke Armlehne des schnellen Rollstuhls.

»Trag ihn in Ehren«, sagte sie.

»Vergiß das verdammte Ding nachher bloß nicht«, sagte Taylor.

»Du hast wohl vor dem Baron Angst, Taylor?«

»Quatsch! Du sollst nur nicht vergessen, das Ding da wieder wegzunehmen. Ich muß morgen früh wieder hier sein, der Baron wird wie ein Irrer toben, und es wird schon beschissen genug sein – auch ohne die verdammte Hängematte auf seinem Rollstuhl.«

Gillian nahm ihren Schlüpfer vom Schreibtisch und hängte ihn auf die rechte Armlehne des Rollstuhls. Taylor ergriff Gillian von der Seite und riß sie herum. Er schob sie vor sich her, so daß sie rückwärts laufen mußte.

»Wenn dich Rollstühle so sehr interessieren, Gillian, dann kann ich dir noch was Besseres zeigen.« Mit drei Schritten manövrierte er sie in einen anderen Stuhl und sich dabei auf sie drauf.

»Das ist der Vibrationsstuhl des Barons«, sagte er und fühlte, wie sie ihre Beine anzog. »Wenn er nicht in dem schnellen Ding sitzt, dann sitzt er in diesem hier – und vibriert.«

Das war obendrein noch ein Rollstuhl mit beweglicher Rückenlehne bis zur Liegestellung und mit einer Fußstütze. Taylor vergrub sein Gesicht zwischen Gillians Brüsten.

»Nun setz ihn schon in Gang«, drängte sie.

»Wie bitte?« fragte Taylor. »Ach so, du meinst den Rollstuhl.«

»Wenn er wirklich vibriert, dann setz ihn doch mal in Gang«, wiederholte sie. »Oder willst du, daß ich es selber mache?«

Taylor beugte sich zur Seite, tastete nach den Knöpfen und Hebeln. Mit der rechten Hand drückte er einen Schalter und fühlte, wie sie loszitterten, er und Gillian, wie die winzigen Drahtnerven in dem Rollstuhl sie zum Vibrieren brachten. Und jetzt war er richtig drin bei Gillian, und es war warm. Und es gab nur noch Gillian und ihn und die winzigen Drahtnerven und ihn und Gillian und Gillian und die winzigen Drahtnerven und ihn und Gillian und ihn und ihn und ihn und ihn und Gillian.

Der Rollstuhl vibrierte noch immer. Das Polster gab unter Taylor nach, als er sich zur Seite beugte und nach dem Schalter tastete.

»Laß«, bat Gillian, »es ist so angenehm.«

Taylor spürte das Vibrieren der Drähte durch Gillians Körper hindurch.

»Du machst es gut, Taylor«, sagte sie. Gillian bemerkte plötzlich, daß dies das erste ernstgemeinte Kompliment war, das sie einem Mann machte. Sie war ruhig, nachdenklich, die Züge in ihrem Gesicht entspannt.

Sanft küßte sie Taylor den Hals und dann die Brust.

»Ich sag dir was«, sagte Taylor. »Ich hab mich noch nie so wohl gefühlt in diesem Büro wie jetzt, nicht ein einziges Mal in den vierzehn Jahren.«

Wieder küßte Gillian Taylor auf die Brust, dann stemmte sie sich mit den Händen hoch, stand auf und ging zu ihren Kleidern. Taylor folgte ihr. Auf dem Schreibtisch sah er die Bilder von seiner Frau und dem Baron. Beide beobachteten ihn, und beide schienen sie ärgerlich zu sein. Er fragte sich, ob sie ihn wohl nakkend mochten. Gillian nahm den Büstenhalter von der linken Armlehne des Rollstuhls, fing an, die Arme durch die Träger zu stecken, doch Taylor riß sie wieder an sich, und als sie die Arme um ihn schlang, fühlte Taylor auf einmal den Büstenhalterhaken, wie er sich in seinen Rücken bohrte und dann zu Boden glitt. Behutsam schob er sie auf den Rollstuhl.

Von Gillians Armen umschlungen, stieß Taylor Hawkes den Rollstuhl von der Wand ab. Mitten im Raum, auf dem tiefgrünen Teppich, versuchte er aufzuspringen, wie er als Kind auf einen Roller zu springen pflegte.

»Der alte Scheißkerl«, sagte er.

Sie stießen an die braune Ledercouch und blieben stehen.

»O Gott, Taylor!«

Er legte sich auf sie, drückte ihre Beine auseinander, gegen die Armlehnen des Rollstuhls, und fühlte, wie seine Knie gegen die Räder drückten. Weg die Knie von den Rädern, ein Ruck, und er war drin, und sie rollten schon wieder.

»Verdammt!«

»Halt an, Taylor!«

Mit dem Fuß dirigierte er den Rollstuhl in den Winkel zwischen Couch und Wand.

»Taylor! O Taylor!«

Sanft und rhythmisch schaukelte der Rollstuhl nach vorn, nach hinten, nach vorn, nach hinten, sanft und rhythmisch.

Taylor hörte es, hörte es nicht, dachte, daß er es hörte, dachte, daß er es nicht hörte – das Klicken des Schlosses hinter ihm. Das Klicken des Schlosses und nichts sonst war zu hören, als die Gummiräder eines anderen Rollstuhls leise über den tiefgrünen Teppich rollten. Als Taylor aufblickte, sah er den Baron, der auf sie zurollte. Plötzlich bremste er.

»Nun, Taylor?« Der Baron.

»Du, Taylor, nicht aufhören!« Gillian.

Und dann schrien alle drei!

»Taylor! Taylor!« Das war wieder Gillian!

»Verdammt, Taylor, wenn Sie mir den Stuhl kaputtmachen –«

»Jetzt Gillian! JETZT! Gillian, o Gillian!«

Einen Augenblick lang blieb Taylor wie tot auf ihr liegen. Dann erhoben sie sich langsam, er und Gillian.

Sie machte keinerlei Anstalten, sich zu beeilen oder sich zu bedecken. Sie ging zu der Stelle, an der sie den Büstenhalter hatte fallen lassen, und bückte sich, um ihn aufzuheben. Der Baron wendete den Rollstuhl um drei, vier Grad, um sie beim Laufen beobachten zu können.

Und dann waren der Rollstuhl und der schwarze Anzug und der runde Silberkopf wieder auf Taylor gerichtet.

»In einem Rollstuhl«, sagte der Baron sanft, »das hat natürlich was, Taylor.« Er rollte seinen eigenen Rollstuhl zwanzig Zentimeter rückwärts und dann wieder zwanzig Zentimeter vorwärts.

»Also, Taylor, Sie brauchen mir morgen früh die Honest-Anzeige nicht zu erklären. Ich lasse Ihnen Ihr letztes Gehalt per Post zuschicken.« Seine Stimme klang noch immer sanft und ruhig. »Und ich werde einen Wagen schicken, der Sarah abholt – noch heute abend.«

»Herr Baron«, begann Taylor, »wenn Sie –«

»Guten Abend, Taylor.« Der Baron setzte den Rollstuhl in Bewegung. Dann hielt er inne und sah Gillian an. Sie hatte den Büstenhalter zwar aufgehoben, aber noch nicht angelegt. Sie hielt ihn in der rechten Hand und wedelte ihn in Höhe des Nabels hin und her.

»Sie haben einen tollen Körper, junge Frau«, sagte der Baron.

»Danke, Baron Morgan«, antwortete Gillian Blake. Sie streckte die Arme aus und schlüpfte in die Büstenhalterträger. Der Baron machte keine Anstalten, wegzurollen.

»Sie wohnen doch nicht in King's Neck, Baron, oder?«

»Old Brookville«, sagte er.

»Schade«, sagte Gillian. »Ich wollte Sie gerade fragen, ob Sie nicht gelegentlich mal zu mir rüberrollen möchten.«

GILLY *Ist dir schon aufgefallen, Billy, wie alles um uns herum von Tag zu Tag sexbesessener wird? Die Filme, die Bücher, die Zeitschriften...*

BILLY *Ich weiß. Und ich bin gewiß nicht prüde, aber auch ich meine, daß wir diese Entwicklung sehr aufmerksam beobachten müssen. Denn manchmal grenzt das schon an – wie soll ich sagen – an Schweinerei!*

GILLY *Genau!*

Ansel Varth kam daher, als habe er einen Stab in der Hand und einen Israelitenstamm hinter sich, den er durch die Wüste führen sollte. Merkwürdig, dieser Gang für einen Mann Anfang Dreißig, dachte Gillian. Ein gewisser grotesker Zug an diesem Varth hatte Gillians Neugier erregt – und ihre Libido. Ihr war gerade nach etwas ganz Besonderem zumute. Ernie Miklos' Eiswürfel, Paddy Madigans Miniglied, Arthur Franhops abartige Unschuld, Rabbi Turnbulls Hechtsprünge – diese Abenteuer hatten sie ziemlich mitgenommen. Jetzt brauchte sie etwas zur Aufmunterung.

Sie hatte Ansel Varth schon oft in King's Neck gesehen. Einmal, erinnerte sie sich, war er an der Tankstelle stehengeblieben und hatte an einem Automaten sein Reaktionsvermögen im Verkehr getestet. Ein anderes Mal sah sie ihn seine Wohnung zusammen mit seiner pummeligen kleinen Frau verlassen. Manchmal traf sie ihn auch auf dem Postamt. Sie hatte von irgendwem gehört, daß Varth Buchhalter sei, aber zu Hause arbeite. Offenbar ließen sich seine Aufträge per Post abwickeln.

Jetzt traf sie ihn wieder auf der Post, und diesmal erschien er ihr noch verrückter als sonst. Als er auf die Briefkästen zuging, sah er aus wie ein kleiner Junge, der sich in die Hose gemacht hat und sich bemüht, so zu tun, als gäbe es diese Klumpen in seiner Hose gar nicht.

Sie erreichten die Briefkästen zur gleichen Zeit, und Gilly sprach ihn an. »Verzeihen Sie«, sagte sie, als sie ihn scheinbar versehentlich streifte. »Muß ich einen Brief nach Manhattan in den Briefkasten für Stadtpost oder in den für Sendungen nach außerhalb stecken?«

»Nach außerhalb«, antwortete Varth mit der gewählten Aussprache eines Provinzschauspielers, der einen schwulen Harvard-Studenten imitiert. »Der andere Schlitz ist nur für Briefe innerhalb von King's Neck«, erklärte er.

»Ich hab's!« dachte Gillian. Diese Stimme war unverwechselbar. Kein Zweifel, diese Stimme hatte sie schon gehört, und sie wußte auch wo und wann. Dieses Schwein, dachte sie. Dann mußte sie lachen. Ausgerechnet Ansel Varth! Der sogar einen Homburg trug!

»Soll ich Ihnen mal was sagen?« fing sie an. »Auf Sie wäre ich nie gekommen!«

»Ich verstehe nicht ganz –«

»Tun Sie doch nicht so! Sie wissen genau, wer ich bin. Ich bin Gillian Blake. Schließlich haben Sie mich ja oft genug angerufen.«

»Ich kann mich nicht erinnern, daß ich bereits das Vergnügen hatte, Mrs. Blake. Mein Name ist Ansel Varth.«

Gillian sah ihm starr in die Augen und setzte ihr süßestes Lächeln auf. »Doch, doch, wir hatten bereits das Vergnügen«, sagte sie. »Erinnern sie sich: ich habe große Titten, und Sie sind Jack der Ficker.«

Varth ließ seine Post auf den Boden fallen. Er sah aus, als würde er gleich einen Schreikrampf bekommen.

»Was sagten sie doch bei Ihrem letzten Anruf«, überlegte Gilly. »Ach ja, Sie kamen schnell zur Sache und nannten mich eine Hure.«

Offenbar war Varth wirklich übel geworden.

»Beruhigen Sie sich«, sagte Gillian. »Es war eigentlich ganz amüsant, mal so einen anonymen Anrufer persönlich zu hören. Man liest sonst immer nur davon. Im übrigen habe ich auch einen Künstlernamen. Ich bin Signora Vagina.«

»Wie bitte –?« stotterte Varth.

»Machen Sie sich keine Sorgen«, sagte Gillian.

»Das heißt also, Sie sind mir nicht –«

»Nein – es interessiert mich sogar, sie kennenzulernen.«

Ansel Varth nahm seine Brille ab. »Und ich hätte mir fast in die Hosen geschissen«, gestand er.

»Das klingt schon besser«, sagte Gillian. »Warum haben Sie sich denn nie zu erkennen gegeben? Dann hätten wir uns schon längst mal treffen können.«

»Verflucht noch mal!« sagte Varth.

Hastig stopfte er seine Post in die Schlitze und fragte Gillian, ob sie nicht zusammen irgendwohin gehen sollten. Gillian schlug ein bestimmtes Motel vor. Sie war in wunderbarer Stimmung. Ansel Varth schien ihr genau der Typ, auf den sie Appetit hatte. Ich hätte nichts dagegen, dachte sie, wenn dieser geile Buchhalter bei mir eine Buchung vornehmen würde, meinetwegen sogar eine doppelte.

Auf der Fahrt zu dem Motel redete Varth wie ein Wasserfall. Er hatte noch nicht aufgehört, als sie das Zimmer betraten. Seine Konversation war gespickt mit Wörtern wie Spalte und Loch. Gilly war begeistert. Noch niemand hatte es bisher gewagt, in ihrer Gegenwart so obszön zu reden.

»Wie ein Buchhalter reden Sie jedenfalls nicht«, sagte sie.

»Wie meinen Sie das?«

»Oh, ich meine nur, daß man von einem Buchhalter eine andere Fachsprache gewöhnt ist.«

»Und wie klingt meine Sprache?« wollte er wissen.

Gillian lachte. »Wie die eines gewissen Anrufers. Oder wie die von so einem, der zotige Bücher schreibt.«

Varth, der gerade seinen Mantel abgelegt hatte, fiel wie vom Donner gerührt auf das Bett und starrte Gillian entgeistert an.

»Diese Schwanzleckerin«, murmelte er vor sich hin.

»Was ist los?« fragte sie.

»Phantastisch! Sie müssen übersinnlich sein oder irgend so was.«

»Ich versteh nicht recht, mein Lieber.«

»Und ich versteh *Sie* nicht.«

»Ich glaube, Sie wollen mich für dumm verkaufen.«

»Genau das tue ich. Ich schreibe nämlich wirklich obszöne Bücher.«

»Was machen Sie?«

»Ich schreibe obszöne Bücher. Sie haben richtig geraten. Davon lebe ich.«

Nun ließ sich Gillian vor Staunen auf das Bett fallen. »Sie machen sich über mich lustig.«

»Nein, bestimmt nicht. Ich sag Ihnen, wie es ist.«

»Verflucht noch mal!« sagte diesmal Gillian. Sie sah aus wie eine Frau, der einen Augenblick zu früh mit hörbarem Schnappen der Büstenhalter aufgesprungen ist. Das ist ein Kerl, dachte sie.

Nie zuvor war Gillian einem professionellen Pornographen begegnet, und sie begann Varth auszufragen, als wolle sie ihn für ihre Sendung interviewen. Varth seinerseits schien erleichtert, daß er endlich jemandem sein Geheimnis anvertraut hatte. Zum erstenmal erzählte er einem Fremden über sein Doppelleben, und in seiner Stimme schwang Stolz mit. »Kein Mensch verdächtigt mich«, sagte er, »wirklich niemand. Nicht einmal diese gräßliche Frau, die ich zu Hause sitzen habe. Sie ist überzeugt, daß ich ein braver Buchhalter bin, der seine Arbeit zu Hause erledigt und per Post an seine Auftraggeber schickt. Dabei bin ich schon seit Jahren nicht mehr Buchhalter. Ich halte keine Bücher, ich schreibe welche.«

Gilly rückte näher an ihn heran und nibbelte an seinem rechten Ohr. »Ein waschechter Pornograph also«, sagte sie.

Varth machte eine großzügig abwehrende Geste. »Ich bin, mit Verlaub, sogar einer der besten.«

»Es freut mich, Sie kennenzulernen«, sagte Gillian. »Sie müssen mir unbedingt eines von Ihren Büchern schenken und eine Widmung reinschreiben.«

»Aber gern«, sagte Varth. »Mit meinem Schwanz.«

Gillian lachte. »Großartig!«

»Sie sind eine richtige Sexbombe«, sagte Varth, als er sah, wie Gillian ihre Bluse abstreifte.

»Einen faszinierenden Beruf üben Sie aus.« Unbewußt sprach sie so, als stände ein Mikrofon vor ihr. »Sagen Sie: Woher beziehen Sie Ihre Inspiration?«

»Aus dem Leben«, sagte Varth. »Einfach aus dem Leben, wie jeder andere Autor. Ich schildere die Menschen, wie sie sind.«

»Das hätte ich mir denken können«, sagte Gillian.

»Meine Feder wird sozusagen nie trocken.«

»Das kann ich mir vorstellen. Aber seit wann schreiben Sie denn? Ich meine, was gab den Anstoß dazu?«

»Eine interessante Frage«, sagte Varth. »Ich möchte sagen, meine

Frau war es.«

»Ihre Frau?« sagte Gillian erstaunt und zog ihren Rock aus.

»Ja. Sehen Sie, als ich Astrid heiratete, war ich bei der Marine, und wenn ich auf Urlaub war, vögelten wir auf Teufel komm raus. Und auch nachdem ich entlassen war, machte sie zuerst noch alles mit. Wir trieben es einmal sogar in einem Nachtlokal. Sie setzte sich auf meinen Schoß, und ich bumste sie im Rhythmus der Band. Ich glaube, die spielten gerade eine Rumba. Ein anderes Mal machten wir es in einem Schaukelstuhl und einmal unterm Weihnachtsbaum.«

»Hmm«, meinte Gillian. »Unterm Weihnachtsbaum habe ich bisher nur nach Geschenken gesucht.«

»Sie hatten eben nie den richtigen Weihnachtsmann.«

»Vielleicht. Aber Sie haben mir noch immer nicht gesagt, wieso Sie Ihre Karriere Ihrer Frau verdanken.«

»Ach, ja. Das war so. Nach ein paar Jahren hatte sie keine Lust mehr. Das heißt, heute bin ich ziemlich sicher, daß sie nie so rechten Spaß dran gehabt hat. Jedenfalls war es mir in der letzten Zeit immer so vorgekommen, als steckte ich ihn in eine kalte Muschel. Da kannst du es dir ja gleich selbst besorgen, sagte ich mir. Tatsächlich fing ich an, mit mir allein herumzuspielen, und es war irgendwie aufregender als mit Astrid. Eines Tages entstand dann mein erstes pornographisches Gedicht, ein Vierzeiler. Er ging so: ›Und sollt ich den Verstand verlieren: Es geht nichts übers Onanieren! Mein Schwengel, der gehorcht mir prompt. Noch viermal pumpen, und es kommt.‹«

»Hat einen netten Rhythmus«, sagte Gillian.

»Nicht wahr«, sagte Varth. »Und meine Hand schlug den Takt dazu. Aber ich war noch nicht ganz befriedigt. Ehrlich gesagt, nichts befriedigte mich so richtig. Im Grunde genommen war ich selbst zu der Zeit, als ich Astrid noch täglich rannahm, nicht vollkommen befriedigt. Vor ihr hatte es nur eine Negerin gegeben, die mich wie ein Stück Mist behandelte, und eine alte Lady in einem Hotel an der Westside irgendwo, die hatte nur noch eine Brust. Und ich denke, man muß auch Mister Bagadello dazurechnen, meinen Nachhilfelehrer in der High School.«

»Ja«, bestätigte Gilly. »Frühe Sexerfahrungen sind von besonderem Einfluß.«

»Erstaunlich, wieviel Verständnis Sie für all das haben«, sagte Varth. »Ja, und dann: Bevor ich mich völlig leergepumpt hatte, wurde mir das ewige Masturbieren langweilig. Ich merkte, daß ich schon Kontaktschwierigkeiten hatte. Am Telefon ging alles ganz gut, aber in der Praxis versagte ich. Und so begann ich, obszöne Geschichten zu schreiben, um mich aufzugeilen. Erst später kam ich auf die Idee, sie zu verkaufen. Ich inserierte in den entsprechenden Magazinen und baute systematisch ein Versandgeschäft auf. Das ließ sich gut an, und gelegentlich lernte ich dann Solly Matchen kennen.«

Gilly war mit einer Hand in Varths rechtes Hosenbein gefahren und streichelte seine Wade. Mein Gott, dachte sie, er trägt Sockenhalter! Aber plötzlich horchte sie auf.

»Wen lernten Sie kennen?«

»Solly Matchen.«

»Sie meinen *den* Solly Matchen?«

»Genau den!«

»Im Ernst, diesen Perversen, der von der Polizei gesucht wird?«

»Ja, ja, ich weiß«, sagte Varth. »Aber sie werden ihn nie finden, den alten Solly. Das ist ein Kerl! Wissen Sie, wo er abgeblieben ist? Er hält sich in einem Kibbuz in Israel versteckt. Kein Spaß! Er hat sich einen eigenen Kibbuz gekauft, und er ist wieder ganz groß im Geschäft. Er soll den Arabern Cola mit Hormonzusatz verkaufen.«

»Ich habe den ganzen Fall schon vergessen«, sagte Gilly. »Warum war die Polizei eigentlich hinter ihm her?«

»Wegen einer LSD-Geschichte«, sagte Varth. »Aber das Ding hatte er allein gedreht. Er hatte LSD mit spanischen Fliegen gemischt. Wir verdienten wöchentlich um die zehntausend Dollar netto daran, aber ich sagte ihm ständig, daß die Sache eines Tages schiefgehen würde. Das war ja das reinste Dynamit. Und wir flogen denn auch tatsächlich auf, nachdem eine Frau sich auf einem Hydranten pfählen wollte und ein Mädchen sich selbst verstümmelte, indem es sich an eine Melkmaschine anschloß.

Glücklicherweise kriegte die Polizei nur Sollys Namen heraus, nicht meinen.«

Gilly stand auf und zog ihre Schlüpfer herunter. Varths Augen hefteten sich auf ihr Goldenes Vlies. »Nun mache ich das Geschäft allein«, sagte er. »Ich unterhalte Auslieferungen in dreißig Städten. Aber ich beschränke mich auf Bücher und Filme. Mein erstes Buch hieß *Die Frau des Kapitäns.* Es ist inzwischen ein Klassiker geworden und handelt von einem Kapitän, der seiner Frau, bevor er sich auf eine lange Seereise begibt, einen jungen Schäferhund schenkt. Als der acht Monat alt ist, fällt er das erste Mal über sie her. Nun, Sie können sich das weitere Zusammenleben der beiden Einsamen vielleicht ausmalen. Dann schrieb ich ein Buch über einen Zigeuner, der mit sechs Ohrringen in seiner Vorhaut nackend durch die weite Welt zieht.«

Gilly lag jetzt ausgestreckt auf dem Bett, und ihr Körper begann unwillkürlich schon die Bewegungen zu machen, die ihr seit kurzem zur zweiten Natur geworden waren.

»In einem anderen Buch spielt ein Seidenäffchen die Hauptrolle. Es hat einen enormen buschigen Schwanz. Sein Besitzer pflegt ihn zu Bridge-Partys mitzunehmen und ihn den Hausfrauen zur Selbstbedienung auszuleihen.«

»Hören Sie auf«, sagte Gilly. »Das ist genug für heute.«

Varth zog sich langsam aus und legte jedes Kleidungsstück sorgfältig auf einem Stuhl zusammen. Als er endlich nackt war, blieb er unschlüssig vor dem Bett stehen.

»Nun komm schon«, sagte Gilly.

Aber Ansel Varth, der Pornograph, rührte sich nicht. Plötzlich wandte er ruckartig den Kopf ab.

»Komm jetzt«, sagte Gilly noch einmal.

Varth zitterte. »Ich kann nicht«, flüsterte er. »Ich kann nicht.«

»Also los! Du bist Jack der Ficker, und ich bin Signora Vagina«, ermunterte sie ihn.

»Nein«, sagte er. »Ich bin Jack der Angeber. Ich kann nicht. Verstehen Sie denn nicht? Seit ich mit Astrid aufgehört habe, hat es für mich keine Frau mehr gegeben. Alles, was ich tue, ist Bücher schreiben und anrufen. Auf andere Weise regt sich bei mir nichts mehr.«

Gilly inspizierte ihn kurz und sah, daß er die Wahrheit sagte. Der arme Kerl hing schlapp herunter. »Nun komm mal zu Gilly«, sagte sie mitleidig und streckte die Hand nach ihm aus.

Nichts zu machen.

»Armer Jack«, sagte Gilly.

»Oh, mein Gott«, seufzte er und machte plötzlich einen Satz in Richtung auf die Kommode. Hastig riß er alle Schubladen auf.

»Was ist denn nun los?« fragte Gilly.

»Ich suche nach einem Bleistift oder so was«, erklärte er. »Feder und Papier. Ich sagte Ihnen ja, alles, was ich kann, ist schreiben.«

»Schau mal her«, sagte Gilly und deutete auf ihre Titten. »Ich habe doch ganz schöne Dinger.«

»Ich kann nicht«, schluchzte Varth. »Ich kann ihn einfach nicht hochkriegen.« Er durchsuchte immer noch die Schubladen.

Gilly versuchte ihn mit Worten aufzugeilen. »Loch!« schrie sie. »Schwanz! Ständer! Sack!«

Varth hatte endlich einen Bleistift gefunden und stach damit in die Luft. »Papier!« schrie er. »Wo, zum Teufel, finde ich Papier?«

Die Anwort fand Gilly. »Ansel«, sagte sie. »Ich habe eine Idee.«

»Welche?«

»Ich weiß, wie wir's schaffen.«

»Nein, es hat keinen Zweck. Ich bekomm ihn nicht hoch.«

»Doch, wart nur, Ansel. Wir denken uns eine Geschichte aus.«

Varth sah sie groß an.

»Ja«, sagte sie. »Wir denken uns eine Szene aus und spielen sie.«

»Wie denn?«

»Laß mich mal überlegen«, sagte Gilly. »Wir stellen uns zum Beispiel vor, daß ich eine Schimpansin bin und du ein Kamel mit einem schönen Höcker.«

Varth ließ seinen Stift fallen.

»Sieh mal«, schrie Gilly. »Ich bin eine Schimpansin.« Sie kratzte sich unterm Arm und schnatterte wie ein Affe.

Varth sah. Er ließ sich vornüber fallen und kroch auf allen vieren auf sie zu, als sei er wirklich ein Wüstentier. »Ich bin ein Kamel«,

173

rief er. »Ich bin ein Kamel!«

Gilly hüpfte schnatternd herum.

»Ich krieg ihn hoch«, rief Varth erfreut aus. »Er steigt, er steigt.«

Gilly schnatterte noch wilder.

»Ich bin ein Kamel«, schrie Varth wieder.

»Bespring mich!« schrillte Gilly. »Los, bespring mich!«

Varth bestieg sie, grunzend, hechelnd und rackerte auf ihr herum. Schneller und schneller, fester und fester bewegten sie sich auf dem weichen Laken auf und nieder. Ansel geriet in Wallung, und auf einmal spritzte die Gischt warm auf Gillys Strand. Und dann wieder und noch einmal.

Zwei Stunden später stieg Varth in der Nähe vom King's-Neck-Postamt aus Gillys Wagen. Er sagte ihr zum Abschied, daß sie ihn ganz verrückt gemacht habe und er es nicht erwarten könne, sie wiederzusehen, denn sie habe sein ganzes Leben verändert. Sie habe ihn neu inspiriert. Er fühle sich wieder als richtiger Mann. Und das würde ihm sicher helfen, nun endlich den großen amerikanischen Pornoroman zu schreiben.

»Ich rufe dich morgen an«, sagte er.

»Okay«, meinte Gilly. »Wenn du willst.«

Als er wegging, machte er noch schnell eine obszöne Geste zu Gilly. Sie lachte, dann stieg sie auch aus und ging in das Postamt, wo sie eine Telefonzelle betrat. »Hallo«, sagte sie mit verstellter Stimme, im Falsett, als der Teilnehmer sich meldete. »Ist dort die Kriminalpolizei? Gut. Fahnden Sie immer noch nach dem Komplizen von Solly Matchen –?«

GILLY *Da muß ich dir recht geben, Billy. Treue ist der Schlüssel
zu einer vollkommenen Ehe.*
BILLY *Ja, das klingt vielleicht altmodisch, aber wenn ich von all
diesen Partnertausch-Klubs lese und so, dann frage ich mich, was
noch mal aus der Welt werden soll.*
GILLY *Ich versteh dich völlig, und die Vorstellungen, die manche
von deinen jungen Leuten von ... ich meine ... von Sex haben ...
Also mir kommt es beinahe so vor, als ob sie alle für Promiskuität
eintreten.*
BILLY *Trotzdem: Ich bin sicher, daß es mehr moralische Leute
gibt, als man glaubt. Nur – die anderen kriegen immer die Presse.*
GILLY *Da kann was dran sein. Und ich will dir noch was anderes
sagen: Die Männer, die sich immer rumtreiben und fremdgehen,
das sind in Wahrheit die mit den Problemen. Die zweifeln an ihrer Männlichkeit.*
BILLY *Meine Frau ein Psychiater!*
GILLY *Nein, im Ernst. Ich finde wirklich, es gibt nichts Attrakti-
veres als einen durch und durch moralischen Mann.*

Die Nachmittagssonne liebkoste sein Gesicht und schlang ihre goldenen Finger um seinen Hals. Im Geiste sah er sich als einen sonnengebräunten, muskulösen Supermann am Steuer eines Lotus-Climax in Le Mans. Der Formel-Eins-Motor hämmerte und brummte mit lendenprickelnder Kraft, als er die letzte Kurve nahm und in die Zielgerade einbog. Frauen sahen fasziniert zu – die Sonne schimmerte auf ihren weißen Schultern und den Wölbungen ihrer vollen Brüste. Gillian Blake stand in der ersten Reihe und reckte sich auf den Zehenspitzen ihrer nylonbestrumpften Beine; ihre Brüste und ihr Hintern schnuckelig in Weiß gehüllt; ihr Gesicht gespannt; ihre rosa Zunge bahnte sich einen Weg durch die geöffneten Lippen.

RRRRR. RRRR. RRR. RIRR. ROOO. Die Mähmaschine blieb plötzlich von selbst stehen, und sein Tagtraum zersplitterte wie ein Mosaik in einem Kaleidoskop. Gillian, dachte er. Gillian, Gillian Gil-li-an. Gilly. O Gilly, Gilly, Gilly. Er war noch immer erregt, als er von der Mähmaschine abstieg und feststellte, daß kein Benzin mehr im Tank war. Melvin Corby bezahlte einen Gärtner, der die Gartenanlage zu pflegen hatte, aber das Rasenmähen mit dem vollautomatischen Kraftmäher war ein Vergnügen, das er sich nicht nehmen ließ. Es machte ihm deshalb besonderen Spaß, weil er sich dabei der Öffentlichkeit, also der Nachbarschaft zeigen konnte. Wenn er auf seiner Mähmaschine saß – kurzsichtig, kraushaarig, schmalschultrig und mit leichtem Ansatz zum Bauch –, dann war Melvin Corby wer. Die Mähmaschine symbolisierte seinen gesellschaftlichen, wenn auch hoch mit Hypotheken belasteten Aufstieg zum Besitzer eines zweistöckigen Hauses und einem halben Morgen Land ringsherum. Das Haus hatte 32 850 Dollar gekostet – ungefähr 6000 Dollar mehr, als es wert war, aber er bezahlte für die gute Adresse. King's Neck, genauer: Selma Lane 69, King's Neck. Der Bauherr hatte die Straße nach seiner Tochter benannt; Melvin fragte sich, ob sich die Gojim, die in King's Neck dominierten, daran stießen, daß der Bauherr ein Jude war.

Das war schon eine gute Adresse. Ganz gewiß, sie galt was. Im letzten Winter waren Melvin und seine Frau Myrna nach Miami Beach in die Sonne gefahren. Sie hatten zwei Wochen in diesem Fabelland verbracht. Ja, das Haus war jeden Cent wert, den sie dafür ausgegeben hatten, denn jetzt konnten sie den anderen Urlaubern erzählen: »Wir wohnen in King's Neck.« Es spielte überhaupt keine Rolle, daß Melvin ganz am Rand von King's Neck wohnte. Es war trotzdem King's Neck. Eine Adresse wie die war einfach ein Statussymbol. Das war etwas, was man für seine Kinder tat. In seinem Fall für seinen Sohn. David war erst sieben Jahre alt, und doch hatte er schon Reitunterricht. Man stelle sich vor, sein Sohn lernte Reiten. Mein Junge nimmt Reitstunden.

Es ärgerte Melvin, daß sich seine Mutter nicht davon beeindrukken ließ. »Völlig meschugge!« hatte sie neulich am Telefon gesagt. »Was braucht er so was? Der soll lieber bessere Zensuren nach Hause bringen.« Seine Mutter lebte noch immer in der Vierzimmerwohnung in Brooklyn, in der er aufgewachsen war. Melvin war ein fürsorglicher Sohn; er rief seine Mutter alle vier Wochen an. Er hatte ihr sogar versprochen, sie irgendwann einmal für ein Wochenende abzuholen und ihr das Haus zu zeigen, aber sie hatte abgelehnt. »Und was willst du deinen piekfeinen Nachbarn sagen? Mein Name ist Corby, und das ist meine Mutter, Mrs. Korbinsky –« . . . »Sei nicht albern, Mama«, hatte er sie unterbrochen, aber ihre Absage hatte ihn erleichtert.

»Sei unbesorgt«, hatte sie geantwortet. »Ich werde dich vor deiner teuren Gattin und deinen vornehmen Nachbarn nicht in Verlegenheit bringen. Sadie Korbinsky geht nicht dahin, wo sie unerwünscht ist. Du könnstest mir eine Million Dollar versprechen, und ich würde nicht kommen.«

Seine Mutter und Myrna waren nie miteinander ausgekommen. »Die weiß ja nicht mal, wann das Wasser kocht«, hatte Mrs. Korbinsky ihre Schwiegertochter charakterisiert. Wohingegen Myrna behauptete, daß Mrs. Korbinsky, obwohl sie in Brooklyn

wohne, offenbar noch immer glaube, in Galizien zu leben.
»Sie ist einfach nicht fähig, sich anzupassen«, hatte Myrna einmal erklärt. »Du weißt genau, daß ich nicht klassenbewußt bin. Ich meine, wie sollte ich auch? Nein, darum geht es gar nicht. Deine Mutter will sich einfach nicht anpassen. Sie benimmt sich wie eine – ach, lassen wir das.«

Myrna spielte Bridge, sie betrieb autogenes Training, war in der Volleyball-Riege der Volkshochschule und Mitglied des Gartenklubs von King's Neck. Melvin war sehr stolz auf ihre Aktivität im gesellschaftlichen Leben von King's Neck. Sie sorgte dafür, daß sie dazugehörten.

Es war richtig, die Sache Myrna zu überlassen, dachte Melvin. Myrna Gold aus Forest Hills, die Tochter des Zahnarztes, der Melvin behandelt hatte. In jener ersten Nacht hatten sie, bevor sie noch ihre Pfirsichsuppe aufgegessen hatten, ihre gemeinsamen Interessen entdeckt – Bücher, Musik und die Tatsache, daß sie beide für die Demokratische Partei waren. Später hatten sie dann zusammen Cha-cha-cha getanzt, und das war's eigentlich schon. Ihre Eltern waren tüchtige Leute. Vielleicht waren sie ein bißchen anmaßend, aber schließlich war Myrnas Vater Arzt. Und die Golds hatten oft finanziell ausgeholfen; sie hatten auch für das Haus etwas dazugegeben. Und er liebte Myrna, wirklich, er verdankte ihr ja so viel. Außerdem weiß man nach neun Ehejahren, daß nichts vollkommen ist, sondern daß es darauf ankommt, sein Bestes zu tun. Myrna war dunkelhaarig, heftig, mager; sie war eine gute Gastgeberin, und sie konnte sich über Dostojewski und Camus unterhalten. Zuerst war es ihre auffallende Nervosität gewesen, die ihn angezogen hatte – diese Spannungen in ihr. Stets konnte man gewärtig sein, daß sie gleich explodieren würde, aber bisher war es nie dazu gekommen. Er versuchte es immer noch bei ihr. Sogar nach neun Jahren noch. Er hatte sich so viel von den zwei Wochen in Miami Beach versprochen. »Unsere zweiten Flitterwochen«, hatte er zu Myrna gesagt. »Nur wir beide.« Aber es hatte nicht geklappt. Vielleicht hatte es an Myrnas Badeanzug gelegen. Ein Bikini, aber sie sah darin aus wie Haut und Knochen, sie sah aus wie – ja – wie ein

Neutrum. Und ihre Haare hatten so was Struppiges. So wie sie ausgesehen hatte, konnte nichts passieren, zumal es einige sehr gut aussehende Frauen im Hotel gab. Eine hatte sogar Ähnlichkeit mit Gillian Blake – eine schlanke Blondine mit einem hinreißenden Busen. Er hatte sie am Swimmingpool beobachtet, am Strand und im Speisesaal. In Melvins Tagträumen hatte sie ihn zu ihrem Strandkorb gelockt – er stellte sich vor, daß sie schwarze Spitzenunterwäsche trug und betörendes Parfum benutzte. Auch daß sie im Bett unglaublich talentiert war. Wenn er im Hotelbett auf Myrna lag, hatte er versucht, sich die Blondine vorzustellen, und eines Nachts hatte es dank dieser Suggestion tatsächlich geklappt. Aber im allgemeinen war es wie zu Hause gewesen. Der Körper unter ihm war weder weich noch fest, und das einzige, was sie gemeinsam erreichten, war, daß sie in Schweiß ausbrachen. Wenn er sich dann, inspiriert von einem Herrenmagazin, das er in seinem Koffer versteckt hatte, im Badezimmer mit sich selbst beschäftigte, glaubte er, Myrna weinen zu hören. Aber er gab nicht auf. Nichts war vollkommen. Und es war nicht sein Fehler. Und schließlich hatten sie so vieles gemeinsam – das Haus, David und ihre Hobbys. Außerdem wird Sex überschätzt, sagte er sich. Er bedeutet keineswegs alles... Und dann gab es ja immer noch die Herrenmagazine – eine harmlose Beschäftigung.

Er hatte von Männern mit schlimmeren Fetischen als Herrenmagazine gelesen. Peitschen, Fesseln, alles mögliche. Er war kein Dummkopf. Er stand mit beiden Beinen im Berufsleben, war Rechtsanwalt, jüngster Partner eines New Yorker Anwaltsteams, das sich auf Grundstücksfragen spezialisiert hatte. Auf der Gartenklubparty am letzten Wochenende hatte ihn Gillian Blake – o Gilly, Gilly, Gilly! – darüber ausgefragt. »Dazu gehört eine gehörige Portion Intelligenz«, hatte sie gesagt. Man stelle sich vor. Gillian Blake! Die Gillian Blake, die beim Rundfunk war und deren Bild in den Zeitungen erschien. Er und Myrna hatten die Blakes gelegentlich in King's Neck gesehen, aber sie hatten selten mit ihnen gesprochen. Schließlich gehörten die Blakes zur Prominenz. Man konnte nicht einfach auf sie zugehen und sie ansprechen.

Auf der Party war Gillian aber sehr nett gewesen und Melvin sehr natürlich vorgekommen. Ihr Mann, William Blake, hatte ein bißchen was von einem Snob. Oder war er nur schon etwas angetrunken gewesen? »Corby?« hatte er gefragt. »Das ist doch wohl kein jüdischer Name, oder?« Melvin war rot geworden. Er hatte versucht, eine Erwiderung zu stammeln, aber Gillian hatte ihm aus der Verlegenheit geholfen, indem sie ihn beim Arm nahm und mit ihm davonging.

»Nehmen Sie das Billy nicht übel«, hatte sie gesagt. »Das ist Princeton. Wissen Sie, er läßt sich noch immer von irgendeinem albernen Geschäft dort seine Sportsakkos schicken.«

Myrna hatte ihm von der anderen Seite des Raums her zugelächelt, augenscheinlich gefiel es ihr, daß er sich mit Gillian Blake unterhielt. Anderen Leuten war das auch aufgefallen. Melvin erinnerte sich, wie selbstbewußt er gewirkt hatte. In Schuhen mit hohen Absätzen war Gillian Blake ungefähr drei Zentimeter größer als er. Er ertappte sich dabei, wie er auf ihre Brüste starrte, die ihm durch das vorn hochgeschlossene, im Rücken tief ausgeschnittene grüne Kleid entgegenzuspringen schienen. Sie hatte sich zurückgelehnt, um einen Schnaps runterzukippen, und ihr Haar, mahagonifarben und süß duftend, hatte sein Gesicht gestreift. Er konnte dabei sogar erkennen, daß sie einen trägerlosen weißen Büstenhalter trug. Schon allein, daß er mit ihr sprach, hatte ihn erregt. Ihre Lippen hatte ein Lächeln umspielt, als ob sie Bescheid wüßte. Sie war die herausforderndste Frau, die er je gesehen hatte. Und sie war sehr intelligent, sie wußte alles über Existentialismus. Nachdem sie ihn allein gelassen hatte, brauchte es eine ganze Weile, bis Melvin in der Lage war, den Raum zu durchqueren.

Als er den Benzinkanister geholt und seinen Mähmaschinentank aufgefüllt hatte, fühlte Melvin, daß er erregt war, nur weil er an Gillian dachte. Was für eine Frau! Und dieser Busen! Melvin erzitterte bei der Vorstellung, wie sie im Bett sein würde. Es war nichts Schlechtes dran, daß er daran dachte; zum Teufel, er war auch nur ein Mensch. Und vor allem: er hatte seine Frau in den neun Jahren ihrer Ehe nie betrogen. Nie. Nicht ein einziges Mal. Freilich, wenn man die Herrenmagazine im Badezimmer dazurechnete – aber das war ja nicht mit einer Person oder so. Außerdem liebte er Myrna. Das war eine Tatsache, die er sich oft ins Gedächtnis zurückrief. Man lebt mit jemandem neun Jahre lang zusammen, und man baut sich gemeinsam etwas auf. Er hatte einmal Gillian Blake etwas Ähnliches in ihrer Sendung sagen hören; etwas über das Gute am Ehealltag. Daß es an Gillian irgend etwas Alltägliches gab, konnte er sich allerdings nicht vorstellen. »Gillian Blake?« sagte sein Freund Charlie Rider, als Melvin erwähnte, daß sie in King's Neck wohne. »Ja, ich habe Bilder von ihr gesehen. Die hat, was ich 'n duften Arsch nenne. Und ich wette, sie kann ihn ganz schön schwenken, wenn sie will.« Und dann wiederholte Charlie, daß Melvin nur nicht so verflucht treu sein solle.

»Was du brauchst, ist 'n dufter Arsch.«

»Erlaube mal, ich denke nicht mal an so was«, hatte Melvin gesagt.

»Unsinn«, sagte Charlie. »Du denkst schon dran, aber du machst dir vor Angst in die Hose. Das ist deine verkorkste Erziehung. Du bist ein Opfer der jüdisch-hebräischen Moral.«

»Das ist Blödsinn und viel zu weit hergeholt«, hatte Melvin gesagt.

»Du mußt nur Mut haben«, meinte Charlie.

»Für mich kommt so was überhaupt nicht in Frage«, antwortete Melvin. »Ich bin der Überzeugung, daß Treue ein Teil der Ehe sein sollte.«

»Himmelherrgott«, sagte Charlie. »Reiß dir eine auf, und deine Frau wird dich weit mehr respektieren, als sie es jetzt tut.«

»Du, hör mal, ich liebe meine Frau«, sagte Melvin.

»Was, zum Teufel, hat das damit zu tun?« fragte Charlie.

»Das verstehst du nicht.«

»Liebe!« höhnte Charlie und hatte seine gute Laune verloren. »Du brauchst doch eine Frau nicht zu lieben, wenn du sie bumsen willst – im Gegenteil, wenn du sie nämlich liebst, hast du nur Ärger. Lieb sie nicht, sondern mach's mit ihr.«

»Das ist geschmacklos.«

»Quatsch!« hatte Charlie gemeint. Dann solle er sich wenigstens einen blasen lassen. »Ich wette, du hast dir noch nie richtig einen ablutschen lassen«, sagte er. »Was, verdammt noch mal, hat das mit Untreue zu tun. Du mußt sie ja gar nicht unbedingt umlegen.«

Melvin sagte es nicht, aber die Vorstellung faszinierte ihn. Manchmal, wenn er nach Frauen Ausschau hielt, starrte er auf ihre Lippen und versuchte sich vorzustellen, wie sie lutschen. Myrnas Lippen waren dünn, und sie hatte einen Damenbart. Gillian Blake hatte feste, sehr bewegliche, vor allem aber sehr sinnliche Lippen.

Melvin wollte gerade wieder auf den Sitz seiner Mähmaschine klettern, als das Unglaubliche geschah.

»Hallo, Hausbesitzer«, rief eine Stimme. Es war sie! Es war Gillian Blake!

Melvin glaubte zu träumen und zitterte vor Erregung, als er sie den Weg heraufkommen sah. Sie trug einen hautengen weißen Jerseypulli und weiße Jeans. Die Hosen waren eng genug, um ihm einen Eindruck von ihrem Liebesdreieck geben zu können, als sie auf ihn zukam. Er stand da und bewunderte jeden Zentimeter ihres Körpers.

»Sehe ich wirklich so überwältigend aus?« fragte sie.

»Bitte?«

»Weil Sie mich so anstarren ... Wie sehe ich denn aus?«

»Äh, äh, äh ... Entschuldigen Sie«, stotterte Melvin.

»Sie brauchen sich doch nicht zu entschuldigen«, sagte sie.

»Sie sind genau das, was mein Ego braucht.«

»Sie sehen sehr attraktiv aus, Mrs. Blake.«

»Hören Sie bloß auf«, sagte sie, »nennen Sie mich doch Gilly.«

»Gi-Gi-Gilly.«

»Hm, so ist es schon besser. Übrigens, wissen Sie, warum ich hergekommen bin? Also, ich muß Ihnen sagen, daß ich heute meinen sozialen Tag habe. Ich bin heute darauf aus, bis zur letzten Konsequenz gute Werke zu tun. Ich sammle für einen gemeinnützigen Zweck.«

»Ach so«, sagte er. »Myrna, äh, meine Frau ist augenblicklich leider nicht zu Hause. Sie ist im Schönheitssalon.«

»Na und? Wir brauchen sie doch nicht, oder? Sie können mir ja was spenden.«

»Richtig. Ja, sicher.« Er fragte nicht mal, für was für einen Zweck sie eigentlich sammelte. »Äh, Sie müssen entschuldigen, ich bin heute wohl nicht gut beieinander, und ich habe gerade getankt, ich meine –«

»Okay«, sagte sie. »Ich verstehe.«

Vielleicht versteht sie tatsächlich, dachte Melvin. Wahrscheinlich versteht sie alles, was es zu verstehen gibt. Sie ist wunderbar.

Gillian lächelte ihn an und machte sich auf den Weg zum Haus. Melvin lief hinter ihr her. Es war fast so, als ob ihr Hinterteil ein Eigenleben führte, so bewegte es sich in dem engen, weißen, gespannten Gewebe.

Melvin fragte sich nochmals, ob er träume, als sich der Gegenstand seiner sexuellen Phantasien in seinem Wohnzimmer auf der Couch niederließ, während er langsam das Scheckbuch holte.

»Alle Achtung«, sagte sie, »haben Sie ein hübsches Haus.«

»Sie und Ihr Mann sollten uns mal besuchen kommen«, sagte Melvin.

»Ach, sprechen wir nicht von ihm«, sagte sie. »Mein Gott, sind Sie großzügig.« Melvin hatte ihr einen Scheck über fünfundzwanzig Dollar gegeben. Er gab selten mehr als ein paar Dollar bei solchen Gelegenheiten, aber schließlich war das eine milde Gabe für einen ungewöhnlich guten Zweck.

»Wissen Sie, ich helfe gern«, sagte er.

Sie lehnte sich zurück und lächelte ihn an.

»Äh, es war sehr nett, auf der Gartenklubparty mit Ihnen zu plaudern«, sagte er.

»Wollen Sie mir nicht was zu trinken anbieten?« fragte sie.

»Ja, natürlich«, sagte er, »ich wollte Sie gerade fragen.« Seine Stimme barst beinahe vor Erregung. »Was hätten Sie denn gern?«

»Einen Martini. Sehr trocken. Neun zu eins. Mit Zitronenschale.«

Melvin hantierte in der Küche herum und mixte die Drinks. Gott sei Dank ließ ihn Myrna seit einiger Zeit wenigstens Martini trinken. Allerdings bekam er seinen immer zwei zu eins. Heiliger Strohsack! Neun zu eins für Gillian! Er machte genug für eine ganze Menge Drinks.

Gillian klopfte auf die Couch und gab ihm zu verstehen, daß er sich zu ihr setzen sollte. »Prost«, sagte sie.

Sie stießen an. Der erste Schluck trieb Melvin Tränen in die Augen, aber er wurde damit fertig. Gott sei Dank hatten sie Beefeater-Gin im Haus. Er hatte sich sagen lassen, daß das der beste sei. Er war sicher, daß jemand so Anspruchsvolles wie Gillian Blake den Unterschied bemerkte.

»Ja, wirklich«, sagte er, »Sie und Mr. Blake sollten mal rüberkommen.«

»Bitte«, sagte sie, »es ist mein Ernst, was ich vorhin gesagt habe. Reden wir nicht von ihm. Das wäre viel zu öde.«

»Aber Ihr Mann scheint doch eine interessante Persönlichkeit zu sein.«

»Glauben Sie mir, Mel, Sie sind mindestens doppelt so interessant.«

Der Drink war Melvin sofort zu Kopf gestiegen. »Sie nehmen mich auf den Arm«, sagte er.

»Nein, ehrlich«, sagte sie. Sie legte eine Hand auf seinen Arm. »Ich hätte jemanden wie Sie heiraten sollen. Wie sagt man doch: einen netten jüdischen Jungen?«

»Stimmt auffallend«, sagte Melvin und dachte, daß neun zu eins ein fabelhaftes Verhältnis sei. »Nette jüdische Jungen geben prächtige Ehemänner ab.«

»Hm, ich wette, das stimmt«, sagte sie. »Und ich wette, sie geben auch prächtige Liebhaber ab.«

Melvin versuchte, ein nonchalantes Grinsen aufzusetzen.

Sie blinzelte. »Wissen Sie eigentlich, Mel, daß Sie ein sehr attraktiver Mann sind?«

»Und wissen sie«, sagte er, überwältigt von ihrer Nähe und der Neun-zu-eins-Mischung, »daß Sie die schönste Frau sind, die ich je gesehen habe?«

»Billy sagt mir nie so was Schönes«, sagte sie.

»Das sollte er aber!« Melvin fragte sich, wie eine Frau wie sie an so einen Langweiler wie Blake geraten konnte. »Sie sind großartig.«

»Sie sind ein Schatz«, sagte sie. Und nun liebkoste ihre Hand seinen Arm. »Sie sind wirklich sehr nett.«

»Nicht halb so nett wie Sie.«

»Mel«, sagte sie, als sie seinen Arm streichelte, »darf ich Sie etwas sehr Persönliches fragen?«

»Fragen Sie mich alles.«

»Sind sie Ihrer Frau je untreu gewesen?«

Melvin errötete. »Also, äh –«

»Nein, im Ernst. Haben Sie schon mal –?«

Endlich kam er mit der Sprache heraus. »Nein!«

»Im Ernst?«

»Ich hab noch nie. Nie!«

»Wirklich nicht?«

»Wenn ich es Ihnen sage! Es ist die Wahrheit.«

»Sie haben noch nie Ihre Frau betrogen?«

»Nein«, sagte er, »ich liebe meine Frau.«

»Na schön«, sagte sie, »aber haben Sie sie je betrogen?«

»Nein. Ich sagte Ihnen doch: Nein!«

»Finden Sie das nicht erstaunlich?« fragte sie.

»Ich nehme an, ich komme Ihnen wie ein Idiot vor.«

»Keineswegs, Mel. Sie sind ein Schatz. Aber sagen Sie mir, warum denn nicht? Haben Sie Angst?«

»Nein, das ist es nicht. Wissen Sie, ich bin weder prüde noch sonst was. Ich bin nur der Meinung, daß es nicht richtig wäre. Ich bin nicht für zweierlei Maß.«

»Hmmm«, sagte sie. »Sie sind ja eine einzige Herausforderung.« Der Martini hatte Melvin betäubt. Es war, als ob ihn all das, was jetzt geschah, nicht berühren konnte. Oder zumindest konnte es ihn nicht schockieren. Aber körperlich war er intakt. Seitdem ihre Hand auf seinem Arm lag, hatte er einen Steifen.

»Nehmen Sie mal Ihre Brille ab!« befahl sie.

Er gehorchte.

»Sie haben sehr empfindliche Augen«, stellte sie fest. »Ich wette,

Sie sind ein sehr sensibler Mensch.«

RRRRRRR. »Das ist Myrna!« schrie Melvin auf, als er den Wagen die Auffahrt hinaufkommen hörte.

»Wie reizend«, sagte Gillian und warf sich plötzlich an ihn. Melvin erwiderte ihren Kuß, und sie schob seine Hand an ihre Brust. Er empfand all die Wonnen, von denen er immer geträumt hatte. »Gilly, o Gilly«, grunzte er.

Als sie hörten, wie Myrna die Haustür öffnete, stieß Gillian ihn sanft von sich. »Sie sind ein ganz Süßer«, sagte sie leise.

Daß er die nächste halbe Stunde lebend überstand, kam Melvin wie ein Wunder vor. Gillian erklärte Myrna, daß sie Spenden für einen guten Zweck sammle und Melvin ihr einen Drink angeboten hätte. Myrnas Reaktion war Begeisterung. Gillian Blake stattete ihnen einen Besuch ab! »Ich bin sehr überrascht, daß du daran gedacht hast, ihr einen Drink anzubieten«, sagte sie später zu Melvin. Sie lachte. »Übrigens hast du ganz schön einen in der Krone. Paß bloß auf, du weißt doch, daß du nichts verträgst.« Dann fragte sie Melvin, worüber er sich mit Mrs. Blake unterhalten hatte. Er sagte, daß sie über King's Neck und das Programm der Blakes gesprochen hätten.

»Sie ist sehr sexy«, sagte Myrna, »aber ich weiß ja, daß du mir keinen Kummer machst.«

In jener Nacht drehten sich Melvins Gedanken nur um Gillian Blake, vor allem während er Myrna auf den Leib rückte. Doch sie lag da wie ein Brett. Er versuchte, einen Orgasmus vorzutäuschen. »Ich liebe dich«, sagte er. Dann ging er mit dem neuesten Herrenmagazin ins Badezimmer.

Myrna war noch wach, als er ins Bett zurückkam. »Du hast geschummelt«, sagte sie.

»Nein«, sagte er, »ich liebe dich doch.« In Wahrheit dachte er an Gilly und wie sie wohl im Bett sein würde. Himmel, wie sich ihre Brust unter dem Jersey angefühlt hatte. Nur konnte er eben nicht. Es war schlimm genug, daß er überhaupt so weit gegangen war. Der Martini war schuld daran, daß er die Kontrolle über sich verloren hatte. Und natürlich die Tatsache, daß Gillian, weiß der Himmel warum, ihn attraktiv fand. Aber wie sie sich angefühlt hatte. Und wie sie küßte. Genaugenommen war er eigentlich schon untreu gewesen, als er sie küßte.

Melvin konnte die ganze Nacht nicht schlafen. Gilly nur mit Büstenhalter und Slip. Gilly nackt. Gilly, wie sie sich wollüstig wiegte. Er und Gilly auf einem Tigerfell, wobei sie ihn ritt. O Gilly, Gilly, Gilly. Sie standen auf einem Balkon und blickten auf einen den Mond spiegelnden See, und sie spielte mit ihren Fingerspitzen an seiner bloßen Brust. Sie trieben es in einer Rikscha und ließen sich dabei durch die Straßen von Shanghai ziehen. Sie lagen in einem Eisenbahnzug und glitten durch die lautlose Nacht. Sie wälzten sich an einem weißen Strand, die Wellen rauschten in der Ferne. Gillian flüsterte in sein Ohr: »Zu dumm, Melvin, daß du es noch nie gemacht hast.«

»Aber ich habe doch schon«, sagte er, »frag Myrna.«

»Myrna!« Die Gillian Blake, die seine Vorstellung beherrschte, lachte auf. »Myrna zählt doch überhaupt nicht.«

Der folgende Tag war ein Sonntag. Melvin quälte sich mit Schuldgefühlen herum, weil das zwischen ihm und Gillian Blake passiert war, aber er wußte, daß er mit Myrna nie darüber würde sprechen können. Das würde er sein Leben lang allein tragen müssen. Es nagte in ihm. Gewöhnlich erzählte er Myrna alles, und schon das geringste Schuldgefühl drückte ihn nieder. Er fühlte sich elend. Er wollte nett zu Myrna sein und wußte allzu gut, daß er häßlich zu ihr war. Sie hatte nichts Sanftes, keine Anmut. Sie machte ihn nur ärgerlich. Mager, nervös und heftig, wie sie war, kommandierte sie ihn die ganze Zeit herum. Er fuhr sie barsch an, doch sie ermahnte ihn nur, sich vor dem Jungen zu benehmen. »Ich weiß wirklich nicht, was in dich gefahren ist«, sagte sie.

Sie saßen im Innenhof, und Melvin bekam von der Maisonne Kopfschmerzen. Er fragte sich, was wohl Gillian gerade machte, und dachte darüber nach, wie es sein würde, mit ihr hier in der Sonne zu sitzen. Gilly, Gilly! Er sah Myrna an und versuchte zu lächeln. »Du hattest recht«, sagte er, »es tut mir leid.«

»Mir hat es leid zu tun, ich habe dich angebrüllt«, antwortete sie.

»Schon gut«, sagte er. Mistvieh! Sie trug ein ähnliches Kleid wie

Gillian Blake am vorigen Tag, nur daß es an Myrna aussah wie ein Sack. Melvin stand auf und ging ins Haus.

»Ich gehe ins Badezimmer«, sagte er.

Am Tage darauf saß er gerade an seinem Schreibtisch, als Gillian Blake anrief. Nur so. »Na, Schatz, hier ist Gilly.«

»Sehen Sie«, sagte er, »äh, was Samstag passiert ist ... Ich ... also ... ich ...«

»Hat Spaß gemacht, nicht?« sagte Gillian.

»Ja, natürlich, aber, was ich sagen wollte –«

»Sagen Sie nichts. Oder besser noch, sagen Sie es mir beim Mittagessen.«

»Nein«, sagte er, »ich kann nicht, das heißt –«

»Sie können einer Dame nicht einfach absagen, Mel. Das gehört sich nicht. Wenn ich Mittagessen sage, dann meine ich Mittagessen.« Sie nannte den Namen eines Restaurants an der 50. Straße. »Um eins«, sagte sie.

Sie trafen sich zum Mittagessen. Es war ein französisches Restaurant. Als Melvin mit ihr am Tisch saß, kam er sich vor wie ein Millionär. Er fühlte, wie ihn die anderen Männer neidisch ansahen. Er überraschte sich dabei, daß er eine Bloody Mary trank.

»Wir dürfen uns nicht wiedersehen«, sagte Melvin.

»Unsinn«, sagte sie.

»Sie verstehen nicht, wie ich das meine: Sie sind die aufregendste Frau, die ich je kennengelernt habe.«

»Und was ist damit nicht in Ordnung?« fragte sie.

»Ich weiß, es klingt albern, aber ich kann das meiner Frau nicht antun.«

»Wovon reden Sie eigentlich? Ich will ja auch nicht, daß Sie Ihrer Frau was antun«, sagte sie, »Sie sollen *mir* was antun.«

Die Erregung schüttelte Melvin. Er bestellte Hummerschwänze, aber er nahm überhaupt nicht wahr, wie sie schmeckten. Alles, was er wahrnahm, war Gillian, die in dem schlichten schwarzen Kleid mit einer Perlenkette einfach atemraubend aussah. Er bestellte noch eine Bloody Mary und verfiel ins Stammeln. Er konnte sich gar nicht sattsehen an ihr.

Im Taxi sagte Melvin Gillian noch einmal, daß er sie nicht wiedersehen könnte. Sie lächelte. Dann nahm sie seine Hand, führte sie unter ihren Rock und schob sie weiter hinauf bis dorthin, wo sie Nylons aufhörten und das Fleisch begann. Dann küßte sie ihn; ihre Zunge umwarb die seine. Später erinnerte sich Melvin, daß es ihm bestimmt gekommen wäre, wenn ihn die beiden Bloody Marys nicht etwas schlappgemacht hätten.

»Klasse«, sagte der Taxifahrer, als er Melvin vor seinem Büro absetzte, »war das nicht Gillian Blake?«

»Ja«, sagte Melvin.

Der Taxifahrer starrte ihn voll Bewunderung an.

»Sie ist unsere Nachbarin«, erklärte Melvin.

Die folgende Nacht war noch schlimmer als die davor. Gilly kam ihm überhaupt nicht mehr aus dem Sinn. Myrna hatte einen furchtbaren Tag hinter sich: Sie hatte die Wahl des Gartenklubvorstands verloren, die Putzfrau war krank geworden, und David hatte sich in der Schule schlecht betragen. »Du mußt ihn dir mal vorknöpfen«, sagte Myrna.

»Und warum kannst du das nicht machen?«

»Bist du der Vater oder ich?«

»Jetzt hör mir mal gut zu: Ich habe einen äußerst anstrengenden Tag im Büro hinter mir.«

»Und an mich denkst du wohl gar nicht? Dieses verdammte Scheuerweib. Möchtest du jetzt etwa hier saubermachen?«

»Vielleicht brauchst du auch eine richtige Beschäftigung, damit du was um die Ohren hast. Vielleicht bist du dann nicht mehr so eine unerträgliche Nervensäge.«

»Ach! Jetzt weiß ich ja endlich, was ich bin. Und wie steht's mit dir? Ich glaube, in den letzten drei Tagen hast du nicht ein einziges Wort von dem wahrgenommen, was ich gesagt habe.«

»Bitte, Myrna, laß mich jetzt endlich in Ruhe.«

»Du bist ja wirklich auf hundert«, sagte Myrna, als sie ihn ansah. »Na schön, es tut mir leid, ich hab dich angefahren. Was ist also los?«

»Du hast mich angebrüllt«, keifte Melvin.

»Melvin, was hast du?«

»Scher dich zum Teufel, du mickrige Ziege.«

Myrna rannte heulend die Treppe hinauf. In der nächsten Nacht schlief Melvin auf der Couch im Wohnzimmer. Gilly, Gilly. Gott, wie gern er es mit ihr gemacht hätte. Aber er konnte nicht. Er konnte einfach nicht. Es wäre nicht richtig. Nicht richtig. Er verstieße gegen alles, was recht war. Es wäre unmoralisch, ja unmoralisch. Er war einfach nicht so erzogen worden. Er war kein schweinischer Goi. Er konnte einfach nicht.

Arme Myrna, dachte er. Er liebte sie doch. Sie hatten so viel anderes gemeinsam, so viel, das wirklich etwas bedeutete. Aber Gilly – wie sich dein Körper anfühlt, die Wärme deiner Haut. Gilly, du, Gillyyyyyy!

Am nächsten Morgen rief er sie vom Büro aus an. »Ich muß Sie unbedingt sehen«, sagte er, »ich muß Ihnen erklären, warum es aus sein muß.«

»Sie müssen überhaupt nichts erklären, Mel«, sagte sie, »Sie müssen ganz einfach nur das tun, was Sie tun möchten.«

»Nein«, sagte er, »das ist es ja gerade, ich kann nicht. Ich kann meiner Frau nicht untreu werden.«

»Schätzchen«, sagte sie, und ihre Stimme hauchte ins Telefon. »Warum hältst du nicht einfach den Mund?«

»Gilly«, stöhnte Melvin, »Gilly.«

»Nun paß mal schön auf«, sagte sie, »in einer Stunde breche ich nach King's Neck auf . . .« Sie schlug Melvin vor, einen früheren Zug zu nehmen und dann direkt zu ihr zu kommen. »Und sei sicher, mein Lieber«, sagte sie, nachdem sie den Hörer aufgelegt hatte, zu sich selbst, »ich leg dich um.«

Den ganzen Weg nach King's Neck benahm sich Melvin Corby wie ein Schlafwandler. Als er am Bahnhof in seinen Wagen stieg, schlug die Apathie in Hysterie um. Vom Bahnhof bis zum Hause der Blakes fuhr er durchweg achtzig.

Sie wartete auf ihn in einem durchsichtigen Morgenmantel – wahrhaftig die Verkörperung der Lust. Ihr offenes Haar fiel bis auf die Schultern herab, und ihr Parfum erfüllte den ganzen Raum. Sie war Sex, Erregung, das ewige Weib. Sie war der Inbegriff von Melvin Corbys Tagträumen, die Summe dessen, was er in allen Herrenmagazinen bewundert hatte, die Inkarnation aller schönen Frauenärsche, von denen Charlie Rider je geschwärmt hatte. Es war Gillian.

Melvin starrte sie mit wildem Blick an; sein Gesicht brannte, seine Hände zitterten. Nein! schrie sein besseres Ich, nein!

»Ich kann nicht«, jammerte er. »Ich kann nicht. Verstehen Sie das nicht?«

Sie atmete schwer; ihre Brust hob und senkte sich heftig unter dem seidenen Morgenmantel; ihre Blicke waren brennend auf Melvin gerichtet; ihre Zunge liebkoste die eigenen Lippen. »Schätzchen«, sagte sie in einem Ton, der die reine Herausforderung war, »tu mir den Gefallen.«

»Nein!« brüllte es aus ihm heraus. »Nein!«

Langsam und behutsam, ohne Melvin aus den Augen zu lassen, löste sie den Gürtel und ließ den Morgenmantel zu Boden gleiten. Nun stand sie nackt da, Melvins fleischgewordene Phantasie – eine Göttin der Lust in einem schwarzen Spitzenbüstenhalter und einem schwarzen Bikinislip, Unterwäsche, die Melvin mit lendenschwellender Begierde erfüllte.

»Ich kann's nicht!« schrie er. »Ich kann's nicht!«

Gillian stand in der Mitte des Zimmers, geschmeidig und sanft, der Gipfel der Ekstase, auf einem blauen Flauschteppich. Langsam begann sie sich zu bewegen. Erst der Büstenhalter, dann noch langsamer – Gott im Himmel – der Slip.

»Bitte nicht!« schrie Melvin. »Bitte nicht!«

Hüftwedelnd bewegte sie sich auf ihn zu.

»Ich tu's nicht«, japste Melvin. »Sie werden mich nicht dazu bringen!«

Jetzt stand sie dicht vor ihm, ihre Hände umschlossen ihre verführerischen rosenfarbenen Brustspitzen, ihre Schenkel und ihr Bauch schoben sich vor und wieder zurück, und von ihrem goldenen Muff ging eine magische Anziehungskraft aus.

»Nein!« schrie Melvin.

Sie langte an seine Hose und öffnete den Reißverschluß.

»Komm!« flüsterte sie, und ihre Hände streichelten und massierten sein verräterisches Glied.

»Nein!« keuchte Melvin. »Ich liebe doch meine Frau!« Er entzog ihn ihren Händen und rannte zur Tür. Er stöhnte und schluchzte, als er den Weg zu seinem Wagen hinunterstolperte. Irgendwie gelang es ihm sogar, einzusteigen und den Motor anzulassen. Er jagte nach Hause, ohne einen zusammenhängenden Gedanken fassen zu können – sein Geist war ein wirbelnder, tosender Strudel. Er jammerte sogar noch, als er ins Haus eilte. Er sah aus wie ein fleischgewordener Alptraum, sein Haar war zerzaust und die Hose offen.

Myrna stand am Herd. »Bist du es?« rief sie. »Hoffentlich hast du heute bessere Laune. Die Putzfrau ist noch immer krank. Und David hat sich das Knie aufgeschlagen, und –«

Da sah sie ihn. »Wie, um alles in der Welt –?«

Melvin Corby blieb einen Augenblick stehen und starrte seine Frau an. Sie schwitzte von der Herdhitze, ihre Haare hatte sie auf Lockenwickler gerollt, ihre Augen glotzten ihn durch ihre dicke Brille an, ihr Körper war eine Hindernisbahn aus spitzen Winkeln, und der Gedanke, noch einmal mit ihr ins Bett gehen zu müssen, machte ihn verrückt.

»Mein Gott, Melvin«, sagte sie, »mach dir mal die Hose zu!«

Bums! Irgend etwas in seinem Kopf ging in die Brüche, und Melvin hatte das Gefühl, daß der Krach die Fensterscheiben zum Klirren gebracht haben müßte. »Ich schlag dich in Stücke, du verfluchtes Aas!« brüllte er. Peng. Der erste Schlag stopfte ihr das Maul.

Die Nachbarn in der Selma Lane hörten das Geschrei und riefen die Polizei. Sie standen in Gruppen vor ihren Häusern und beobachteten den Überfallwagen. *Die* Krankenwagen – zwei. Einer für eine geschundene, völlig verwirrte Myrna Corby, der zweite für den schreienden Melvin Corby in der Zwangsjacke.

GILLY *Hast du in der letzten Nummer der »Time« den Artikel
über Homosexualität gelesen, Billy?*
BILLY *Ja, meine Liebe, und ich war direkt schockiert, als ich las,
wie rapide sich die Zahl der Homosexuellen in unserem Land
vermehrt.*
GILLY *Das sollte uns zu denken geben – vor allem über unsere
Kindererziehungsmethoden. Ich meine, damit beginnt's doch.*
BILLY *Wenn du mich fragst: Es ist eine Krankheit, und es sollte
wie eine Krankheit behandelt werden.*
GILLY *Schlimm ist nur, daß man noch nicht die richtige Behand-
lungsweise gefunden hat.*

Der Tag war schwül. Man fühlte sich von der niedrigen, dicken Wolkendecke niedergedrückt, auf das Deck der Fähre geklebt, die durch die Bucht schaukelte. Willoughby Martin schlug die Beine übereinander und zündete sich eine Zigarette an. Er hielt sie wie jeder andere Raucher zwischen Zeigefinger und Mittelfinger, aber bei ihm sah es irgendwie geziert aus. Verflixt! Die feuchte Luft würde sein Make-up ruinieren.

Vorsichtig strich er mit der Rechten über sein aschblondes Haar. Er war gespannt, wie und ob er sich mit Hank wieder vertragen würde. Ein Wochenende in Fire Island mit einem verstimmten Hank – ein unerträglicher Gedanke! Im Grunde war es nur so eine blöde Eifersuchtsszene gewesen. Willoughby wußte nicht einmal mehr genau, wodurch sie ausgelöst worden war. Jedenfalls war es eine lächerliche Sache, denn schließlich waren sie nicht mehr in den Flitterwochen. Hank – hochgeschossen, mit etwas eckigen Schultern und Adlernase – war schon seit zwei Jahren sein Freund. In New Yorks Homowelt galten sie als ideales Paar. Und die Nachbarschaft in King's Neck hatte sie längst akzeptiert. Sie waren sogar die Lieblingshomos der Gartenstadt. Sie hatten sich in Fire Island kennengelernt. Beide waren übers Wochenende nach Cherry Grove, dem hübschesten Ort der Insel, rübergekommen, um was zu erleben. Es war *der* Treffpunkt, wenn man jemand kennenlernen wollte, und es spielte keine Rolle, daß einige der Männer, die hier herumflanierten, verheiratet waren, denn hier suchte man nicht den Partner fürs Leben, sondern nur mal eben eine kleine Abwechslung. Abgesehen davon hatte sich Willoughby aus verheirateten Kerlen von jeher nicht viel gemacht. Entweder waren sie bisexuell, oder sie waren schwul, hatten aber geheiratet, in der Hoffnung, die Normalen dadurch zu täuschen. Willoughby bedauerte diese Typen. Sein eigenes Sexualempfinden war bar jeder Zweigleisigkeit. Für Männer, die Frauen bevorzugten, hatte er kein Verständnis. Was ihn betraf, so fand er Frauen einfach nicht sexy. Man konnte mal mit einer ausgehen – aber schlafen, nie! Und all dieses Gerede, Homosexualität sei doch eigentlich eine Krankheit, konnte ihn auf die Palme bringen. Diesen Unsinn hatten die Psychiater doch nur deshalb unters Volk gebracht, um Kundschaft zu kriegen. Willoughby hatte sich in seinem ganzen Leben nicht einen einzigen Tag krank gefühlt. Er war schwul, weil es ihm gefiel, so zu sein. Und er fand es ganz natürlich und gesund. Im übrigen hatten das die griechischen Philosophen auch schon gesagt.

Hank und er hatten sich in einem Lokal getroffen, wo man Madison tanzte, einen Gruppentanz, der damals gerade Mode war. Er erinnerte sich, daß sie mit rund zwanzig anderen Männern und drei Lesbierinnen herumgehüpft waren. Der Hauptvorzug des Madison war, daß dabei Männer miteinander tanzen konnten, ohne befürchten zu müssen, eingelocht zu werden. Obwohl diese Gefahr sowieso ziemlich gering gewesen wäre, denn die Polizei drückte in Cherry Grove mindestens ein Auge zu. Solange man sie nicht geradezu provozierte, ließ sie einen in Ruhe. Es war eine wunderbare Nacht gewesen. Willoughby erinnerte sich, daß er einen flauschigen orangefarbenen Sweater getragen und er seine hautengen Jeans an einer bestimmten Stelle mit Kapok ausgestopft hatte, so daß sich ein ganz schönes Paket abzeichnete. Hank hatte ein weißes Sporthemd angehabt und eine graue Arbeitshose. Sein etwas derbes Aussehen hatte Willoughby sofort erregt. Bald stellte sich heraus, daß Willoughby, von Beruf Innendekorateur, und Hank, Datenverarbeiter, außer der Mitgliedschaft im gleichen Buchklub noch eine ganze Menge anderes gemeinsam hatten. Sie interessierten sich beide für Kunst, Theater, Bücher, Kochen, Reiten und Musik. In dieser Nacht gingen sie miteinander ins Bett, und es war sehr schön gewesen, tiefer und erfüllter, als sie es je zuvor erlebt hatten. Es bedeutete ihnen weit mehr als dieser flüchtige, rein körperliche Kontakt, den man auf dem »Fleischmarkt« finden konnte, der gewissen Strecke am Ende der Strandpromenade, wo man es im Dunkel der Nacht mit jedem Beliebigen treiben konnte.

Schon kurz darauf zogen sie zusammen. Zuerst teilten sie sich ein Apartment in Manhattan. Dann aber hatten sie sich, wie viele junge Paare, entschlossen, an den Stadtrand zu ziehen. King's Neck fanden sie besonders günstig gelegen. Es war schon etwas ländlich und doch nahe der City. Daß sie schwul waren, hatten sie nie als Problem empfunden. Hank und Willoughby sagte öfter im Scherz, in King's Neck wohnen bedeute die Integration in die bürgerliche Gesellschaft. Tatsächlich behauptete Willoughby immer, daß einige ihrer Nachbarn sich gegenüber ihren Bekannten gewiß damit brüsteten, neben einem Homopärchen zu wohnen. Denn das gab King's Neck etwas vom Hauch der großen weiten Welt. Oft wurden sie zu Dinnerpartys eingeladen, und Willoughby und Hank gaben ihrerseits ebenfalls gelegentlich Partys für ihre Mitbewohner. Neulich war Willoughby sogar in den Freizeitklub eingetreten.

Als das Fährboot sich Davis Park näherte, wo sie aussteigen mußten, suchte Willoughby nach Hank und glaubte ihn am anderen Ende des Schiffs im Kreis von flott gekleideten jungen Burschen mit überdimensionalen Sonnenbrillen und Mädchen in weißen Jeans oder Hosenanzügen zu sehen, die Körbe und Tragtaschen voll Cornflakes und Gin und Segeltuchkoffer voller sommerlicher Minikleider mitschleppten. Es waren meist berufstätige Mädchen, die irgendwo an der Ostseite von Manhattan ein Apartment hatten und jetzt angesichts des bevorstehenden Wochenendes vor Betriebsamkeit zu bersten schienen. Gerade, weil sie sich fast alle zum Verwechseln ähnlich sahen und benahmen, fiel Willoughby Gillian Blake auf. Sie stach von den anderen ab. Willoughby und Hank hatten Gillian und ihren Mann gelegentlich auf Partys getroffen. Mister Blake war ein ausgemachter Spießer, aber Gillian fand Willoughby ganz akzeptabel. Für eine Frau sah sie gar nicht schlecht aus. Sie hatte so etwas – Beschwingtes.

Gillian sah ihn und winkte ihn heran.

»Wirklich nett, Sie zu sehen«, begrüßte Willoughby sie. »Die meisten Leute hier deprimieren mich fürchterlich.«

»Mich auch«, sagte Gillian. »Und wo wollen Sie hin?«

»Hank und ich sind von Freunden eingeladen. Wir können ihr

Sommerhaus benutzen«, erklärte Willoughby. »Und wir freuen uns sehr auf dieses Wochenende. Wir sind so lange nicht mehr auf einer Fire-Island-Party gewesen.«

»Ich auch nicht«, sagte Gillian. »Und ab und zu braucht der Mensch so was.«

Willoughby lachte. Die Partys auf Fire Island waren etwas ganz Besonderes. Es war so etwas wie ein Stammesritus, ein Fest der Junggesellen, zu dem jeder sein eigenes Getränk mitbrachte. Die einen brachten Marmeladengläser mit Martini, die anderen Meßbecher voll Bourbon Whisky, und man traf sich dort, wo der meiste Lärm war. Alles drängte sich auf der Terrasse eines der vielen Häuser mit säulengestützten Vorhallen. Man kam einfach dazu und mischte sich ins Gespräch. Die meisten nannten nur ihren Vornamen und Beruf. Oft flunkerten sie, was ihren Job betraf; sie sagten, sie seien Filmproduzenten oder Skriptgirls, dabei waren sie in Wirklichkeit nur Buchhalter und Stenotypistinnen. Gelegentlich fanden sich zwei für eine Nacht. In der Regel vermied man es jedoch, was mit einem der Mitbewohner des Hauses zu haben, in dem man das Wochenende verbrachte. Gewöhnlich teilten sich mehrere Leute die Miete für ein Sommerhaus. Sie teilten sich auch alle anderen Ausgaben, das Kochen und die Haushaltspflichten. Mit einem der Hausgenossen ins Bett gehen, das führte erfahrungsgemäß leicht zu Spannungen innerhalb der Gemeinschaft.

»Sie müssen mal bei uns vorbeischauen«, sagte Willoughby zu Gillian.

»Bestimmt«, versprach sie. »Aber wo ist Hank?«

»Wir hatten so'n blöden Streit«, sagte Willoughby. »Und wie geht es Ihnen so? Wo ist Ihr Mann?«

»Er ist nicht mitgekommen«, sagte Gillian mit einem spöttisch-melodramatischen Unterton. »Ich bin also ganz einsam und verlassen.«

»Wunderbar«, meinte Willoughby. »Es gibt doch sicher ein paar Bottlepartys heute abend.«

»Aber wohin soll man gehen?«

»Zu irgendeiner.«

»Willy«, sagte Gillian. »Sie sind ja ein Schatz.«

»Ich versuche jedenfalls, einer zu sein«, antwortete er geziert, und sie lachten beide.

Die Fähre glitt mit einem kräftigen Stoß in den schmalen Schlitz zwischen den beiden Anlegern, und die Wochenendausflügler arbeiteten sich zu ihren Frachtladungen Alkohol, Nahrungsmitteln und riesigen Sonnenhüten durch. Von jetzt an bis zum Abgang des Sonntagabendboots um sieben Uhr würden sie sorglose Urlauber sein oder jedenfalls so tun, als wären sie es. Sie würden ihr Bestes tun, sich und anderen Vergnügen zu bereiten. Und jeder von ihnen würde wieder einmal fühlen – oder jedenfalls behaupten zu fühlen, daß er wirklich am Leben sei. Diese Heterosexuellen, dachte Willoughby. Sie können einem leid tun.

Gillian sagte, sie würde nachher mal vorbeikommen, und ging zu einer Gruppe von Freunden, die am Pier auf sie wartete. Willoughby wartete auf Hank. Als er ihn sah, verspürte er ein Würgen in der Kehle, dann einen Stich im Herzen. Hank hatte einen jungen Burschen bei sich – einen schlanken, dunkelhaarigen Jungen, kaum zwanzig. Ein Blick genügte, um festzustellen, daß er schwul war. Schmachtend sah er zu Hank auf.

Willoughby war bemüht, sich nichts anmerken zu lassen. »Na, ihr beiden Hübschen«, brachte er so beiläufig wie möglich heraus.

»Hallo, Willoughby!« Hanks Stimme klang kalt und unpersönlich, als spräche er zu einem Fremden. Dann wandte er sich an den Jungen. »Bis später, Vince!« Willoughby spürte, daß da schon Vorfreude auf das Wiedersehen mitschwang. Natürlich hatten die beiden sich für den Abend verabredet.

»Klar, Hank«, antwortete Vince und grinste Willoughby schamlos an.

Ein paar Minuten später zankten sich Willoughby und Hank in ihrem Zimmer.

»Bis später, Vince!« äffte Willoughby Hank nach.

»Laß mich in Ruhe«, sagte Hank. »Du bist ja nur neidisch, weil du ihn nicht zuerst gesehen hast.«

»Du treuloses Aas.«

»Du hast es nötig, dich aufzuregen«, gab Hank zurück.

»Und dich habe ich geliebt!«

Hank lachte schallend. »Hör auf, Willoughby. Du weißt doch überhaupt nicht, was Liebe ist.«

»Denkst du etwa, Vince, oder wie der Kleine heißt, weiß was von Liebe?«

»Soll ich dir mal sagen, was ich weiß, Willoughby? Daß du mich anödest.«

»Bestimmt trefft ihr euch doch irgendwo.«

»Wenn es dich interessiert: Wir nehmen einen Strandwagen und fahren nach Cherry Grove.«

»Du treuloses Aas«, schrie Willoughby. »Du verfluchtes Biest.« Er warf Hank einen Schuh nach. Dann ließ er sich schluchzend aufs Bett fallen. Wie konnte Hank ihm so etwas antun? Die besten Jahre seines Lebens hatte er ihm geopfert. Diesem Aas! Willoughby dachte, sein Herz würde aussetzen.

Gegen sechs Uhr fühlte er sich wieder besser. Er konnte nicht glauben, daß Hank ihm wirklich böse sein würde. Schließlich war dieser Vince noch ein grüner Junge, unbedarft und oberflächlich. Mit so was geht man mal ins Bett, aber das ist nichts fürs Leben. Im übrigen war Hank ihm ja bis jetzt treu gewesen. Vielleicht würde ihm ein kleiner Seitensprung guttun. Und Willoughby hatte immerhin auch ein Geheimnis. Er hatte Hank einmal betrogen, mit einem Frisör, den er in einer Schwulen-Bar kennengelernt hatte. Aber das war nur ein flüchtiges Erlebnis gewesen und völlig bedeutungslos. Er hatte Hank nichts davon erzählt.

Der Gedanke an eine Bottleparty irgendwo weckte Willoughbys Lebensgeister. Davis Park war ein stinknormaler Ort, aber trotzdem wußte man nie, wen man da treffen konnte. Vielleicht würde sich gerade hier die Gelegenheit zu einem Abenteuer ergeben. Immer mehr Leute werden ja schwul. Eines schönen Tages werden sie den Normalen möglicherweise sogar zahlenmäßig überlegen sein. Dann sind die Heterosexuellen die Abartigen. Willoughby prüfte sein Make-up, schlüpfte in seine hautengen Jeans und zog einen rosafarbenen Sweater über. Er füllte einen

Erdnußbutterbecher mit Martini, und dann war er fertig. Jetzt kann's losgehen, dachte er unternehmungslustig. Einen Augenblick überlegte er, was Hank wohl gerade tun mochte. Laß ihn doch, zur Hölle mit ihm. Willoughby betrachtete sich im Spiegel und fuhr mit einem Kamm durchs Haar. Er stellte sich in Positur. Noch kann ich mich sehen lassen, entschied er und ging, vergnügt seinen Hintern schwenkend, hinaus in den Abend, dem Meeresrauschen entgegen.

Schon beim zweiten Versuch, Gillian Blake zu finden, hatte er Glück: Auf der Veranda einer wetterfesten Pinienholzhütte drängte sich eine Schar junger Leute. Lärm und Tumult vermengten sich mit dem gleichmäßigen Rauschen des Meeres. Die meisten waren Leute, die sich eine Sommerwohnung miteinander teilten, und anscheinend alles Normale, denn, wie Willoughby mit einem Blick feststellte, die Mehrzahl von ihnen war ziemlich unattraktiv; jedenfalls war niemand da, der seine Hormone in Wallung brachte. Also konnte er sich genauso gut mit Gillian Blake unterhalten, die ihre pantherhafte Erscheinung noch durch schwarze Hosen und einen schwarzgestreiften ärmellosen Pullover betonte.

»Dachte mir, daß ich Sie hier treffen würde«, sagte er.

»Ja, was für ein Zufall«, antwortete sie, wobei sie mit der Zunge über ihre Oberlippe fuhr und ihm einen frechen, katzenhaften Blick zuwarf. Ihre Augen sprühten, und ihr Haar fiel locker und dicht auf die Schultern herab. Sie war wirklich recht attraktiv. Für ein Mädchen jedenfalls.

»Sie sehen reizend aus«, sagte er.

»Danke«, sagte sie. »Sie sehen auch sehr nett aus. Der Sweater steht Ihnen gut.«

»Ich hab ihn aus Greenwich Village«, sagte Willoughby und nannte ihr den Namen des Geschäfts. Sie nippten von ihren Drinks und unterhielten sich über Mode und Wohnungseinrichtung. Schließlich fragte Gilly, wo Hank sei.

»Keine Ahnung. Ich bin doch nicht sein Aufpasser«, meinte Willoughby.

»Das ist sehr klug«, sagte Gillian. »Ich glaube, nur so geht es.

Schrecklich, wenn jemand einen ganz mit Beschlag belegen will und am liebsten einsperren möchte.«

Willoughby bekam allmählich Respekt vor dieser Gillian Blake. »Ich glaube, Sie sind ganz schön sensibel«, sagte er.

»Was verstehen Sie davon!« meinte sie.

»Oh, ich fange langsam an zu verstehen«, antwortete Willoughby und sagte sich, daß er nie zuvor die Gesellschaft einer Frau so geschätzt habe. Eine außergewöhnliche Persönlichkeit, dachte er. Sie tranken wieder und schauten sich um. Über ihnen schwebte eine Aura aus Lärm und Nervosität. Die Pärchen hakten sich unter und schlenderten zum Strand hinunter, in die Arme der Nacht.

»Die können einem auf die Nerven gehen«, sagte Gilly.

»Vor allem, wenn sie so übertrieben ausgelassen sind.«

»Urteilen Sie nicht zu streng«, lachte Gilly. »Sie sind nicht so feinsinnig wie Sie, sondern eben nur normal.«

Willoughby grinste. »Ich weiß. Ist aber schrecklich, wie sie sich aufführen, und was für fürchterliche Dinge sie miteinander treiben.«

»Ja«, meinte Gillian. »Man muß Mitleid mit ihnen haben. Diese armen Leute. Kranke sind das.«

Willoughby kicherte. Sie ist großartig, dachte er. Zu schade, daß sie kein Kerl ist.

»Solange sie sich nur mit ihresgleichen beschäftigen und mich nicht umkrempeln wollen, ist es mir egal«, sagte er.

»Trotzdem, schrecklich, wie die sich benehmen.«

»Ja«, bestätigte Willoughby. »Wirklich skandalös diese Art.«

Plötzlich sah ihm Gilly in die Augen. »Meinen Sie das im Ernst, Willoughby?«

»Nicht ganz«, sagte er. »Aber das ist nicht mein Bier.«

»Ehrlich?«

»Absolut nicht.«

»Aber haben Sie denn nie darüber nachgedacht? Ich meine, haben Sie nie daran gedacht, mal mit einer Frau zu schlafen?«

»Nie.«

»Warum nicht?«

»Hören Sie auf, Gillian. Ich sagte Ihnen ja schon: Es ist nicht mein Bier.«

»Das kann ich gar nicht glauben.«

»Aus Ihnen spricht die weibliche Eitelkeit, meine Liebe.«

»Nein, nein. Ich finde das wirklich merkwürdig. Sie sagen, Sie haben noch nie etwas mit einer Frau gehabt?«

»Nein.«

»Nicht einmal als Junge?«

»Nein, nicht mal als Junge.«

»Na gut, aber dann können sie das doch auch gar nicht beurteilen.«

»Wieso? Wie meinen Sie das?«

»Sie kennen doch das Sprichwort«, sagte sie und lachte ihn an. »Erst probieren, dann kritisieren.«

Willoughby war etwas verwirrt und suchte nach einer möglichst witzigen Antwort. »Ach, Sie! Wenn Hank hier wäre, würden Sie nicht so zu mir sprechen dürfen, Sie Stinknormale, Sie!«

Gillian lachte und trat einen Schritt näher an ihn heran. Ihr Parfum hatte tatsächlich etwas Aufregendes. »Aber immerhin, Willoughby«, sagte sie, »sind Sie doch ein Mann.«

»Sagen wir lieber, ein besserer Mann als andere.«

»Na, so was«, sagte Gillian. »Soviel Selbstbewußtsein, und ich hätte gedacht, Sie fühlten sich manchmal sogar wie ein kastrierter Mann.«

»Sie werden vulgär, meine Liebe.«

»Tut mir leid.« Sie kam noch näher an ihn heran. Und dann, nachdem sie ihn eine Weile mit großen Pupillen angeschaut hatte, beugte sie sich vor und küßte ihn auf den Mund.

Für einen Augenblick stand Willoughby wie vom Donner gerührt. Sein Gesicht war zu einer komischen Grimasse erstarrt. Gar nicht so unangenehm, dachte er. Genaugenommen war es sogar ganz angenehm, und diese Feststellung verwirrte ihn etwas.

»Na, war das so schlimm?« fragte Gillian.

»Nein«, mußte Willoughby ehrlicherweise gestehen. »Zugegeben, es war nicht schlecht.«

»Das mußt du Hank erzählen«, sagte sie.

»Du weißt, ich liebe Hank«, sagte er.

»Natürlich. Ich weiß«, sagte sie. Sie drängte sich wieder an ihn heran, und dieses Mal – oh, mein Gott, dachte Willoughby – trafen sich ihre Zungen, umkreisten sich und saugten sich aneinander fest. Ganz außer Atem stieß Willoughby Gilly schließlich von sich. »Mein Gott«, sagte er. Er konnte es nicht fassen, daß es ihn so aufgeregt hatte.

»Laß dir gesagt sein«, meinte Gilly, »du bist normaler, als du denkst.«

»Nein«, sagte er. »Das ist lächerlich.«

»Dir ist nur noch nicht die richtige Frau begegnet, das ist alles.«

»Nein, nein, das kommt nur vom Alkohol.«

»Daß ich nicht lache, Willoughby.«

»Aber Hank –«

»Was ist mit Hank. Was weißt du denn, womit der gerade beschäftigt ist?«

Dieser verdammte Kerl, dachte Willoughby. Zum Teufel mit dieser Kanaille. »Vergessen wir diesen Hank«, sagte er.

»Ja«, sagte sie. »Denken wir nicht an ihn.« Und ihre Zungen spielten schon wieder miteinander.

Gillian trat einen Schritt zurück und lächelte. Ihre Becher waren leer, und Gillian und Willoughby sahen sich scheinbar unschlüssig an. Gilly mit allwissendem Blick, Willoughby verwirrt.

»Ja«, sagte sie.

»Nein«, antwortete er. »Nein.«

»Schau nicht so finster drein, Willy. Es wird dir gefallen.«

»Es ist total verrückt«, sagte er. »Die Idee allein ist schon verrückt.«

»Ganz und gar nicht. Es ist eine wunderbare Idee.«

»Ich kann nicht. Ich kann einfach nicht.«

»Du wirst sehen, du kannst.«

Die Martinis schlugen Wellen in seinem Kopf. Er begriff nicht, was in ihm vorging. Nie zuvor hatte ihn eine Frau so erregt. Nein, er konnte sich nicht selbst belügen: Diese Gillian Blake hatte etwas Gewisses . . . eben etwas Erregendes an sich. Obwohl er natürlich Hank liebte. Na ja, und zwischendurch mal den Frisör. Aber Hank und dieser blöde Vince. Hurenpack!

Gillian nahm seine Hand. Ihre Finger streichelten sanft über die Haare auf seinem Handrücken. Dann zog sie ihn an sich heran.

»Nun komm schon, Willy«, sagte sie. »Machen wir's wie die anderen, ich meine: Gehen wir ein bißchen spazieren.«

Alles wegen diesem verdammten Hank, dachte Willoughby. »Also gut. Gehen wir. Warum zum Teufel auch nicht?« Aber er wußte genau, daß sich bei ihm nichts abspielen würde. Nicht mit einer Frau. Es würde bestimmt nicht klappen.

Sie gingen die Dünen entlang. Willoughby zögerte manchmal, dann ging er wieder schneller. Gillian hielt mit ihm Schritt, führte ihn weder, noch folgte sie ihm. Sie kamen zu einer Mulde zwischen zwei Dünen und blieben beide gleichzeitig stehen.

»Das ist wirklich völlig sinnlos«, sagte Willoughby.

»Das glaubst du ja selbst nicht, Willy, nicht wahr?« sagte sie und schmiegte sich an ihn.

»Doch, im Ernst. Sieh mal, Gilly, ich bin nun mal schwul, weil ich schwul sein will. Frauen machen mich krank.«

»Aber ich doch nicht, Willy – oder?« fragte sie. Sie beugte sich vor und rieb ihre Lippen an seinen.

»Nein«, sagte er. »Ich glaube, du nicht. Aber ich kann trotzdem nicht, versteh doch.«

»Doch, du kannst.« Sie biß zart in sein Ohrläppchen.

»Nein.«

»Ja.« Sie steckte ihm ihre Zunge in den Mund. »Hmmm«, machte sie. »Das kannst du wunderbar.«

Willoughby fühlte sich ein bißchen wohler. »Das ist meine Spezialität«, sagte er.

»Und welches ist Hanks Spezialität?« wollte Gilly wissen.

»Rate mal.«

Sie riet richtig. Ihre Hand war schon in seiner Hose, und Willoughby ließ sich wie von einem Hammerschlag getroffen in den Sand fallen. Etwas Unglaubliches war geschehen. Etwas, das ihm nie zuvor passiert war. Er spürte eine physische Reaktion auf die Nähe einer Frau. Eine physische Reaktion!

Gillian war über ihm, mit ihren feuchten warmen Lippen, ihrer geschickten Zunge. Willoughby lehnte sich mit geschlossenen Augen zurück. Er war seiner selbst nicht mehr mächtig. Herr im Himmel – aber es tat gut. Es war besser als mit Hank. Oh, mein Gott. Oh, oh, oh, mein Gott!

Gillian setzte sich auf. »Na, glaubst du immer noch, daß nur Hank das Alleinseligmachende besitzt?« fragte sie.

»Gillian«, flüsterte er, »oh, Gillian.«

»Ich weiß«, sagte sie, und sie streckten ihre Arme nach einander aus.

Fast eine Stunde verbrachten sie damit, sich zu berühren, zu betasten, sich gegenseitig zu erforschen. Willoughby machte von Sekunde zu Sekunde neue Entdeckungen. Plötzlich wurde ihm bewußt, daß auch ein Frauenkörper Interessantes zu bieten hatte. Nun lagen sie beide nackt im kühlen Sand nahe der Brandung. Gillian umfaßte ihre Brüste und bot sie Willy dar. Die Spitzen waren fest und groß und standen aufrecht. Er starrte fasziniert auf die Silhouette, die sich von dem Dunkel abhob. Brüste, dachte er. Ein Busen! Er verspürte das Verlangen, irgend etwas zu tun. Brüste! Er richtete den Blick fest auf sie, und dann, einem Urinstinkt folgend, beugte er sich vor und sog an ihnen. Nach einer kleinen Weile stieß Gillian ihn sanft weg. Ihre Hände tasteten wieder über seinen Körper. Er versuchte ihren Mund niederzuziehen zu dem steifen Mittelpunkt zwischen seinen Schenkeln.

»Nein«, protestierte sie. »Diesmal machen wir es nach meiner Art.«

»Aber das kann ich nicht. Ich hab's doch noch nie gemacht.«

»Komm zu Gilly«, summte sie ihm ins Ohr.

»Ich möchte ja«, sagte er. »Bestimmt, ich möchte es ja.« Und es war, als gäbe dieses Bekenntnis ihm nun auch die Kraft dazu. Er legte sich über sie, und sie sanken in den Sand.

Langsam, vorsichtig, schön langsam, so ist's gut, ja, wunderbar. Nun schneller, fester, noch schneller, gut, genau so, weiter. Willoughby fühlte sich von riesigen warmen Wogen umspült, von schreienden Farben und wirbelnden Winden umtanzt. Er war der Sand und die See und der sternenübersäte Himmel. Fester, fester, fester. Oh, oh, oh ... ahhhhhh. Von fernher vernahm er einen schwachen Schrei, der in ein Stöhnen überging. Es war Gillian, und dann erst bemerkte Willoughby, daß auch er aufgestöhnt hatte.

Danach rauchten sie und unterhielten sich.

»War ich wirklich gut?« wollte er wissen.

»Einer der besten aller Zeiten«, sagte Gilly.

»Mein Gott, was war ich für ein Idiot«, sagte Willoughby. Er stand auf und schlenderte zum Wasser. Er fühlte sich wie ein Supermann. Er urinierte, dann tauchte er seine Hände in die kalte Brandung und wusch sich das Make-up aus dem Gesicht. Langsam ging er zu Gillian zurück.

»Und was ist mit Hank?« fragte sie.

Willoughby Martin sagte mit fester Stimme in die Nachtluft: »Wenn diese Trine noch mal was von mir will, dann trete ich ihr in den Arsch.«

Sie lachten. Willoughby hatte den Eindruck, daß seine Stimme plötzlich tiefer klang. Bei Gott, er war ein Mann!

Sie verbrachten die Nacht am Strand. Diese Gillian! Er konnte nicht genug von ihr bekommen. Und der Gedanke allein, daß Tausende von Frauen in der ganzen Welt auf ihn warteten. Dieser Hank, schnaubte Willoughby innerlich, der sollte nur angekrochen kommen. Diese verdammte Tunte!

Ein paar Wochen später verlor King's Neck seine Lieblingshomos. Kurz nachdem die Nachbarn einen fürchterlichen Krach aus ihrem Apartment gehört hatten, zogen die beiden aus. Am Tag nach dieser Auseinandersetzung sah man Hank in der Stadt mit einer bepflasterten Nase und einem blauen Auge. Einen Monat danach erzählte eine der Damen vom Gartenklub, sie habe Willoughby in Manhattan getroffen. Sie habe ihn kaum wiedererkannt. Er trug ein Sporthemd und Bürstenschnitt. »Und ob ihr mir's glaubt oder nicht«, sagte sie. »Er hat sogar Annäherungsversuche gemacht.« Auch Gillian erfuhr davon. »Ich hab's ja gleich gesagt«, meinte sie, wenig überrascht. »Erst probieren, dann kritisieren.«

BILLY *Dieser Autor behauptete, er wolle gar keine Publicity; das hat er wortwörtlich gesagt. Ich empfinde so eine Haltung jedenfalls mal als schöne Abwechslung, wenn ich so an die meisten seiner Kollegen denke, die wir bisher in unserer Sendung vorgestellt haben.*

GILLY *Du glaubst also, daß er aus reinem Nachbarschaftsgeist –?*

BILLY *Nachbarschaft? Der Bursche schwirrt doch wie ein Astronaut herum – natürlich auf einer niedrigeren Ebene. Ich war übrigens von jeher der Ansicht, daß er als Schriftsteller überbewertet wird; eigentlich hat er doch nur ein einziges Buch geschrieben.*

GILLY *Du meinst: »Das Harte und das Feuchte?«*

BILLY *Was sonst?*

GILLY *Na und was hältst du vom »Venusberg«?*

BILLY *Dasselbe Buch, nur mit einem anderen Titel. Schau ihn dir an, Liebling! Was, er ist schon vierundvierzig Jahre alt? Dann ist er ja das älteste Blumenkind der Welt.*

GILLY *Aber noch, noch ist er Caradoc!*

Gillian machte sich klar, daß es keinen vernünftigen Grund gab, auch Zoltan Caradoc auf ihre Liste zu setzen. Er war viermal verheiratet – erst kürzlich noch mit der Tänzerin Paige Marchand –, aber Ehen im üblichen Sinne waren das nie gewesen. Es war schon einige Jahre her, seit er einer Frau erlaubt hatte, länger als ein oder zwei Nächte Gast in seiner Luxusvilla an der Küste zu sein.

Caradoc lebte neun Monate des Jahres wie ein richtiger Einsiedler, ein professioneller Eremit, der seine Zeit damit verbrachte, die düsteren Winterwasser des Long-Island-Sunds vor Augen, Satzfolgen zu Papier zu bringen.

Die Zeit, die er dort wie eingesperrt verbrachte, waren seine Arbeitsmonate. Er durchstreifte die Zimmer mit den breiten Glasfronten, den Blick immer aufs Wasser gerichtet, überall umgeben von Tonbandgeräten, Stereoanlagen, Farbfernsehern und elektrischen Schreibmaschinen. Dreiviertel seines Lebens verschloß er sich in diesem ultramodernen elektronischen Mutterleib. Eine technische Nabelschnur vermittelte ihm regelmäßig Nachrichten aus der Außenwelt; hochempfindliche Mikrofone waren stets griffbereit, um seine Gedanken und Erinnerungen aufzunehmen und zu speichern. Und obwohl Zoltan Caradoc erst vierundvierzig Jahre alt war, hatte er doch schon mehr Worte und Sätze zusammengeschrieben als Proust in seinem ganzen – und gewiß nicht völlig untätigen – Leben.

Jedes Jahr, wenn die kalte Jahreszeit zu Ende ging, wagte sich Caradoc wieder zurück in die Wirklichkeit der Außenwelt. Eigentlich müßte man sogar sagen: er brach in sie hinein. In diesen drei Monaten nämlich konnte man in den Zeitungen ständig Bilder von ihm finden, wie er sich in Tibet an Bergziegen heranpirschte, wilde Bären in Bulgarien jagte oder kleine Mädchen in San Francisco.

Gillian, die damit wie die meisten Eingeweihten reagierte, gab es nach einiger Zeit auf, über die Hintergründe der Legenden um Zoltan Caradoc nachzudenken. Sie erinnerte sich nur noch an sein blutiges Zusammentreffen mit dem Killerhai an der Küste von Tansania. Caradoc hatte drei Finger seiner linken Hand dabei verloren, dafür aber einem eingeborenen Ruderer das Leben gerettet. Und dann fiel ihr noch dieses andere haarsträubende Abenteuer ein: Da hatte man ihn nämlich in seiner Suite im Hollywooder Beverly Hill's Hotel in Gesellschaft dreier blonder Callgirls, einer uralten schwarzen Bildhauerin und einem Shetland-Pony ertappt und verhaftet.

Gillian hatte Caradoc zu Beginn des Winters kennengelernt – zwischen Morton Earbrow und Joshua Turnbull, wenn sie ihre Erinnerung nicht trog. Es war während des Stromausfalls in King's Neck, der siebenundzwanzig Stunden lang dauerte. Caradoc hatte die Finsternis ertragen, solange er konnte; dann hatte er sich plötzlich aus seiner leblosen Elektronenhöhle in das warme Kerzenlicht von Moriarity's Shamrock Bar & Grill geflüchtet. Gillian war auch gerade für einen Moment hineingegangen. Sie stand mit dem Rücken zum Kamin und sah kurz sein Gesicht – das Gesicht, das sie schon auf dem Umschlag seines Romans *Venusberg* gesehen hatte.

Aber dieses Foto war eine sehr unscharfe Wiedergabe des Originals gewesen. So einen Mann hatte sie in ihrem ganzen Leben noch nicht gesehen: Er hatte ein kantiges Gesicht und blaue Augen, die unter einem Wust von rabenschwarzem Haar, das ihm fast bis auf die Schultern fiel, wie Diamanten loderten. Das Nasenbein schien mehr als einmal gebrochen zu sein, das Kinn war nicht minder markant. Der Gesamteindruck von harter Männlichkeit wurde nur durch die vollen, sinnlichen Lippen ein wenig gemildert. Er hatte noch seine Arbeitskleidung an – abgetragene Jeans und ein ausgeblichenes Khakihemd. Natürlich hatte er die Ärmel hochgekrempelt. Seine Arme waren muskulös und dicht behaart. Die Adern traten deutlich hervor.

Gillian bemerkte, daß er an der linken Hand nur drei Finger hatte.

Der Hocker neben Caradoc war frei, und Gillian ging darauf zu.

»Martini«, sagte sie, »aber einen ordentlich trockenen.«
Caradoc brüllte auf vor Lachen.

»Aber doch nicht hier«, sagte er. »Hier trinken sie am besten ein ganz ordinäres Bier, Mrs. Blake.«

»Meinetwegen auch das«, sagte sie zu dem Barkeeper, bevor sie sich Caradoc zuwandte. »Woher wissen Sie, wer ich bin, Mr. Caradoc?«

»Woher wissen Sie denn, wer ich bin?« fragte Caradoc zurück.

»Ich lese nämlich auch Zeitungen.«

»Ach so, daher«, sagte Gillian und strich ihren Pullover glatt. »Das war gar nicht mehr nötig.«

»Was denn, bitte?«

»Den Pullover strammzuziehen«, sagte er. »Der Inhalt ist mir auch so schon aufgefallen.«

»Ich mag Ihre Bücher«, sagte Gillian. »Besonders *Venusberg*.« *Venusberg* war das neueste. Die Kritiker hatten es als eine zornige, sinnliche, gar nicht einmal ganz unpoetische Geschichte bezeichnet, die von herumgammelnden Teenagern und Twens handelte. »Junge Menschen mit Blumen in den Haaren und Feuer in den Lenden«, konnte man zum Beispiel in der *Times* darüber lesen. In Caradocs Roman demonstrierten diese jungen Leute für Frieden, Gruppensex, männliche Prostitution und freie, öffentliche, nicht nach Geschlechtern getrennte Toiletten. In der denkwürdigen letzten Szene traten alle nackt und voll von billigem Rotwein auf; außerdem kauten sie noch Peyote. Sie veranstalteten einen wilden Tanz im Schein eines offenen Feuers, und anschließend demonstrierte der Held der Geschichte recht drastisch seine Liebe zu einem zwölfjährigen Mädchen und einem dreijährigen Mutterschaf. Gillian hatte es beim Lesen schon gespürt, und dieses Gefühl verstärkte sich jetzt noch: dieser Mann mußte all das selbst erlebt haben. Darin lag seine Überzeugungskraft. Und darüber waren sich sogar seine schärfsten Kritiker einig: Zoltan Caradoc schrieb nur das, was er kannte, was er selbst erfahren hatte.

»Es war kein schlechtes Buch«, sagte der Autor. »Aber ich hab auch schon bessere geschrieben; *Ameisenfresser und Bauchtän-*

zerinnen zum Beispiel. Aber ganz schlecht war auch *Venusberg* nicht.«

Noch während er redete, flackerten ein-, zweimal die Oberlichter; dann blieb es endgültig hell. Der Kurzschluß war behoben, und Gillian verfiel in eine eigenartige Tristesse-Stimmung. Die Kerzen, die auf der langen dunklen Bar standen, wurden der Reihe nach gelöscht. Der Raum erstrahlte wieder im viel zu hellen Glanz von unzähligen Hundertwattbirnen. Man sah, daß der Fußboden mit Sägemehl bestreut und die Fensterscheiben mit einer dicken Staubschicht bedeckt waren. Sechs Stammkunden, die Gilly genausogern entfernt hätte wie das Sägemehl, blieben stur.

»Zu Ihnen oder zu mir?« fragte Caradoc.

»Wie bitte?« sagte sie.

»Ich nehme doch stark an, daß sie den Abend auf die gleiche Weise beschließen wollen wie ich.«

»Zu Ihnen«, sagte sie.

Sie konnte sich diese lakonische Antwort durchaus leisten: schließlich waren ihre Absichten ja harmlos genug. Es gab nämlich wirklich keinen Grund, Caradoc auf ihre Liste zu setzen. Er führte ja gar keine Ehe, die sie testen konnte. Deswegen war sie auch ganz ruhig und entspannt, als sie ihm in ihrem Wagen die Küstenstraße entlang folgte. Das Haus lag auf einem Felsvorsprung in einer geschützten Bucht. Alle Fenster waren jetzt erleuchtet. Es war Flut und das Wasser über das Grundmauerwerk gestiegen; es stand dicht unter den Fenstern des Wohnraums. Der lange, mit Fliesen ausgelegte Flur wurde von einer riesigen Bronzestatue beherrscht. »Männlicher Akt in Erektion«, dachte sie instinktiv. Ein kleines Schild bestätigte ihre Vermutung. Jeder Raum wartete mit einer anderen Überraschung auf. Gillian las die Namen – Cézanne, Picasso, Van Gogh, Pollock, Warhol und Rivers – und war richtig beeindruckt. In einem Zimmer hing ein überdimensionales Abbild von Caradocs linkem Auge – der irisierend blaue Farbton war gut getroffen – und ein Porträt von Paige Marchand, nur mit BH und hohen schwarzen Lederstiefeln bekleidet. An jeder Wand hingen Elfenbeinzähne, modernitische Stacheldrahtkonstruktionen und Lautsprecher.

In der Haupthalle blieb Caradoc einen Moment stehen und drückte auf einen Knopf: Das Licht wurde dämmerig, und aus jedem Lautsprecher ertönte der heisere Sound einer der progressivsten Beatgruppen.

Caradoc hielt sich nicht lange mit den üblichen Vorspielen auf. Er stand in der Mitte des riesigen Raums und zog sich einfach aus. Zuerst die Jacke, das Hemd und dann Hose und Unterhose. Obwohl Gillian natürlich meinte, daß sie ihm keinen Grund dazu geliefert hätte, war Caradoc in sichtlicher Erregung. Sie brauchte nicht zweimal hinzusehen, um das festzustellen. Noch eindrucksvoller fand sie allerdings die Tatsache, daß er für die Skulptur neben dem Haupteingang offensichtlich selbst Modell gestanden hatte. Die Ähnlichkeit war frappierend; Gillian ertappte sich bei der Frage, wie lange er diese Pose wohl durchgehalten haben mochte.

»Was soll denn das bedeuten?« fragte sie.

»Das sehen Sie doch«, sagte er. »Die visuelle Konfrontation. Das ist sehr wichtig.«

»Ich glaube, Sie haben mich vollkommen mißverstanden, Mr. Caradoc«, sagte sie.

»Das glaube ich nicht, Mrs. Blake«, meinte er. »Und ich will ganz ehrlich zu Ihnen sein. Jedes Wort, das Sie von jetzt an sagen, wird aufgezeichnet.«

»Wird was?«

»Aufgezeichnet«, sagte er. »Falls ich jemals über diese Geschichte schreiben werde, das heißt, falls sich die jetzt folgende Szene als so wichtig herausstellen sollte, daß ich einfach darüber schreiben muß – und das können Sie durchaus als Herausforderung verstehen, Mrs. Blake –, dann will ich keine halbe Sache machen, dann muß alles bis auf den i-Punkt stimmen.«

»Sie verschwenden Ihre Zeit – ich werde Ihnen nicht den geringsten Stoff für ein Buch liefern.« Und damit bewegte sie sich langsam rückwärts auf die Tür zu. Caradoc durchquerte den Raum mit überraschender Behendigkeit und versperrte ihr den Fluchtweg. Dann ging er langsam auf sie zu. Es war nicht zu übersehen, daß er immer noch stark erregt war.

»Nicht«, sagte sie. »Bitte nicht.«

»Ich werde nichts tun, was Sie nicht selbst wollen«, sagte er.

»Ich will nichts weiter als raus hier«, sagte sie.

»Das sagen Sie jetzt«, erwiderte er. »Eines Tages werden Sie mir noch dankbar sein für das, was ich jetzt tun werde.«

Gillian war wie hypnotisiert. Sie sah, wie er seine gesunde rechte Hand ausstreckte; sie spürte durch die Pulloverwolle, wie er langsam und behutsam über ihre Brüste strich. Als er ihr den Pullover auszog, waren seine Bewegungen schnell und sicher, und dann zerfetzte er blitzschnell ihren Rock.

»Das nennt man Vergewaltigung«, sagte Gillian.

»Am Anfang sieht es vielleicht so aus«, sagte er, »später erfahrungsgemäß aber nicht mehr.«

»Bitte nicht«, sagte Gillian. »Ich mag das nicht so. Vielleicht komme ich mal wieder, wenn wir uns beide etwas besser fühlen. Ich –«

Seine Hände brachten sie zum Schweigen; sie bewegten sich sanft und unbeirrt. Schnell und routiniert öffnete er den Verschluß ihres Büstenhalters. Als das Ding zu Boden fiel, drehte sich Gillian um und rannte auf die nächstbeste Tür zu. Das war ein Fehler – denn nun war sie ausgerechnet im Schlafzimmer gelandet. Es gab kein Entkommen mehr. Caradoc stand abwartend in der Tür; dann ging er langsam auf sie zu und zwang sie dadurch, in Richtung auf das Bett zurückzuweichen, auf das größte Bett, das sie je gesehen hatte.

Dort beugte er sich über sie und lächelte sie freundlich an. Sie wollte ihm nicht in die Augen sehen. Aber damit konnte sie nichts abwenden.

Gillian fröstelte. Sie erschauerte und spannte alle Muskeln an, um seinen Angriff abzuwehren. Vergebens. Woran sich Gillian später noch erinnerte, war die überraschende Zärtlichkeit, mit der er sich seiner Aufgabe widmete. Eine ganze Ewigkeit lang berührte er sie nicht mit den Händen. Sie spürte nur seinen Mund, der sich auf ihren Hals niedersenkte, auf ihre Kehle preßte, zart ihre Brüste berührte. Sie spürte seine Zungenspitze, die ihre Rippen nachzeichnete, die innehielt, um ihren Bauchnabel zu erforschen, und sich dann weiterbewegte, immer tiefer, sanft, aber unaufhaltsam.

Gillian konnte sich das nicht erklären: Trotz ihrer Angst spürte sie, wie die Wärme in ihren Körper zurückkehrte. Sein Mund war beharrlich und verführerisch. Gillian fühlte, wie sie sich entspannte, wie ihr das Blut in die Lenden strömte, wie sich ihr Körper unter seinen Lippen wand und auf seine Liebkosungen reagierte: ein Orchester, das jede Bewegung eines Dirigentenstabes in Akkorde umsetzt. Seine Zunge war zart und zudringlich, liebkosend und wild – sie war wie Caradoc selbst.

Gillian war sich des Zwiespalts zwischen Körper und Geist sehr wohl bewußt. Sie spürte deutlich, wie sie die Kontrolle über ihre Beine, die seine Zunge auseinanderdrängte, verlor. Sie spürte ihren angespannten, gewölbten Rücken. Sie wollte es gar nicht, aber plötzlich griffen ihre Hände nach unten, in seinen rabenschwarzen Schopf, und spielten mit den dichten Haarbüscheln. Sie ermunterte ihn, lenkte seinen Kopf ...

Und dann war urplötzlich alles zu Ende.

»Okay, Mrs. Blake«, hörte sie ihn sagen. »Sie können jetzt nach Hause gehen.«

»Wie bitte?« Sie war völlig platt.

»Ich habe nur Ihre Reaktion getestet«, sagte er. »Ich weiß jetzt, was ich wissen wollte.«

»Wollen Sie damit sagen, daß das ... daß das alles bloß ein Experiment war?«

»Genau das, Mrs. Blake. Sie können jetzt nach Hause gehen – wenn Sie das wirklich wollen.«

Es gehörte kein besonderer Scharfblick dazu, um festzustellen, daß seine Manneskraft noch kein bißchen abgeschlafft war, und trotzdem machte er sich über sie lustig; er wartete darauf, daß sie ihn bat, weiterzumachen. Damit er alles auf Tonband festhalten konnte – für seinen nächsten Roman.

Tatsächlich war die Versuchung, ihn zu berühren, ihn noch schärfer zu machen, unwiderstehlich. Sie kam kaum dagegen an. Aber sie beherrschte sich. Mit etwas eckigen Bewegungen griff sie sich ihren Slip und zog ihn an. Auf dem Teppich im Wohnzimmer lag ihr Büstenhalter; sie streifte ihn schnell über. Der Mantel hing an der Garderobe; sie konnte gar nicht schnell genug reinkommen. Caradoc sah ihr stumm zu. Anscheinend war jetzt er etwas schockiert.

»Erstaunlich, erstaunlich!« Mehr sagte er nicht.

»Was erstaunlich ist«, sagte sie, »das ist Ihre Egozentrik.«

»He!« sagte er. »Sie kommen doch mal wieder, oder? Sie besuchen mich doch noch mal, ja?«

»Ich werd's mir überlegen«, sagte sie – mehr nicht –, und dann war sie auch schon weg.

Sie überlegte es sich wirklich und kam wieder. Aber warum sie ihn dann noch öfter in seinem Monstrum von Haus besuchte, darüber war sie selbst verwundert. Rational konnte sie sich das jedenfalls nicht erklären. Trotzdem besuchte sie ihn immer häufiger. Vielleicht, weil Caradoc so ein erfrischender Gegenpol zu ihren anderen Affären war – verglichen mit ihm wirkten die anderen lächerlich und spießbürgerlich. Vielleicht auch, weil er ihr neuen Schwung verlieh – für wieder neue Affären. Wahrscheinlich aber verstanden sie sich so gut, weil sie beide in einem gewissen Sinne Forschernaturen waren; Wissenschaftler, die den schwer faßbaren Wahrheiten auf die Spur kommen wollten, den Wahrheiten, die gemeinhin unter der glatten Oberfläche der Zivilisation verborgen waren. Sie hatten sogar die gleichen Interessen – er erforschte die Liebe, sie die Ehe.

Es hörte auf, weil es irgendwann ja mal aufhören mußte. Caradoc nahm erst ihre Zeit und dann nach und nach auch ihre Gefühle vollkommen in Anspruch. Caradoc war mehr als nur ein interessanter Gesprächspartner; ihre Beziehung zu ihm erschöpfte sich durchaus nicht in Sex und Gerede. Und es kam sogar eine Zeit – sie lag so etwa zwischen Winter und Frühling –, wo sie allen Ernstes argwöhnte, daß es unter Umständen sogar Liebe sein könnte. Wenn sich das bewahrheiten sollte, würde diese Liebe alles kaputtmachen – auf jeden Fall die Sendung, möglicherweise aber auch die arme, unglücklich verliebte Gilly. Wenn jedoch

Liebe nicht im Spiel war, gab es erst recht keinen Grund, die Sache weiter fortzusetzen.

Eines schönen Junimorgens war es dann soweit. Caradoc sagte, aus irgendwelchen Erwägungen habe er dieses Jahr keine Lust, wie sonst drei Monate lang auf Jagd-Expedition zu gehen. Das war ihr Signal. Und Gilly tat in aller Ruhe, was getan werden mußte. Sie machte Schluß.

Danach traten sie nur noch ein einziges Mal in Verbindung. Er schrieb ihr einen letzten Brief; ein überaus aufschlußreiches Dokument für künftige Zoltan-Caradoc-Spezialisten unter den Literaturwissenschaftlern. Der Brief war übrigens in Haiti aufgegeben worden.

Liebe Gilly,

Du hast Deine Spuren in King's Neck hinterlassen. Katzenspuren. Deine scharfen Krallen haben in den braven Familien von King's Neck allerhand Unheil angerichtet. Du hast Spuren hinterlassen, die nicht mehr zu verwischen sind. Die Fähigkeit, etwas kaputtzumachen, ja, die hast Du bei Gott. Du hast mir gegenüber oft genug damit angegeben, und dann habe ich Dein Talent am eigenen Leibe verspürt. Tote, Verwundete und unheilbare Neurotiker säumen Deinen Weg. Du hast Ehen auseinandergerissen, als wären es Hühnerschenkel.

Und schließlich auch mich – in gewissem Sinne war das der Anfang und das Ende. Der Spiegel, in dem du triumphierend Deine Siege betrachtet hast, ist zerbrochen. Ich hoffe, Du hast jetzt sieben Jahre lang Pech. Wenigstens das kann ich Dir noch an den Hals wünschen. Das ist meine letzte Botschaft; und damit ist mein Auftritt in Deiner Tragikomödie vorbei. Nach all den Wörtern und Sätzen, die ich für Dich geschrieben habe, beende ich unser Verhältnis mit einem sehr prosaischen Brief. Nun rümpf bloß nicht Dein aristokratisches Näschen. Ich wage es nämlich immer noch nicht, Dich zu langweilen; sogar jetzt noch nicht.

Dieser Brief soll sein wie englisches Bier: dünn und bitter. Er muß notgedrungen kurz sein, weil im Nebenzimmer schon zwei

Damen auf mich warten. Eine ist ein kleines sechzehnjähriges Unschuldslamm; ihre Wangen haben die Farben von frischen Äpfeln. Die andere ist eine Schwarze Wildkatze; Jungfrau ist sie wohl nur noch in ihrem linken Ohr. Meine bescheidene Beschäftigung an diesem kühlen Sommerabend wird darin bestehen, mit ihnen das Bett zu teilen und ihre vermutlich unterschiedlichen Reaktionen auf die gleichen Vorgänge zu registrieren. Eine außerordentlich erfrischende Abwechslung.

Aber halt! Dies ist ein ernster Brief. Ich schreibe Dir, um mich vor Dir zu erniedrigen, um Dir ganz kaltblütig einzugestehen, was ich mir erst kürzlich richtig klargemacht habe: daß Du mich letzten Endes auch geschafft hast. Ich war Dein größter Triumph. Dein Meisterstück schöpferischer Zerstörungswut. Hast Du das gewußt? Hast Du das wirklich gewußt, meine süße, zynische Raubkatze?

Wir hatten doch unsere großen Augenblicke, nicht wahr, Gilly? Denk mal zurück! Das wenigstens könntest du zugeben. Die Priesterin und der Dichter. Ich kannte ja Dein Spiel. Ich wußte, was los war. Aber ich sah nicht ein, warum ich nicht mitspielen sollte. Im Gegensatz zu Deinen anderen Eroberungen hatte ich ja nichts zu verlieren. Es gab nichts, was Du mir hättest wegnehmen können; nichts, wovon Du mich trennen konntest; nichts, was Du zu zerstören vermochtest. Dachte ich jedenfalls. Ich hab Dich einfach so genommen, wie Du bist. Ich hab Dich zu meiner Muse erhoben. Na schön.

Die anderen gingen mich nichts an. Ich habe mitangesehen, wie Du sie abgeschossen hast, diese Tontauben – zack, weg waren sie. Der Muskelprotz, der Abtreiber, der Gangster, der Preisboxer, der bedauernswerte Rabbi, der verrückte Pornograph – ich kann mich nicht mehr an all die Namen auf Deiner Verlustliste erinnern. Hast Du eigentlich Buch geführt, Gilly? Es würde mich nicht wundern. Du hast sie alle erledigt, Gilly; mit der scharfen Schneide Deines Sex-appeals hast Du sie alle fertiggemacht. Sie dürsteten nach Dir wie morsche Bäume nach der Axt; sie waren fasziniert von Dir wie das Kaninchen von der Schlange. Aber Caradoc nicht; nicht der Shakespeare von King's Neck, der

Messias der Verlorenen Generation, der Nonkonformist, der Titelblattheld der *Times* – den hast Du nicht bezwungen.

Ich habe sie kommen und gehen sehen, und ich habe schnell erkannt, wie der Hase lief. Ich habe Dich beobachtet; ich hab gewußt, daß Du zwischendurch immer mal zur Besinnung kommst. Wir haben vielleicht nicht gerade die Welt aus den Angeln gehoben, Gilly, aber wir haben meine Phantasie beflügelt – und das ist für mich fast dasselbe –, wenn wir vor dem Kamin saßen, wenn die Flammen Deine Haut in Kupfer tauchten, wenn das Feuer Deine Brüste in spanische Hügel bei Sonnenuntergang verwandelte, wenn die Höhlen und Vertiefungen deines Leibes sich in rieselnden Goldstaub verwandelten. Ich hatte eine Zigeunerin als Muse. Wir liebten uns vor dem Feuer und nährten die Flammen mit unserer Glut; wir lagen da und starrten in den Himmel zu den Sternen.

Du hast dann geraucht, und ich hab von der Zukunft gesprochen. War ich da nicht fast unsterblich, was? Mein Werk! Was für ein Vermächtnis für die Nachwelt. Kann es überhaupt ein größeres Geschenk für meine Mitmenschen geben? Gibt es eine höhere Bestimmung, als die Essenz des Lebens in sorgfältig destillierte Sprache zu fassen?

Was für eine Scheiße.

Schockiert Dich das? Wohl kaum. Schließlich besteht die »Billy & Gilly«-Sendung ja auch nur aus Scheiße. Ich glaube nicht, daß Dich überhaupt noch etwas schockieren kann; zumindest jetzt noch nicht. Dich nicht, liebe Gilly. Denn Du hattest ja alles geplant. Und ich hatte mich verkalkuliert; ich habe Dein Streben nach Unsterblichkeit überschätzt. Ich wollte Dich zu meiner geheimnisvollen blonden Heldin machen, erinnerst Du Dich noch? Aber jetzt, wo Du weg bist, wird mir langsam klar, daß Du im Buch meines Lebens wahrscheinlich doch nur als Mrs. William Blake auftauchen wirst, als attraktivere Hälfte der »Billy & Gilly«-Sendung. Gilly lebe hoch! Hipp, hipp, hurra!

Ehrlich gesagt, liebe Gilly: ich habe, seit Du mich verlassen hast, nicht eine einzige Zeile geschrieben. Ich kann mit Wörtern einfach nichts mehr anfangen. Sollen sich doch diejenigen damit abgeben, die noch daran glauben. Das ist Dein größter Triumph, Gilly! Das bedeutet mehr als ein paar lausige Ehen, die Du kaputtgemacht hast; das ist mehr als alle Tode, die Du auf dem Gewissen hast, mehr als der größte Schmerz, den Du irgendeinem anderen Menschen zugefügt hast.

Wenn ich mit diesem Brief fertig bin, und das wird zweifellos sogleich der Fall sein, dann gehe ich nach nebenan und treibe es mit der Jungfrau und der Nutte. Es wird in Ton und Bild festgehalten werden. Später werde ich die Texte lesen und mir die Filme ansehen. Aber schreiben werde ich nicht mehr. Das ist vorbei. Ich hatte keinen Ehepartner, von dem Du mich trennen konntest. Also hast Du mich von mir selbst getrennt. Eine brillante Idee! Ich weiß nicht, ob Du das in Dein Spiel mit mir von Anfang an eingeplant hattest. Aber ich will, daß Du weißt, wie überaus erfolgreich Du gewesen bist. Macbeth hat seinen Rivalen bekanntlich im Schlaf ermordet, aber das ist nichts für Gilly. Die liebe Gilly hat bei hellichtem Tag die ganze Literatur umgebracht. Gilly hat die Unsterblichkeit auf dem Gewissen.

In tiefer Trauer
Z.

GILLY *Nun ist es also soweit, Billy: Das ist heute unsere letzte
Sendung vor dem Urlaub. Vier wunderbare Wochen lang werden wir uns ganz allein haben. Nur wir beiden. Und wenn wir
dann zurückkommen... Na, sollen wir's ihnen schon sagen?*

BILLY *Warum nicht, Darling?*

GILLY *Ich hab ja noch nie was für mich behalten können – aber
das hast du ja schließlich gewußt, als du mich geheiratet hast.
Also, wir ziehen wieder um! Jawohl, wenn Sie das nächste Mal
dieses Programm hören, dann wohnen wir wieder genau da, wo
wir hingehören: In einem wundervollen neuen Apartment hier
mitten in Manhattan.*

BILLY *So ist es, Liebling. Aber meinst du nicht, daß wir unseren
Hörern eine Erklärung dafür schuldig sind? Es kommt mir immer so vor, als sei es erst gestern gewesen – dabei ist es doch schon
ein Jahr her –, daß wir verkündet haben, wir verlassen die City
und ziehen in einen Vorort, in ein eigenes Haus in King's Neck.*

GILLY *Ja, ich glaub auch, daß eine Erklärung ganz angebracht
wäre – na komm, Schatz, jeder weiß doch, daß das was zu bedeuten hat.*

BILLY *Nun, unsere Hörer wissen ja inzwischen sicher – sie hören
es ja oft genug –, daß es die erklärte Aufgabe dieser Sendung ist,
die Ehe in den Fährnissen des modernen Lebens zu zeigen.*

GILLY *Gut gesagt, Liebling.*

BILLY *Und wo gäbe es mehr Fährnisse als in den Vororten? Für
uns und, wie ich hoffe, auch für unsere Hörer ist es ein abwechs-
lungsreiches Jahr gewesen, ein Jahr der Experimente, der genutz-
ten Gelegenheiten...*

GILLY *Ja, Lieber, das ist sicher alles vollkommen richtig, aber wir
müssen auch zugeben, daß nicht alles Gold war, was glänzte.
Tatsächlich haben wir uns neulich beide gleichzeitig gefragt, was
in King's Neck eigentlich los ist. Eine Ehe nach der anderen kri-*

selt, löst sich in Rauch auf.

BILLY *Ich glaube, nun bist du aber doch ein bißchen zu hart, Liebling...*

GILLY *Wie dem auch sei: Schließlich haben wir doch beide festgestellt, daß unser Ort auf dem besten Wege ist, sich in eine Geisterstadt zu verwandeln. Es kommt einem doch fast so vor, als sei an jedem Haus ein Schild angebracht mit der Aufschrift: Besonderer Umstände halber zu verkaufen. Die Pressionen sind einfach schrecklich. In einem gewissen Sinne leben die Ehepaare von King's Neck immer nebeneinander her. Sie sind zwar nicht im juristischen Sinne geschiedene Leute – aber sie gehen von abends bis morgens getrennte Wege. Ich habe mit vielen Hausfrauen von King's Neck gesprochen, und ich habe noch nie so viele frustrierte Frauen auf einem Haufen gesehen. Über dem emsigen Streben nach materiellen Gütern – neue Autos, neue Swimming-pools und dergleichen – scheinen diese Ehepaare die geistigen Werte völlig aus den Augen verloren zu haben. Das kann zu Störungen führen, die einen verheerenden Einfluß auf die Ehe haben.*

BILLY *Ich glaube, wir können uns zu den Glücklicheren zählen –*

GILLY *Bei aller Fairneß, Billy, das ist nicht nur Glück. Wenn eine Ehe funktionieren soll – und wie oft haben wir das schon gesagt! – dann muß man auch etwas dafür tun.*

BILLY *Ich stimme dir mit ganzem Herzen zu, Schatz. Und ich denke, wir sollten an dieser Stelle doch noch etwas hinzufügen. Das erste, was man feststellt, wenn man in King's Neck lebt, ist die Wurzellosigkeit der Leute. Und damit auch die Unruhe. Die Menschen vergessen allzuleicht den Sinn der Traditionen; sie setzen sich gedankenlos über bewährte und erfolgreiche Regeln des Zusammenlebens hinweg, wie sie uns von Generation zu Generation überliefert worden sind.*

GILLY *Ich hoffe, du willst jetzt nicht so etwas sagen wie: Die Familie, die gemeinsam betet, hält auch sonst zusammen...*

BILLY *Aber vielleicht –*

GILLY *Vielleicht ist alles viel simpler, viel einfacher. Vielleicht könnte man es auch so ausdrücken: Die Familie, die zusammen-*

hält, hält eben zusammen! Ich bin mir klar darüber, daß das manchem unserer Hörer womöglich doch sehr vereinfacht vorkommt. Aber ich kann nur sagen, daß das Gefühl der Zusammengehörigkeit für uns immer sehr wichtig gewesen ist.

BILLY *Das war es in der Tat, Liebling. Nun, wie ich sehe, geht unsere Zeit langsam, aber sicher zu Ende...*

GILLY *Denken Sie also daran: Unsere Adresse mag sich vielleicht ändern, wir aber werden zur gleichen Zeit auf derselben Welle wieder für Sie da sein. In knapp vier Wochen.*

Harold Robbins

Die Traumfabrik

Ullstein Buch 2709

Dies ist die Story von Männern, die als Schaubuden-
besitzer, als ambulante Gemüsehändler und Hausie-
rer begannen und zu Potentaten einer weltweiten
Industrie wurden, die Kunst und Kitsch produziert,
Menschen zu Halbgöttern erhebt und Idole ins Vergessen stürzt.

Harold Robbins kennt sich im amerikanischen Film-
geschäft aus. Sein Buch über die gigantische kalifor-
nische Traumfabrik beschreibt die paradoxe Wirklichkeit einer Scheinwelt, in der Sex zur Ware,
Klatsch zum Schicksalsspruch und der Mensch zu
einem Faktor der Profitrechnung wird.

ein Ullstein Buch